The Education of a
恶魔的育成

A Disgraceful Episode
不名誉的插曲

　　亲爱的女孩，在落笔这一刻，我才突然意识到我从未听过哪个故事如我将向你讲的这个这样令人难以置信。而我也从未写下过比这更真实的文字。玄之又玄，一切都是玄之又玄。也许我已彻底丧失了理智。你瞧，我年轻时染上了梅毒，不用怀疑，就是被珍妮·杜瓦尔传染的。众所周知，这个祸患会让染病的人在老了以后变成疯子，分不清现实与虚幻。精神失常的利剑从此悬在了我的头顶，我永远活在它的阴影之下。可是，你很快就会知道，这并不是珍妮纠缠我的唯一方式。事实上，要说我为什么最终决定给你写这封信，原因也在珍妮。

　　我们并非素昧平生，我说你和我。我是你今天下午在圣卢普教堂见过的那位先生，当时陪着你的是埃德蒙夫人。你叫马蒂尔德，是个十六岁的姑娘，闷闷不乐，木讷迟钝。尽管把你送到埃德蒙夫人身边照料的修女们信誓旦旦地说教导过你，但你还是几乎目不识丁。诚然，你能分辨字母表里的字母，但那很难称得上识字。你能画出自己的名字，但那也很难称得上会写。不过，我仍然相信埃德蒙夫人知道她在做什么。我别无选择。

如你所知，我是一名诗人，四十三岁，只是多年穷困潦倒，看上去要老得多。不管我的诗写得多出色，到目前为止，我仍然与成功——至少是世俗意义上的种种成功无缘。去年4月，我拖着糟糕的身体和疲惫的精神离开住了快一辈子的巴黎，决定流亡布鲁塞尔了此残生。不知为何，我相信自己在这里能有更好的前景。我是在追随我的出版商也是好友奥古斯特·波莱特－马拉西斯的脚步。他离开巴黎是希望通过出版色情图书赚钱（比利时在这方面比法国宽松一些），然后再把钱偷偷带回法国。我满怀年少时都不曾有过的锐气来到了这里。

奥古斯特·波莱特－马拉西斯

到达后，我很快在一家又老又旧的旅馆里租下一个房间。选择它的唯一理由就是我喜欢它的名字"大镜酒店"，古怪又不乏诗意。除此之外，它可以说没有丝毫可取之处。我的房间是最便宜的那种，在顶楼，要拐来拐去爬三段楼梯才能到。房间里有一张小床，床上铺的是发潮的稻草床垫，此外还有一条破破烂烂的沙发凳，一张摇摇晃晃的写字台，一只与其说用来供暖还不如说是熏烟的炉子，以及一个五斗柜。但至少我还有一扇孤窗可以看云，看它们如何滑过天空，如何飘浮在屋顶和烟囱组成的城市景观之上。这是我不多的慰藉之一。只要还能瞥见天空，我就能忍受一切艰难困苦。

大镜酒店

我曾希望自我流放能结束巴黎生活中挥之不去的卑微屈辱。事实上，我对布鲁塞尔的期望并不比其他地方更高。可没过多久，过去困扰我的种种考验和困苦就重新追上来包围了我——寒冷、潮湿、贫穷、疾病、诽谤、中伤。我已无力应付我的开支，老板勒帕热先生和太太允许我继续住下去的唯一理由就是希望能在我死后从我的遗产中得到回报——当然要算上利息。他们不只期待我的死亡，简直就是数着日子期盼它早些到来。

故事开始于上个月初，1865 年 3 月，那天晚上我刚在雨果夫人家里吃过晚饭。虽然我偶尔会控制不住脾气，可雨果夫人对我始终那么好。和我一样，她的丈夫也流亡了，只不过是和情妇一起住在根西岛上，扮演着民族英雄的角色。

③

雨果夫人

　　雨果夫人和儿子一家一起住在天文街上一所中产阶级式的大房子里。近来巴黎人已经在布鲁塞尔形成了一个小小的殖民群落，只是还不太成气候，毕竟我们才刚刚从拿破仑的侄孙和他那些过分热心的高级教士手中逃出来。雨果夫人也邀请了奥古斯特，所以我们约在酒店碰头，然后一起走过去。和之前许多次一样，我们把臂挽手，免得有谁被铺路石绊倒——要知道这里的路面情况实在糟糕。我们边走边抱怨比利时，这已成了习惯。我感觉路面的湿气透过鞋底的破洞钻进我的鞋子，因为手头太紧，我一直没去补鞋。快到时，奥古斯特提醒我控制自己，别像平常那样随便爆发中伤式高谈阔论，他说这关乎我和他两人的声誉，毕竟我们俩的友谊将它们紧紧联系在了一起。

　　女仆奥黛特打开门，引我们走进光明与温暖，屋子里弥漫着抚慰人心的烤肉香气。这一晚出席晚宴的一共有八个人，除了奥古斯特、我自己、雨果夫人、她的儿子和她儿子的太太之外，另外还有三位年轻女士，不过我当时就把她们的名字给忘了。我夸张地鞠躬，亲吻女主人的手。客厅里有红酒——当然是劣质红酒，盛在小小的玻璃杯里。在餐桌边就座后，我低下头，把注意力集中到汤盘里，那是非常出色的法式清炖肉汤。我听到大家开始谈论文学。对于这类交谈，我总是尽可能避而远之。于是我专心致志地舀起汤送进嘴里。我没碰面包，因为我知道一定是受潮发软还烤焦了的，这个国家的面包都是这副德行。

我努力把心思集中在这项简单的任务上，可它总自顾自地一会儿飘远一会儿又跑回来。在无意甚至不情愿中，我听到那三位女士中有人问起我对比利时的印象。奥古斯特插进来，试图转换话题，可还没过一分钟，另一位小姐再次提出同样的问题，很不巧，我碟子里的汤也喝完了。

这下我就再也没忍住脾气。趁女仆拿走汤盘并迅速换上（这里的习俗就这样）一盘无所不在的半熟牛肉的空当，我整理了一下思绪。奥古斯特的脸都皱成了一团，露出恳求的表情，但我没理他。"该从哪儿开始呢？"我开口了，一边拿起餐巾擦了擦嘴，探究地看着面前三位女士的脸，"首先，在这个国家，人们的脸都是苍白变形的。他们的下巴很怪，显出一种阴险的愚蠢。不管以什么标准看，这里的人都又懒惰又迟钝。在这个地方，幸福只是人们偶尔为之的拙劣模仿。几乎人人都戴夹鼻眼镜，要不就是驼背弯腰。老百姓的面相都不成形，松松垮垮。典型的比利时人就是猴子和软体动物的混合体：没有思想，没有分量，容易受影响，容易被压制，但绝不会被压扁。他们讨厌大笑，却还是要笑，只为了让你觉得他理解你。美受到歧视，精神生活也一样。没人说拉丁语或希腊语，诗歌和文学是被憎恨的，人们一心只想学习如何当个工程师或银行家。这里的风景和这里的女人一样：肥胖、丰腴、潮湿、阴沉。生活寡淡无味，雪茄、蔬菜、鲜花、水果、烹饪、眼睛、头发……一切都那么苍白、哀伤、无味，叫人昏昏欲睡。狗是唯一真正鲜活的生物。"

桌子另一头响起几声不安的笑，除此以外，我的挑衅所带来的就只有沉默。

"至于布鲁塞尔，"我不依不饶，"并不比任何一座没河的城市更可怜。每座城市、每个国家都有它自己的气味。巴黎闻起来是酸卷心菜味，开普敦是绵羊味，一些热带岛屿是檀香、麝香或椰子油的味道，俄罗斯是皮革味，里昂是木炭味，东方总的来说是麝香和腐肉的味道。而布鲁塞尔是黑肥皂味。酒店房间、床铺、毛巾、人行道……全都是黑肥皂味。房子有阳台，但从来看不到人。唯一的生活痕迹是店老板在洗他们的店门，看起来好像一种国民性强迫症，哪怕雨水刚冲刷干净还是要洗。"

"夏尔，求你了。"我听到奥古斯特在嘟囔。

"巴黎和布鲁塞尔的区别在于：在巴黎，人们可以去妓院，但不能读色情读物；而布鲁塞尔则刚好相反。这是个小城，充斥着猜忌戒备和诋毁中伤。因为懒散和无能，人们毫不节制地发展对他人的兴趣，享受他人的不幸带来的乐趣。街上虽然死气沉沉，可有时比巴黎的大街还要吵，因为路铺得差，房子修得糟，公共通道狭窄小气，本地口音野蛮无度、粗鲁成风，还有那些没完没了的口哨和狗叫声。商店没有橱窗，虚度光阴这种天生具备想象力的人所珍视的东西在这里简直不可想象——这里没有东西可看，路也走不通。除了租金，一切都贵。红酒是珍玩，喝它不是为了品尝而是出于虚荣和跟风，是为了模仿法国。至于食物，什么都煮得半生不熟，从来不烤，上面盖满令人作呕的黄油。蔬菜很难吃，比利时菜对调味的概念仅限于盐。"

我喘了口气。这番大肆抨击收获了雨果夫人几声紧张的轻笑和偶尔的啧啧咋舌。我面前那三位女士似乎不知道该做何反应——甚至不知道这场表演是为了逗乐还是攻击。我又听到奥古斯特压低了声音祈求："夏尔，求你了，别再胡说八道了。"可情绪占了上风，我忍不住。

"这个国家里没有女人。没有女人，没有爱情——男性不识勇敢殷勤，女性不懂谦逊端庄。从物理上说，女人跟绵羊差不多，苍白、黄毛，长着肥胖壮硕的大腿，更不要说她们的脚踝多可怕了。她们好像不会微笑。无疑，这得归咎于某种先天的肌肉僵硬以及牙齿和下巴的结构缺陷——"

"够了！"这次打断我的是查尔斯·雨果，他把椅子往后一推，站起来，脸红得像要滴出血来，拳头紧握，整个人气得发抖，"我不会让我的客人蒙受这样的羞辱！"他把餐巾往盘子上一丢，大步走出房间，留下一片寒冷的死寂。三位女士全都满脸通红，其中两位眼里还蓄起了泪花。

"夏尔，"奥古斯特说，"拜托，我们走吧。"

奥古斯特提出要陪我回大镜酒店。我猜他会再次严厉地斥责我，因为我古怪的行径又让我们双双蒙羞了。可他只是默不作声地把烟草装进烟斗，一边抽一边挽起我的手，和我一同踏着光溜的鹅卵石路，走在起雾的夜里。朋友的亲近、烟草燃烧的气味和夜晚寒意凛凛的宁静舒缓了我的神经。

走了一段路后，我感觉空着的那只手开始冻得发痛，于是想把它塞进口袋，不料却碰到了什么，像是一张柔软、厚实的纸。我停下脚步，把它抽出来，迎着一盏煤气路灯的光举起来查看。是钞票，面值一百法郎，多半是雨果夫人趁着道别时偷偷塞进我口袋里的。我很高兴，这样明天早上可以再去买点鸦片酊了。我提议找家酒馆喝点东西暖暖身子。奥古斯特停下脚步，细细端详着我，脸上浮现一种古怪的神情，充满了爱意，却很悲伤。"不，我的朋友。"他说，"我想我得回家陪我的妻子和孩子们了。"家，妻子，孩子。这些字眼刺痛了我。要是我也能有资格说出这样简简单单的一句话该多好。他抱了抱我，没再说话便转身离开，带着满身的寒气与满心的忧虑。我眼看着他的身影渐渐融入迷蒙的雾气，越来越模糊，才第一次意识到在某种程度上他也是一个失败者。这个男人，我一生的朋友，我的出版人和庇护者，我最忠诚的伙伴和最亲密的知己，显然在我不曾注意的时候，或许连他自己都没注意到，早早加入了我的行列，成了被征服的一员。有一种神秘的魔力总在找机会将人击倒：一次退缩，一次屈服，生机与活力的流逝，突然意识到最好的已然错过……往往都是在人们品尝到某个影响人生的重大挫败的苦涩时乘虚而入。我一生都在预言自己的死亡，期盼它，品尝它的前菜的味道。可他不同，他的失败还很新，还是他所不熟悉的，他的味蕾还没有习惯它的味道。更糟的是，其中也有我的部分责任。因为出版我的诗，他损失了一小笔钱。在审查机构将其中好几首有关萨福式爱情主

鸦片酊：
又称阿片酊，10%质量浓度的鸦片粉酊剂，红褐色液体，味极苦，主要用作止痛药和止咳药。如今被认定为一种成瘾药物，受到严格管控。

题的诗作判定为低俗下流时，他挺身而出捍卫它们，然而审判失利，到头来还得亲自将它们全部销毁，打成纸浆。当他的身影一点点隐没在布鲁塞尔寒夜暗淡的灯光下时，就连他头上的帽子也似乎变小，肩膀也消失在了包裹着脖子的围巾下。

奥古斯特走后，我沿着教区居民街朝大镜酒店走，翻起领子来抵挡蒙蒙细雨。大街小巷都空荡荡的，四下一片寂静，只有路灯里煤气燃烧的叹息和身后偶尔响起的匆匆几声脚步声。我在一块铺路石上滑了一下，两只脚都踩进了没过脚踝的水。

转过路口，前方就是火车站了。我蹚过一个又一个没脚踝的水坑，就在这时，前方不远处传来一辆豪华马车的声响。它转过街角，冲着我歪斜过来。我急忙想要闪开，可左脚踩到一块突起的铺路石上崴了一下，身体顿时失去平衡，脸朝下栽到了泥泞的街面上。两匹马正对着我奔来，我打算躲进排水渠，可刚挣扎着站起来就被一个车轮砸在右肩上，整个人再次斜飞出去，在空中翻了个个儿，摔进另一个水坑，这次摔得仰面朝天。不用说，那辆马车丝毫没有停驻，自顾自地继续向前，转进了左边的殖民地街，车夫很可能根本没发现他刚刚撞倒了一个人——本世纪最伟大的抒情诗人并差一点杀死了他。

我躺在冰冷的污水里，外套一点点被浸透。我想，我的生命终于要迎来它可悲可怜的终点了。就在这时，一个念头突然冒出来：我本该往另一个方向跳，躲到马底下去，而不是试图逃离它们。我躺在水坑里，身下是光溜的石头，在这样一座陌生的城市，这样一个冰冷的夜晚，所有希望都破灭了，死亡即将到来，这样的预期竟意外地叫人感到安慰。我又湿又冷，发起抖来，抖得很厉害，好像再也停不下来。不久，伤口的疼痛开始消退，狂乱的心跳舒缓下来，呼吸也不那么疯狂了。我意识到死亡还不会在此时此地到来，我这受诅咒的存在还要继续苟活，至少暂时继续苟活。想到这里，我禁不住开始尖叫，咒骂生命的坚韧，仿佛一切更明智的本能都抵不过它。一旦开口我就停不下来。我全心全意地诅咒着，一句接一句，将诅咒串成诅咒的花环，砸向维克多·雨果和雨果夫人，砸向她的儿子和客人。我诅咒大镜酒店、布鲁塞尔、比利时和比利时人，我诅咒比利时国王，顺带诅咒法兰西国王，我诅咒男人和女人，我诅咒诗歌、文学、艺术和爱。将这一切都诅咒过了之后，我开始诅咒生命和上帝。正当我诅咒到上帝时，一个男人的身影出现在我正上方，戴着圆礼帽，披着短斗篷。紧接着，一张蓄着胡子的干瘦的脸俯下来，凑近了打量我："您受伤了吗，先生?"

"我说不清。"我说，"但好像站不起来了。"

"来，"他说，"我扶您起来。"他弯下腰，戴着手套的双手从后向前插进我的腋下。他闻起来也是黑肥皂的味道。"数到三。"他说，"一、二、三。"我被拉了起来。陌生人慢慢松开他的手，让我自己试着站稳。我感觉左脚踝传来一阵尖锐的刺痛，不由得发出一声仿佛被掐住了脖子似的尖叫。陌生人只好抓着我，免得我再摔下去。"您受伤了，先生，您的伤口需要处理。请允许我带您到我女主人的住处去，这样您就可以得到必要的休息和治疗了。"

自然，我的第一反应是拒绝他，继续我的酒馆计划。但一阵疲倦袭来，我只想睡觉。"好的。"我说，摇摇晃晃地倒在了他的怀里，"休息和治疗，正是我需要的。"

P171 ☞

A Touching Reunion
感人的重聚

年轻时起，我就常被一种夜间错乱症困扰——我会被噩梦吓醒，发现自己直挺挺地坐在黑暗里，浑身上下浸透了冷汗。可每次睁开眼，那些叫人难受的梦就消失得无影无踪，只留下些许不起眼的碎片：遥远回归线上的白沙、巨大的火山、风暴肆虐的大海、凋零的花朵、满帆的船……最特别的是，眼睛。黑曜石一样的眼睛，梦到太多次以至于醒时也清清楚楚宛在眼前的眼睛。通常，如果我睡在自己床上，能立刻识别出熟悉的环境，我就能很快打起精神，点燃一根蜡烛，要么翻翻书，要么写点什么，直到再次在梦魇墨菲斯的臂弯里松弛下来。曾经，醒来时我会看到珍妮躺在旁边，睁着她那双令人沉迷的黑眼睛——她是被我的动静惊醒的。她会问我梦到了什么，要是说出来，她就会为那些梦中景象找出一些牵强附会的解读，多半是她自己编造的异教神话之类，说她和我都是转世的灵魂，信奉一位古老的鸟神。她会一直这么说，说到我重新睡着。

就在这个特殊的夜晚，我又一次被噩梦惊醒，只是如今我和她早已分离，再也没有珍妮来安慰我。我发现身下的床是陌生的。和大镜酒店里那张疙疙瘩瘩、潮乎乎的稻草床不同，这是一张四柱的美第奇大床，精雕细刻的橡木床架上挂着紫色和金色的织锦床帐。我从没见过这么厚实、这么柔软的床垫。油灯散发着柔和的光，提示我这是某位贵族女士的卧房。方格天花板有金色的勾边，房间四角里，鲜红的山茶花在东方风情的花瓶里绽放。房间另一头的壁炉里传来余烬噼噼啪啪的爆裂声。鸦片酊为我的脑子罩上了一层迷雾，我花了好一会儿工夫才想起自己来到这里的前因后果：我被马车撞了，倒在鹅卵石街面上的水坑里，然后一个陌生人意外出现救了我。

我想翻个身，浑身上下立刻一齐疼了起来：头上、背上、右胯，最严重的是左脚踝关节，一跳一跳地疼。我试着慢慢站起来，却疼得一屁股跌坐回去。我缓了缓，又试了一次。终于，我的脚够到了一双木头拖鞋。我一瘸一拐地拖着脚步穿过房间，那头的天鹅绒沙发椅上搭着一件阿拉伯纹样的朱红色睡袍。我自己的东西都不见了。我继续挪到窗边，拉开厚重的缎子窗帘，本以为还是清晨，却被雪后晴日的阳光晃花了眼。看来这是个庄园，不是在乡下就是市郊。我这间在一楼，窗外是一个沉眠在白雪之下的花园庭院。我的房间里装饰着最明亮、最热烈的色彩，外面的世界却犹如一张银版摄影的

银版摄影：
利用水银蒸汽对曝光的银盐涂面进行显影作用的方法。

黑白照片。

沙发椅旁边，靠墙角放着一张写字桌，上面摆着一支钢笔、一个墨水瓶、一个光亮的黄铜摇铃和好几张日本纸。最上面的纸上有潦草的留言。我窝进椅子里读留言：

> 先生，我想您一定休息得很好。贾科莫随时听候您的吩咐，您可以摇铃召唤他。
>
> 埃德蒙夫人

我按留条人的指示摇了摇铃，很快房门吱呀一声开了。首先进来的是一个纯银的大托盘，后面跟着男管家，单手托着托盘。他蓄了胡子，脸僵硬得活像戴着死亡面具——正是前一晚救了我的那个陌生人。

顶级的仆人都有一种近乎神奇的能力，能提前体察主人的意图。我刚喝完咖啡没一会儿，贾科莫就再次出现，领着我去了隔壁带浴室的房间。他协助我洗浴，帮我刮胡子，看我擦干了身体立刻为我穿上最优质的衣服——多半是斯托布或德哈门的定制西装，配上布瓦万的衬衫和领带，詹宁奇的领带夹，再加一支韦迪耶的手杖，手杖的银把手是鸭头形状。若我还是当年那个年轻的浪荡子，一定会为这身精致的装扮而扬扬自得。可如今我身染梅毒，已日薄西山，便只觉得自己像个洋娃娃，被人打扮一番，准备送去参加一场感伤嘉年华。

我穿着这一身坐在壁炉前，为眼下这个小小意外沉思了好一阵子，直到贾科莫再次出现，宣布正餐已经准备好。他轻松地把我挪到一把轮椅上，推着我穿过一条华丽闪耀的长走廊进入餐厅。餐厅里放着一张长条大餐桌，两张座椅已经摆好，分别安置在餐桌的两头。"埃德蒙夫人希望能获得您的原谅，"贾科莫干巴巴地说，"她被一些意外事情耽搁了，但会尽快来见先生。在此之前，她希望您先自己用餐。"

我遵从了这个建议。烤肉、奶酪、果酱、太妃糖、水果馅饼就着上好的葡萄酒、咖啡和白兰地吞下肚去，俨然一副多少天没吃过饭了的模样。餐厅比我那间卧房更加华丽：墙上的镀金带饰，菱形镶板拼出的天花板，精细繁复的拼花地板，大理石壁炉，更大更艳的山茶花占据了每一个角落。窗户对着庭院，和我卧室窗外的是同一个。墙上挂满了精美的画作，全是各种各样的航海和殖民地景象。

终于，在我抽雪茄的时候，贾科莫禀报埃德蒙夫人到来。他拉开房屋那头的双扇对开大门，一个年轻女人的身影出现在门口。她身姿窈窕，穿一袭华美的黑裙子，浓密的发辫在头顶盘成头冠模样，从上面垂下一片黑色面纱遮住她的脸。我想站起来，可脚踝上的锐痛打断了我表现绅士风度。她迟疑地朝餐桌走来，像是在害羞。她举手投足间无不带着一种猫一般的精致和优雅，和她天鹅绒裙子的沙沙声相得益彰。她一直走到我面前才停下脚步。"先生，请坐吧。"她说，她的声音很轻，像是从很远的地方传来的，"我知道您受伤了，况且我向来不赞成繁文缛节。"

贾科莫拉开餐桌另一头的椅子请她入座。她问我有没有吃饱，我向她保证绝对饱了，同时感谢她的盛情款待。她说我的衣服被送去洗了。我问起我的怀表。"摔坏了，"她回答，"送去请钟表师傅修了。"

"恕我冒昧，夫人，"我言归正传，"不过我真的好奇，您是谁？"

"我是埃德蒙·德·布雷西夫人。"

"德·布雷西……我对您的名字不太熟悉。"

"无关紧要。"

"为什么您会对我这个陌生人这样慷慨呢？"

"您不完全算陌生人。"

"我们认识？"

"就某种意义而言，我们也算说过话。"

"我不记得曾见过一位埃德蒙夫人或埃德蒙小姐。"

"那并不能改变我们很早以前就认识的事实。"

"也许吧，"我说，"也许看到您的脸我就会想起来了。"

"我向您保证，不会的。"她回答，但还是抬手掀起面纱，露出一张毁了容的可怕面孔。那与其说是一张男人或女人的脸，倒更像闯入噩梦中的怪兽。我只在银版相片上见过一些近似的面孔，都是萨尔佩替耶病院里不幸的病人，这类照片多年前曾在巴黎流行过一阵子，直到今天还偶尔能在河边的旧书摊上找到。怎么说呢？那就像是某个存在于希腊神话里的精灵，一边将她的眼睛往下拽，一边把鼻子朝右上方用力顶。她的嘴是歪的，肿胀着，下半张脸的皮肤像是被火烧过，下巴整个翻转。天色已晚，烛光在她的脸上投下深重的阴影，愈发勾勒得她的脸像是开裂的胡桃木，异常的扭曲。

我不知道该说什么，沉默像沉重的积雪落在我们身上。最后还是埃德蒙夫人打破了沉默。"您可以安心享受我的一切款待，多久都行。"她放下面纱，"您不是囚犯，可以随意来去。这里欢迎您，您想住多久都可以，也随时可以离开——现在、明天还是下星期，一切随您的心意。等您想离开时，会有马车送您回您的酒店。"您的酒店，我留意到她的措辞，但没有打断她。她对我的了解远比我对她的多。"如果您选择留下，"她接着说，"我会将我的一切秘密坦诚相告，只要您想知道。但如果您选择今晚就回您自己的住处，那我只有一件事可以对您说。"

"是什么呢？请您告知。"

她坐在那里，纹丝不动。不知怎么回事，虽说隔着一层面纱，我还是能感觉到她的双眼在紧盯着我。"先生，请仔细听我接下来说的话。珍妮·杜瓦尔跟您说的那些故事都是真的——每个都是。它们不是想象，不是幻觉，不是凭空杜撰，也不是谎言。她不是疯子，不是妄想症患者，不是山鲁佐德。她不是幽灵或食尸鬼，她是真相的讲述者。您最好记住这点。"埃德蒙夫人以无比优雅而尊贵的姿态站起来，向我道过晚安，朝门口走去。

我语塞了片刻，总算赶在她的身影消失前问出了最后一个问题："您怎么知道这些——珍妮和我，还有我们两个的事？"

我的女主人在门口停下脚步，仍然背对着我，回答道："不需要我解释，您已经知道答案了。"

说完她就走了，留下我在贾科莫的帮助下回房间。尽管吞了鸦片酊，那一晚我还是没能睡着。我陷入了记忆的迷宫。自从离开巴黎，我就竭尽所能将它们忘掉，可现在它们回来了，如此气势汹汹，我害怕会被它们吞噬。

第二天早上我是被噩梦惊醒的。我摇铃叫来贾科莫，他再次帮助我下床、洗浴、穿衣服。他推着轮椅把我送进无人的休息室，为我倒了一杯茶。这一个房间里的家具都是桃花心木的，衬着天鹅绒，和前一晚的餐厅一样富丽华贵。门外，昨天的积雪在晚冬的阳光下开始融化。我坐在扶手椅里，啜着茶，急切不安地等待着埃德蒙夫人。

几分钟后她来了，依旧蒙着面纱。她的裙子和昨晚一样，浓黑、华丽。我们互道早安，她在我身边的扶手椅上坐下，举止依旧和我之前看到的一样流畅优雅。贾科莫为她斟上一杯茶。我发现她的面纱是她力量的源泉，让人无从知晓她的目光停留在什么地方。我试图观察我的女主人，不是出于病态的好奇，而是因为前一晚的无眠里翻腾的思绪，可那片面纱让我的观察没了着落。

一直等到贾科莫离开，她才重新拾起话头："您感觉好些了吗，波德莱尔先生？"

"完全没有，我几乎没睡着。而且离了您的仆人，我也几乎无法动弹。"

"请告诉我，是什么让您失眠？是床不舒服吗？"

"我无法安眠跟床完全没有关系，那是我睡过的最舒服的床。事实上，是因为您昨天留给我的谜题。"

"与其说那是谜题，倒不如说更接近事实陈述。"

"那就是个谜题，我花了一整夜来寻找答案。"

"恐怕您是在浪费时间了，那谜题本身就是答案。"

我感到一阵无名火突如其来地蹿起。我这辈子都是个火暴脾气，越老越糟糕。等到这阵冲动过去，我才重新开口：

"您说珍妮跟我说的一切都是真的，但当然并不真的是一切，对吗？"

"我说的是，她的所有故事都是真的。珍妮并非不会说谎，但在某些特定的事上，她的话就是信誉本身。"

"如果您知道自己说的是什么，您当然也知道她的故事有多异想天开。"

"我知道它们的本来面目。"

"珍妮相信灵魂转世。"

"是的，她称之为'灵魂交替'。"

"而您还是认为她的故事是真实的。"

"很显然。"

"如果我要求您拿出证据，我想您能理解。"

埃德蒙夫人叹了口气。"从哪儿开始呢？也许我该先跟您说说寇阿胡和阿茹拉，以及他们多么相爱？还是说说奥依提岛、首领奥塔胡、先知法图？我该跟您说'索尼德号'、船长马尔尚、外科医生翁布列特和水手鲁贝尔吗？"

我简直无法相信自己的耳朵。"信天翁呢？关于这个，您知道什么？"

我清楚地感觉到，这个问题就像利箭，成功射穿了她的面纱。她的头垂了下来："啊，是的，信天翁，你说的是那个猫头鹰和燕鸥的故事。"她重新抬起头。

我无法掩饰震惊："你怎么可能对这些故事这么熟悉？"

"噢，夏尔，如果我实话实说，你能不像以前那样不屑一顾吗？"

"珍妮那些故事都是小孩子的童话，是疯子的臆想！"说到这里，我攥紧拳头捶了一下椅子扶手。

埃德蒙夫人安坐不动，半晌过后，终于用耳语一般的声音说："你还记得最后一次见到珍妮的情形吗？"

"我怎么能忘得掉？"

"你跟多少人说过？"

"一个都没有。"我要怎么跟别人说？我太羞愧了。

"那如果我现在说出来，算是充分的证据吗？"

我点点头。"是，我想是的。"可我并不想听。

"当时你被噩梦惊醒，珍妮试图像过去多年一样安慰你，但那个清晨你无法得到安慰。从很久以前开始，她的故事就不能安抚你了，只是这次的情况尤其糟糕。"埃德蒙夫人顿了顿，"你还记得你的回应是什么吗？"

我羞愧地点了点头。"记得，"我喃喃道，"恐怕我记得。"

"你大发脾气，你对她说她是个得了妄想症的疯子，你早该把她关起来。你说她要是胆敢再说这些胡话，你就把她送到萨尔佩替耶病院去。"

我垂下头，这些都是真的。

"当然那并不是你第一次发脾气，但那次不同，不是吗？"

"是的。"我呻吟道，"是的，是的。"

"不同之处在于，你抽出你的皮带开始抽打我。"

我张了张嘴，也许是出于条件反射，想抗议，想为自己辩护，夹在这双重条件反射中，我只能张口结舌，说不出话。

"你从背后扯下我的衣服，鞭打我，一下又一下，直到皮肤破了，流出了鲜血。你还记得你说了什么吗？"

"不，求你，别再——"

"你说你打我就像打奴隶一样，就像我永远都只是个奴隶——"

"够了！"我大叫道。我顾不得身体的伤，从椅子上跳了起来，挂着手杖一瘸一拐地走到正对庭院的窗边。这一刻，心痛让我忘记了脚踝的痛。"你想让我相信你就是珍妮？"我回头看着她，可面纱之下没有回答，"这怎么可能？这违背自然法则——科学和物理的法则。我无法接受眼前正跟我说话的女人曾经是另一个女人，另一个和我关系亲密的女人，分享过我人生中最好和最坏时刻的女人。这简直是一派胡言——最糟糕、最无聊的胡说八道。"

"你是个诗人，难道看不出每个人的灵魂里都蕴藏着交替的力量？注视另一个人的眼睛时，你难道感觉不到身体里有一种强烈到吓人的渴望想要扑向前去？在文明社会，我们转开视线，难道不正是因为彼此注视时产生的眩晕感？而这种眩晕感，难道不正是来自对灵魂交替的恐惧，一如对灵魂交替的渴望的恐惧？难道我们的灵魂没有在不断试图靠近别的灵魂，为自由交替而努力挣扎？"

"那么你敢说这样一种能力，这样古怪到叫人难以置信的能力，是随便哪个可怜的傻瓜都能得到的吗？"

"是的，它存在于我们每个人的身体里，只是任何人都必须经过多年的训练才有可能入门，要熟练掌握更是需要相当长的时间。训练必须从很小开始，尽可能早，就像小孩子学走路和说话一样。一旦错过了时机，就几乎不可能学会了。但交替的潜能存在于每个人的身体里。"

我转身面对这个女人，她的声音似乎不是出自这个房间，而是漂洋过海才传到我耳边的。

"停！这些胡言乱语我一个字也听不下去了！"我回过身去，努力维持镇静，"埃德蒙夫人，我的理智已经摇摇欲坠，你想让我彻底疯掉吗？"

"夏尔，过去你唤我作你的山鲁佐德，你还记得山鲁佐德做了什么吗？"

"她每天晚上给国王讲一个故事，免得他像杀死以前那些新娘一样杀死她。"

"山鲁佐德和我的区别只在于我讲故事不是为了拯救我的性命，而是为了救你，让你能为下次灵魂交替做好准备。"

"你误会我了，我不害怕死亡，事实上我渴望它的到来。"

"夏尔，你不能死，你必须和我一起回去。"

"回哪儿？"

"回岛上。"

听到"岛"这个字，我眼前模糊了，隐约感到一滴热泪不知怎么滑下了我的面颊。我走向埃德蒙，在她身边缓缓蹲下。她的姿态那样沉静。隔着一层面纱，我无从知晓她的感受。"噢，珍妮。"我低声说着，拉起埃德蒙的手，握在我的掌心，亲吻它，"我是多么想念你啊！没有一天不是……"

"夏尔，不。"她抽回手，低声说，"我不再是珍妮了，我是埃德蒙。"

我抬起手，缓缓揭开她的面纱，出现在我眼前的依旧是昨晚那张脸。即便是让一位弗兰德派大师为死神画像，只怕他也很难找出比埃德蒙更合适的模特。可之前攫住我的反感并没有出现，相反我感到了旧情的萌动。

"我曾经是珍妮，"那对枯槁萎败的双唇说，"曾经很漂亮，但我现在不漂亮了。丑陋让我找到了自由。现在我要向你提供你的自由，我来布鲁塞尔就是为了这个，我租下这座庄园唯一的目的就是找到你，带你再完成一次灵魂交替。相信我，夏尔，相信我，信赖我，让我为你安排下一次灵魂交替，交替到一个年轻、强壮的人身上。到那时，我们就一起回岛。无论如何，我们一定能找到办法，补救我们当初造成的破坏。"

P199

A Suitable Candidate
合适的人选

　　回到大镜酒店以后，有好一阵子我都没再得到埃德蒙夫人的消息。这是她有意安排的。"就像往常一样生活。"我们讨论计划时她再三叮嘱我，"尽可能不要引人注意，不要让任何人怀疑你的命运出现了转折。"贾科莫送来了我自己的衣服和鞋子，都洗干净，也缝补好了。我离开庄园，依旧是来时的样子，只是干净了些，胖了些。

　　埃德蒙亲自寻找灵魂交替的候选人。分头行动前，她鼓励我考虑交替到年轻女人身上，说这样更容易找到合适的人选，我没答应。

　　我的回归在大镜酒店引起了一阵小骚动——来自老板勒帕热夫妇。很显然，他们认定我之前是逃租跑掉了。我给了他们二十法郎（埃德蒙给了我一点钱，提醒我小心着花），足够安抚他们的担忧又不至于引起怀疑。

　　我得到的指令很明确，为了对未来事宜的准备，我要做的就是将自己知道的与灵魂交替有关的东西统统写下来，包括她告诉我的以及珍妮跟我说过的一切。"这样等下一次灵魂交替后，"埃德蒙解释说，"就能有充足的证据告诉你你是谁，来自哪里。哪怕我们再分开，你也不用再花一辈子的时间从你的噩梦中拼凑线索。"于是我在埃德蒙精美的日本纸上写下了你此刻正在读的这个故事，从雨果夫人的晚宴开始到后来的意外事故，再到我被一个陌生人救起，直到最后与埃德蒙相见。我不停地写，沉醉其中，依照诗人的习惯，不断写，不断修改，写废的稿纸统统扔进壁炉里烧掉，免得被旅店老板娘看到。放在过去，对于一个人的灵魂可以交替到另一个人身上这种想法，我多半会直斥其荒谬，即便到了现在，我依然心怀疑虑。但我已经行走在死亡阴影覆盖下的幽谷里，便索性将自己完全交托给了它。我能确定埃德蒙对珍妮的回忆都是真的，她的话就是证据，无论那听起来多荒唐。有机会重活一次，活在一具年轻的身体里，逃离贫穷、疯狂和死亡的围追堵截，甚至或许还能补偿我以往所有的失败，这一切加起来构成了我无法抗拒（或许也不应该抗拒）的诱惑。

　　我回到了我与世隔绝的生活中，整日整夜地待在床上写作。几天后，我开始担心再也收不到埃德蒙的消息。我想过要不要回她招待我的庄园去看看，却意识到自己完全不知道该怎样去那个地方。当她终于有信来时，距离我们分开已经一个多星期了。信写在一张白纸上，顶头没留回邮地址，信封看起来像是被人动过手脚，仿佛有人用蒸汽熏开过又重新封上了，我猜是旅店老板想看看里面有没有夹着钱。埃德蒙早就想到了这种可能，所以我们约好了用暗语写信，确保外人看不明白。

　　她的纸条上写着：

亲爱的夏尔：

　　请原谅我这么晚才写信给你，花费的时间比我预计的多了些。我在尽全力寻找符合你要求的人选。正常情况下安排这样的会面就已困难重重，何况我的相貌雪上加霜。你要求寻找一个身体健壮同时拥有文学天赋的年轻人，我走访了这座城市里所有的大学和神学院，但没能找到这样的人选。现在我打算走得更远一点，深入更多省份和城镇，一旦找到候选人我就给你写信。敬请期待，务必保持耐心。

　　　　　　　　　　　　　　　　　　　知名不具

　　三天后埃德蒙的第二封信到了，同样也有被偷偷打开过的痕迹。"坐星期二上午九点的火车到沙勒洛瓦，我来接你。"

　　埃德蒙站在售票窗口旁，和往常一样蒙着面纱，俨然这个旋转不休的世界里黑暗的圆心，火车到站的喧哗与烟雾腾腾的骚动完全影响不了她。可一看到我一瘸一拐地走过去（我走路还得借助手杖），这圆心便立刻动了。她挽住我的胳膊，引着我往外走，穿过马匹、马车和车夫的喧闹，朝乡村咖啡馆走去。"他叫费尔南德·鲁克斯。"她说，"完全符合你的要求：年轻，受过教育，出身牧师家庭。他很健康，没得过水痘也没有肺痨，是神学院的学生。他打算等接到圣职任命后就周游海外殖民地，向当地居民传道。"

　　"他知道我们的安排吗？"

"需要拯救的只是你的灵魂。"她回答，"这没什么不正当的。"我们走进咖啡馆，埃德蒙四下张望了片刻，便抓着我的小臂朝一个独坐在木头桌子边的年轻人走去。那个年轻人干干瘦瘦，憔悴极了，让我更多想到螳螂而不是人。他蓄着纤细的胡须，长发精心梳理过，垂下来遮住了一只眼睛。鉴于非凡的身高，他始终弓着身子，与其说是坐在椅子上，倒不如说是对折着窝在上面。"你好，鲁克斯先生。请允许我向您介绍我的朋友，波德莱尔先生。"

鲁克斯站起来，顿时像有一座高塔在我面前拔地而起，我的眼睛才刚到他的肩膀。我们低头握了握手。他手心湿冷，绵软无力。在一阵沉重的静默中，我翻出手帕擦了擦自己被这位神学生握过的手。"埃德蒙夫人跟我说您需要心灵上的指引。"终于那年轻人开口了，声调很高，带着鼻音，我疑心那是有意的，为了显得彬彬有礼。

"非常需要。"我回答。再一次，我们不由自主地陷入沉默。我无助地抬眼看向坐在对面的我的同谋者，可她脸上蒙着面纱，我找不到任何蛛丝马迹能告诉我接下来该怎么办。"您是从事宗教研究吗？"

"什么——当然！我决心侍奉上帝，到热带地区传教，和刚果的奴隶一同生活，拯救食人族的灵魂，将他们带到基督的光辉之下，大概就是这样。"他开始向我描绘他大义凛然的未来，声调紧张，道貌岸然。他的话听来并不那么专业，反倒满溢着虚荣的味道，可他自己完全没意识到这点。听着他说话，我开始设想如何活在这样一具纤长的身体里：用哀怨的腔调说话，用细长得好像蜘蛛脚一样的手指做所有事，每次进出房门都要弯腰低头。这不是个叫人愉快的点子。等到了新身体里，我也会那样梳头发吗？也会用那样叫人难以忍受的声气说话吗？如果遗失了前世的记忆，进入这样一具身体里，我该期待自己拥有怎样的命运呢？相应的，如果我们真的决定执行我们的计划，他却对将要降临到他身上的命运一无所知。他会交替到我的身体里，那身体垂垂老矣，随时可能跌入永恒的衰朽。这样一种命运同我自己的比起来，很难说哪个更好。顿时，和这个神学生交换灵魂的念头显得面目可憎起来。

"夏尔？"我听到埃德蒙的声音。那年轻人已经停了口，一定是问了我一个什么问题，可我沉浸在自己的思绪里没有听到。我假装牙疼，道歉离开。

埃德蒙过了会儿才出来找我，那时我正靠在咖啡馆的外墙上心烦意乱。她又一次挽起我的胳膊，我们朝火车站走去。"夏尔，怎么回事？你是对我的劳动成果不满意吗？"

"那小子绝对是个傻瓜！光想想将来要活在这样一具身体里就叫人无法忍受！而且我也有其他顾虑：如果我们交换了灵魂，他的灵魂就要在我的身体里悲惨地死去，即便是他这样可鄙的人我也无法接受，何况他还完全不知情，这感觉实在太像个贼了。我宁愿不做灵魂交替，干脆就这样死去，终结一切。"

我们走进火车站候车室，埃德蒙扶我在椅子上坐下。"夏尔，你圈定了人选范围，不是随便一个人，而是一个健康的、受过教育的男人。你能想象要说服这样一个人相信灵魂交替有多难吗？就算他信了，我们接下来要怎么说服他放弃自己的身体，更别说等待他的还是一具病弱之躯？只怕找遍整个欧洲也找不到一个能同意的人。"哪怕隔着面纱，我也能感受到埃德蒙散发出的怒火，"如果你坚持只能和知情人灵魂交替，那就是给了我一项几乎不可能完成的任务。谁会相信这样一个故事？你也花了足足二十多年才勉强相信我。"

"我答应不了。"

"非常好。"埃德蒙叹了口气，"我会去找一个想死的人。但夏尔，我恳求你，满大街都是绝望的年轻女人，她们的境遇是如此窘迫，对她们来说死比活着好，你考虑一下吧？"

我们各执己见，不欢而散。

④

布鲁塞尔

我乘坐当晚的火车返回布鲁塞尔。起初车厢隔间里只有我一个人，埃德蒙的话一直在我耳边回响，我的神经痛比以往任何时候都剧烈。为了止痛，我吞下了整瓶鸦片酊，进入一种昏昏欲睡的愉悦状态中。到热纳普站时，上来了两个年轻人，看样子是姐妹。一进门她们就用法语问候我，说："晚上好，神父。"这不是我人生中第一次被错认作神职人员了，无疑原因是我阴沉的外表和暗沉的衣服。两位少女坐在我对面，相互依偎着用弗拉芒语聊天。我小心翼翼地打量她们，尽可能避免让她们感到不自在。我只是坐在那里，假装在看窗外掠过的草场，可天色已经黑了，窗外什么也看不见，玻璃上映出的只有亮着灯的车厢内部。我专注地观察两位女士在窗玻璃上的影子，听她们奇怪的语言，那总叫我想起溪水流动的汩汩声。我研究她们的女性气质——声音、举止，她们身上穿的衣服，她们彼此享受的亲昵。虽说日日都被女人包围，可她们带给我的陌生感和由此而来的震惊从未减弱。我很好奇做女人是什么感觉，能够孕育生命是什么感觉。身为文人，我总以为自己有足够的想象力来以诗意的方式回答这个问题，毕竟在这个问题上诗意是我能找到的唯一可行的解答。可单凭写作真的能跨越男女间的鸿沟吗？生平第一次，我坦然承认自己对此产生了怀疑，由此生发出的一系列念头更是让我在火车抵达布鲁塞尔时得出了全新的结论——跟离开沙勒罗瓦时的那个我所坚持的想法截然相反。如果灵魂交替真的可行，那么，如果有机会探索伟大人类二元性的另一性，于我又能有什么损失呢？成为一个女人，感受女性气质，看着那对姐妹，我第一次被跨性别灵魂交替的可能性吸引了——想想看吧！不再受困于男性气概的牢

弗拉芒语：
比利时荷兰语的旧称，是比利时两种民间语言之一，另一种是法语。

笼，从暴力、抱负和欲望的土牢中解脱出来！自由自在！就我所知，唯一比我生存更艰难的人就是珍妮，可这份艰难我"功不可没"。我想明白了。除了怯懦，没有任何站得住脚的、道德上的理由可以让我堂堂正正地拒绝女性身份。

P087

An Unsuitable Candidate
不合适的人选

我一边等埃德蒙的下一封信，一边在神经痛发作的间隙里继续写下你此刻正在读的这些文字——发作时吞下的鸦片酊太多会让我虚弱得连笔也提不起来。除了一直以来承受的痛苦，我还感受到了一种前所未有的狂喜的宁静。折磨了我一辈子的噩梦不再是困扰，它们被明晰而抚慰人心的梦境取代。我的身体和灵魂分离开来各自独立：一个困在苦痛里垂垂待毙，另一个却已开始期待下一段旅程。

埃德蒙建议我回避所有来访者，以免不小心泄露计划。但当奥古斯特在一天早晨突然敲响我的房门时，我实在拒绝不了，因为我知道这也许是我最后一次看到他了。他走进门，看到我被疼痛和鸦片酊折磨得只能虚弱地躺在床上，不由得皱紧了眉头。

"你不舒服吗？"

"哦，老毛病，我的朋友。"我回答，"只是神经痛，多少年了。"

"你的鸦片酊够用吗？"

我笑了，昏昏沉沉地点了点头。

他走到摊着稿纸的书桌前，瞥了一眼稿纸上的内容——正好是你现在看到的这一段。

"这是什么？"他拿起写着书名的那一页，问，"小说？唔，《恶魔的育成》。"

我努力从床上爬起来，从他手里拿过那页纸，再把所有稿子理整齐，塞进抽屉里。"还没写完。"

"你重新开始写作了吗？"

"是的，但不能给人看。"他好奇地看着我，"写完之前不行。"

奥古斯特眯缝起眼睛："夏尔，怎么回事？你往常对作品不是这么遮遮掩掩的。"

我倒回床上，他在房间里唯一的椅子上坐下。"没什么，真的。到合适的时候我会给你看的，绝对让你印象深刻。你一直都在催促我写些故事性的东西，我听取你的建议了，这一次一定能改变你我的命运。"

他笑了笑，带着点悲哀，毕竟这样的话他从前也听过。"很高兴听到你这么说，夏尔。"

我无法接受最后一次见面却不告而别。"我……我打算出去旅行一阵子，奥古斯特。"我抑制不住声音里的颤抖。

"去哪里？"

我没想过这个，我要去哪里？"热带。"

"去干吗？"

"你知道的，我想去很多年了。"

看得出我的朋友并不相信，他只是在纵容我，像是觉得我终于沦落为老糊涂了。

"我明白，"他说，"你打算什么时候走？"

"随时。"

"很遗憾听到这个消息，你有钱吗？"

哦，钱，我也还没想过这个。

"有——我妈妈，她最近给我寄了些钱。我准备先搭火车到鹿特丹，然后从那里去印度。"

"好吧，走前一定要来家里吃顿晚饭，跟我们全家道个别。"

"好的，我很乐意。"

奥古斯特站起来。"我想我该走了。"他清了清喉咙，"明晚来吃饭吧。"

"好的，我的朋友，谢谢你。"眼看他要离开，我很难过。

离别再次向我的身体里注入了动力，我努力站起来，从抽屉里拿出稿纸继续工作。等第二天被敲门声和老板娘的呼唤惊醒时，我身边的景象就是我坐在床上，稿纸和空瓶子散落在身边。"有你的信。"她端着一个大托盘走进来，上面放着咖啡、面包和一个信封。一见到屋里乱七八糟她就大惊小怪起来，不过我把她打发走了。信是埃德蒙寄来的，和上次一样看得出被拆过的痕迹。我想过跟勒帕热夫人说说，要她尊重我的隐私，但一想到还拖欠着房租，我便打消了这个念头。她离开后我才拆开信封。

亲爱的波德莱尔先生：

请原谅这么晚才给您寄来这封信。我一直忙于我们讨论过的工作。直到今天前我都一事无成，不过现在我终于可以宣布我已经找到了一个合适的人选。明

天下午我在那慕尔的火车站等您，火车十点十五分从
布鲁塞尔发车。

那晚我没去奥古斯特家吃饭。我送了个信过去，说我感
觉有点不舒服，会在第二天晚上再去拜访，可这个约我也没
守住。准确地说，第二天白天我就在北方阴冷灰暗的天空下离
开了大镜酒店，除了一个小背包，里面装着这份稿纸、一支钢
笔、一小瓶墨水、几瓶鸦片酊和一点钱，我什么也没带。我叫
了一辆双轮马车，让车夫送我去火车站。

圣卢普教堂是个阴森又优雅的奇迹，内部装点着黑色、
粉色和银色的花纹，我将同我未来的身体在那里会面。埃德蒙
在火车站接站并把我带到教堂，她站在站台上的样子就像葬礼
上的沙漏。对于我即将见到的人，她只说是个年轻女人，已经
完全了解将要发生的事，除此以外就什么也没说了。

教堂前排座位上坐着
一个女孩，不会超过十六
岁。我们走近时，她转过
身来。没错，就是你。你
朴素极了，戴着白色头
巾，穿着修女袍子。你
的脸上突然流露出某种挫
败、暴躁的东西，好像你
曾遭受过许多打击。你脸
色苍白，头发是稻草的颜

⑤

圣卢普教堂

034

色；你唯一的色彩是面颊上淡淡的粉红，这让你看起来始终透着些拘谨窘迫。你站起来，紧张地啃咬下嘴唇。

"夏尔，"埃德蒙说，"这是马蒂尔德·罗伊格。"你屈膝行了个礼。"马蒂尔德，这位是波德莱尔先生，我跟你说过的那位先生。"

"天爷！很高兴见到您，先生！"你说着，又行了个屈膝礼。我打了个寒战，立刻留意到了你的口音，是那种比利时工人阶级特有的，卑微、飘忽，中间总会杂着那个可笑的感叹词："天爷。"

"我也是，非常高兴。"我低下头说，"我想埃德蒙夫人已经跟你解释过这件事的来龙去脉了，你还有什么问题吗？"

"没有了，先生。"你含糊的咬字极其滑稽，"夫人已经跟我说了是怎么回事。天爷！您想看看我的眼睛，看几分钟，然后这位女士会带我离开，之后我就能过上好日子了。"

虽然埃德蒙解释过，但我还是怀疑你没完全理解我们向你提出的这整个计划是怎么回事。"你确定这是你想要的？"

"是的，天爷！我完全不介意，男人总有各种各样的古怪兴趣。"

"你会读书写字吗？"

"会，先生！天爷！嬷嬷们把我教得很好，先生！"

"读，写，信仰，当然了。"我叹了口气，从裤子口袋里掏出一张纸，展开，递给你，"你能读给我听听吗？"

你看着那张纸，就像那是用外语写的，过了好一会儿才犹犹豫豫地张开口。你面颊上的淡粉色变红了，在你磕磕巴巴地读出那些不熟悉的长单词期间还在越来越红：

为了取乐，海员们常常

捕捉信天翁，那些大洋上飞舞的巨鸟

那些随船而行的、悠然的旅伴，

海船滑行，穿过大海严酷的深渊。

　　可怜的女孩，只是一个标题就把你绊住了，之后的情形自然是越发糟糕。"停！求你了。"不等你吃力地读到一半我就叫了起来，"你在扼杀我的文字！"我一把从你手里抓回那张纸，按在我的前额上，试图缓解伴随着鸦片酊失效袭来的疼痛。"谢谢你，孩子，这就够了。"

　　"天爷，我什么都不懂，这是什么？"

　　"一首诗！"我大吼道，"难道你不知道有这样一种东西？"

　　"我当然知道。贝尔纳黛特修女让我们背过一首，关于耶稣基督的。但你为什么会写一只鸟的？还有信天翁是什么？"

　　"是一种大海鸟。"埃德蒙说，"谢谢你，马蒂尔德，你做得很好。何不到外面去等一会儿？我们很快就叫你进来。"

　　你点点头，又屈了屈膝，拖着脚步朝教堂大门走去。你刚离开我就爆发了："不可能！根本不可能！没有魅力，没有头脑，跟诗歌毫无共鸣，她甚至没法连贯地读出一个句子。还有口音，简直可怕，更别说那个荒唐的感叹词了。天爷！天爷！她简直让人无法忍受。"

　　"那只是'老天爷'的简称。说真的，身为一个诗人，你一定能欣赏这种感情。'神圣的文字。'"

　　我整个人抖得像一把小提琴。"我很清楚那是什么意思，那不是重点。重点是，这女孩不只模样不堪入目，根本整个人都毫无美感可言。没有美感的女人能算什么？"话一出口我就意识到自己过分了。

埃德蒙挨着我坐下，拉起我的手。"我亲爱的夏尔，你以为我从来没问过自己同样的问题吗？"我抬眼看着她，她揭开面纱，那张面容的丑陋再次暴露无遗，嘲笑我的痛苦和由此而来的愤怒，"我希望你做的只是活着，她所求的只是死去，她自己对我说的。"

"为什么？"

"因为她怀孕了，这已经不是第一次。她不得不把第一个孩子给了修女，自己被关在女修道院的洗衣房里，我就是在那里找到她的。她甚至没机会在孩子被带走前抱抱他，从那以后她的心就碎了。她不只一次想自杀，这次也是同样的情况。但因为是第二次了，她会被送进感化院，她的孩子会在孤儿院长大。她不想这样。她想自己的孩子衣食无忧地长大。"

"你是怎么把她从修道院带出来的？"

"我告诉院长嬷嬷，我在寻找一名合适的失足少女，我会训练她、教导她，把她培养成我的私人秘书。院长嬷嬷认定马蒂尔德不可救药，我说我要找的就是不可救药的人。"

"那么关于灵魂交替，你跟她说了什么？"

"一切。"

现在是凌晨一点五十分。我在那慕尔唯一一家旅馆楼上的房间里，躺在床上，精疲力竭，几乎握不住我的钢笔，身边四散着鸦片酊的空瓶子和稿纸，稿纸上是我就着烛光写下的文字，这是我这一生写过的最后的、最好的、最真实的故事。埃德蒙在隔壁。我们明天将再次和你见面，依旧是在我们今天见面的那座金碧辉煌的教堂里。埃德蒙一再向我保证，灵魂交替一定能顺利完成，即使我已不记得，但那力量依然存在于我的身体里。她说我唯一要做的就是注视你的眼睛，注视几分钟。她说很快，一种充盈着喜悦的感觉就会席卷我们，灵魂交替会自然而然地发生，不费吹灰之力。如果明天我们的会面中没发生任何类似的事，那我也不过就是被一个爱开玩笑的人或疯子骗了。但如果灵魂交替真的发生，如果事情真的如埃德蒙所说的那样发展，那么这个故事本身就是证据。所以如果你的前世记忆开始在你的梦里出现，那么这个故事将对你有所帮助，亲爱的女孩。它既是回忆录，也是证明。它会告诉你，你曾经是什么人。

夏尔·波德莱尔

书于 比利时，那慕尔

1865 年 4 月 15 日，星期四

P247

夏尔·波德莱尔：
1862年，波德莱尔梅毒首次发病，三年后病情恶化。1866年，他在比利时参观教堂时突然出现失语症及半身不遂等症状，回到巴黎后住进疗养院，翌年病逝，享年四十六岁。

City of Ghosts
幽灵之城

The Cemetery
公墓

　　她站在蒙帕纳斯公墓里那位诗人的墓前，抽着香烟，沉浸在自己的思绪里。这是巴黎一个明媚的 5 月下午——不是今天这个被侵占、被羞辱过的巴黎，而是那个不久前还存在却已然变得如此遥远、永远失落了的城市。她穿着一条黑色绸缎裙，上面是绽放的红色木槿花。她裸露的胳膊是金色的，乌黑的头发盘成了髻。我记得那时已经临近墓园关门的时间了。我横穿墓园是为了抄近路回公寓，经过她身边时我瞥了一眼，没

⑥

蒙帕纳斯公墓

有停步——也可能我有过那么一闪念的犹豫，一点点的欲望，一个转瞬即逝的冲动想要停下来，上前问问她为什么在这里，为什么在这样一个阳光灿烂、过分温暖的 5 月的工作日午后站在这个墓前，这个我自己也曾无数次驻足的墓前。天空湛蓝，纯净得耀眼。我的领带已经松开，外套搭在肩头。她面前那座坟墓属于夏尔·波德莱尔，在某种意义上说，我一生最好的时光几乎都献给了他。

那是 1940 年 5 月 27 日星期一，距离现在甚至还不到四个月，却好像已过了许多年，跨越了一个时代，一个纪元。从那天往前数十七天，在让整个世界提心吊胆了足足九个月后，德国人终于发起了对比利时和法国的入侵。他们派出坦克部队，穿过阿登森林，绕过大名鼎鼎的马其诺防线，赶在法国人毁桥之前越过默兹河——也许真像许多人相信的那样，有叛国贼蓄意破坏了防线？总之在短短两周多点的时间里，德国人将三个国家的军队逼退到英吉利海峡边。布伦涅和加来成了孤城，敦刻尔克就是下一个。

我不再听也不再看新闻。我一开始就不该在那里，那座公墓。我早该离开巴黎了，毕竟我是个流亡者，一个犹太人，前德国公民。我的身份文件乱七八糟，都是补办的。德国人离得越近我的处境越危险。好几个星期以来，我的公寓房门背后一直立着一个黑色行李箱，提醒我该离开了，逃得远远的。但我已经厌倦了逃亡，我迈不出离开的步伐。我试着不去想它。我陷入了拒绝现实的状态，关注过去，不看眼前。我费了好些年的时间写一本书，还没写完，这给了我一个留下的借口，可以继续在那些我熟悉已极的大街小巷里游走，没完没了地游走，悄悄和过去的幽灵对话，随时准备加入他们，成为这座幽灵之城里的又一个幽魂。如果这还不够充分，那也绝不缺少其他理由，更现实的借口也有的是：要等电报，要办通行证，需要一封介绍信，火车站太乱……等到一切借口都用尽，我又找到了新的：这个女人。短期内她可以成为我的借口，我留下的理由，让我可以坐看自己被这座城市征服，被它吞噬，彻彻底底。

　　自从去年9月宣战以后，这座城市的图书馆和博物馆就都关闭了，所有藏书都被装进板条箱，送到了乡下的仓库里。博物馆里的艺术品和手工艺品也是一样，只留下艺术和学习的殿堂，阴暗、空荡，就像有些码头上拆除了一切装备的废船，永远不再起航。我最近几年都泡在这些图书馆里，埋首卷帙，写一本关于这座城市的书，一本永远在扩充、永远无法完结的书，一本素材增加得比写作速度更快的书。现在图书馆已经关闭，我开始思考，这本书或许永远都出版不了了。

　　就这样，工作无以为继，我过起了一种虚无缥缈的生活，每天都花很多时间在这座我栖身的城市中漫步。比起我出生的城市，我更了解这一座，也更爱它。我知道很快我就再也看不到它了。当然战火并没有立刻蔓延到这里。九个月以来，白天，这座巨大城市的机器齿轮如往常一样转动、咬合。战争的影子渗透得无声无息：面包房和餐厅的面包实行配给制了，路

　　　　写一本关于这座城市的书：
　　《发达资本主义时代的抒情诗人》，包括《波德莱尔笔下第二帝国的巴黎》《论波德莱尔的几个主题》《巴黎，十九世纪都会》等篇目。

灯罩上了蓝色的灯罩，喷泉干涸，雕像和建筑周围堆起了沙袋，公告栏上张贴的是最新的政府令。那些有村子可回、在富足的西方邻居土地上有庄园可去的人纷纷离开；那些多半因无处可去才留下的人在夜幕降临后染上了寻欢作乐的热病。十点的宵禁没有强制执行，靛蓝的黑暗也只是增加了狂欢的气氛。天色暗沉，咖啡馆的露台上却少有地热闹，妓院的床垫也发出少有的吱呀，穆赛特舞厅的木地板则承受着少有的踩足。欲壑难填。

在那九个月里，我没完没了地游走，走遍整座城市，走进一个又一个街区，新的和旧的，丰裕的和褴褛的，偶尔甚至会穿过那些搭着临时棚户的贫民区（不过三十年前，矗立在那里的还是这座城市的城墙），穿过棚户区走到泥泞的郊外去。寂静的清晨，街边缭绕不去的雾气很可能被误认为从我脚下升起的幽灵，那是地下墓穴，里面存着数以百万计的骨骸，从地板一直堆到天花板，都是这座城市逝去的亲人。

我常常不知不觉走到那条河边，它是这座城市胸膛里蜿蜒曲折、悸动不休的血脉。河中间有一对双子岛，就像餐桌正中的装饰，那是西岱岛和圣路易岛。我喜欢慢慢地走，在绿色的书摊上淘宝。<u>几个世纪以来，这些小书摊一直林立在塞纳河边</u>，卖着辗转而来的二手书。无论晴雨，这些河畔书摊老板总是守着他们蒙尘的珍宝。如果能有一种胶水将我在这九个月的

几个世纪以来，这些小书摊一直林立在塞纳河边：
这些都是流动书摊，书贩们会携带书箱在塞纳河边
摆摊。1930年，书摊开始采用规格统一的绿色铁皮箱。

可笑战争期间的生活粘起来，那也一定是印刷厂里用来装订火车站地摊读物的廉价糨糊——早早干掉，开裂，书页脱落，就像动物褪下冬天的毛。因为不在街上散步的时间我都用来读通俗小说了，二手书摊买的，一次好几本。我在夜里一目十行地读它们，躺在我那间小公寓的床上，尽我所能避开收音机和报纸的传道。这些错综复杂的故事能给人带来安慰，让人沉浸在忧伤的情调里，在熟悉与新鲜间愉快地穿梭，看着罪犯与侦探在激情、复仇乃至厌世、反社会的可怕阴谋中角力。每一个故事都是一份剖析法国警方拜占庭式阴谋的专业考察，而后者恰恰是我避之唯恐不及的。

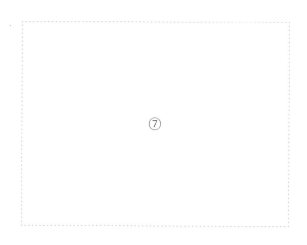

⑦

塞纳河书摊

这个时代最不缺的就是流亡者，我也是其中之一。自从宣战以来，所有德国人乃至于曾经的德国人都被要求主动向警察报道，然后被发配到乡间的各个临时收容营。上个冬天的大半时间我都睡在诺曼底某个偏远学校体育馆的水泥地上，身边全是德国人。在我的整个成年生涯中，深夜噩梦始终纠缠不去，因此在那个营地里，我总是白天睡觉，晚上清醒，和失眠的人打打牌、抽抽烟，免得所有人都被我的尖叫吓醒。最后，等到终于确定那个冬天不会有袭击之后，我们才被释放。九个月过去，纳粹国防军终究还是来了，德国侨民再次被要求自首，但这次我下定了决心，绝不再那样轻易把自己交出去。

⑧

秘密警察巡查

避开秘密警察的要诀在于天一亮就出门。不知出于何故，国家安全警察总在早餐前完成例行巡查。我还为自己定下规矩：不再和陌生人说话。因为害怕口音会出卖我。于是我人生中最重要的一大乐趣也丧失了。口音瞒不了人，再多的努力、再怎么小心、再多次练习都没用。只要在原本的朋友圈外，从我嘴里发出的每个音节都可能出卖我的身份：一个德国人，一个柏柏尔犹太人，一个弗莱多林。我的公寓在东巴勒路上，还有两位朋友也住同一家公寓：亚瑟，匈牙利记者；弗里茨，我在柏林认识的外科医生，现在靠帮人非法堕胎为生。等价交换后，女房东刻意忽略了文件上的一些纰漏。周六晚上我们会坐在一起打牌，有时我会到德国移民聚集的咖啡馆喝杯咖啡，搜集一些零碎信息。只要搜集到足够的零碎信息，就能为自己编织一张足以保平安的保护毯——这想法很诱人，可那些信息并不见得可靠，而且那些地方本身也挤满了密探和告密者。

通常在结束一天的漫长行走后，我会选择横穿蒙帕纳斯公墓回公寓。那是喧嚣海洋中的一座宁静小岛。在那里危险碰不到我，仿佛我终于暂时逃出了这座镜宫般的城市。无论堂皇的还是简单的，精心照料的还是早已荒芜的（这取决于墓中人的身家），每座坟墓都是一座微型建筑，整齐地排列在它们微型的道路两旁。我从基奈特大道上的正门进去，右转踏上林荫大道，经过古老的希伯来区（公墓的贫民区），左转上西大街，在那里，一处小小的斜坡上长眠着夏尔·波德莱尔，躺在他深爱的母亲和厌恶的继父之间。那块墓盖石上总有诗人的仰慕者留下的鲜花和便条，有时是几行他的诗，有时是模仿他的风格写下的诗，仿佛那里暗藏着一扇活页门，通往一个充满热望的隐秘宇宙。我沿着西大街继续上坡，穿过一扇角落里的窄门，便回到了这座城市的喧嚣中。

至于那位站在波德莱尔墓前的女士，她是个陌生人，至少目前还是。但这并不是我第一次见到她。第一次是去年冬天，我刚从收容营里出来不久，那次她裹着一件巨大的双排扣外套。第二次就是几周前，那时椴树刚刚抽苞发芽。这回是第三次，她站在同样的地方，以同样的姿态在同样的时间点上，一动不动，蓝灰色的烟在金色的光中袅袅飘散，一切都暗示着她身上有一种被紧紧包裹、严加保护的平静。她内心深处似乎只有眼前这座墓，此外她再意识不到任何存在——不知道有人经过，听不到鸟儿的呢喃和远处道路上的"嗡嗡"或"隆隆"，甚至察觉不到头顶上聚起了一团金光环绕的紫罗兰色云朵，高耸着，峭拔如山。

我几乎跟她擦身而过，鼻间嗅到了一丝白檀木的清香。但我没有停步，继续走。墓地已经空了，只有我们两个。没有送葬队伍，没有家人来探望逝去的亲人，没有观光客或朝圣者来寻觅声名赫赫的名士显贵，就连照料花木的园丁都不在。这样的空荡引出了原本潜藏在四方角落里隐秘的心碎。"爱易逝，憾永恒"，一块碑上的墓志铭如是说。走到那座墓和角门之间的中点时，我回头，想看看她是否还在原地。还在，没有动。站在角门前，我又回头看了一眼。她不见了。我停下脚步，犹豫了一瞬便掉头往回走，决心要跟上去看个究竟。

我在墓碑的缝隙间瞥见了木槿花的影子——她在中轴大道上，正飞快地朝墓地中心走去。这一幕一定很奇怪：她在墓碑间偷偷摸摸地潜行，不时闪进某座墓后俯下身子，透过隔开我们俩的这片大理石丛林往外张望。只是墓地里本来就空荡荡的，并没有第三个人看到这场两个人的古怪舞蹈。

我得紧着脚步才能跟上她。我低着头，眼角捕捉到远处又一道来自她的红黑色的光。她几步冲到下一座墓后，左右张望，像是要确定没人跟着她。我从没这样干过，像这样跟踪一位女士。那现在是为什么？毫无疑问很怪。也许是因为这些日子的焦虑疲惫。可我很享受。她快步穿过墓地中心的圆形空地，那里立着一座忧郁的天使，基座上镌着一个词："纪念。"下一刻她消失在一片墓碑丛后，我停步观察地形，没有她的踪迹。她最后出现的地方是东大道和中轴大道的交会口，我走过去，依然没有她的影子。她消失了。我细细环顾四周，心脏在胸腔里怦怦地跳，阳光刺得我眯起眼睛。我还从没来过墓地的这个区域。我的左手边立着一块带灰斑的粉红大理石，基座上刻着几个贴金大字："波德莱尔学会。"下面还列着几个名字：

埃德蒙·德·布雷西，1845—1900，创始人、主席
吕西安·罗伊格，1866—1900，秘书
希波吕忒·巴尔塔扎尔，1876—1917，秘书
亚里斯蒂迪·阿尔托普洛斯，1872—1923，主席

我感到身后有人，同时听到一声手枪上膛的咔嗒声。我转过身，是她，那位我在跟踪的女士，正用一把小巧的手枪指着我的胸膛。

"你是什么人？"我们同时开口，又同时沉默，怒目相视。那只举枪的手微微颤抖。她的面容朴素而严肃，那是一张优雅的、四十多岁亚洲女人的脸。

"你为什么跟着我？"她问，"你想做什么？"她也有口音。她说话的声调、韵律都有着不同的结构，但我说不清究竟是什么。身为外国人不但意味着你自己有外国人口音，还意味着你分辨不出别人的口音。

"我看到你站在波德莱尔的墓前，"她没有反应，我感觉自己更像在梦中而非现实中经历着这一切，"我也很崇敬

他。"她突然显得暴躁又脆弱："我以前也见过你，所以有点好奇……"意识到自己说的全是废话，我把注意力转到了指着我的那把武器上，雷明顿的德林杰袖珍手枪，许多女士的选择，只是我的对手看起来不像那类女士，舞刀弄枪似乎并非她的习惯。她双手握着它，枪口依然微微晃动，真要开枪的话，估计她得闭上眼睛才能做到。"看起来，您这辈子都没有开过枪。"

"别挑衅我，你叫什么名字？"

"我叫……"我停下了。自从战争打响，我就为自己定下了规矩：如非逼不得已，绝不透露名字。一个犹太名字加上德国口音，在这种时候只会带来麻烦。"我是个……"换个说法看来同样无望。说真的，我是什么？在战争的阴影笼罩下，还只想当个作家，这简直就是最轻浮、最荒唐的事。可要不是作家，我又是什么呢？前德国公民、犹太人、流亡者、单身汉、学者、都市漫游者、居无定所者、失败者——这些名头有多真实就有多不真实。"我是波德莱尔的仰慕者，这就是我会跟着您的原因，我当您是志趣相投的同好。"

"没有比这更大的误解了，我绝不可能跟你志趣相投。"

远处传来一声哨响。就在女人背后，一个看园人远远地出现在山脚下的小路上，朝着我们走过来。"别转身，"我说，"有个看守朝我们过来了。"

女人将她的武器塞进裙子口袋里。

"先生，夫人，"看园人说，"你们听到哨声了吧？恐怕墓地要关门了。"

"是的，当然。"我嘟哝着说，为的是隐藏口音。

我指了指后门的方向："这边？"

"对。我也走那边，去锁门。我送你们出去。"

女人挽起我的胳膊，说出了我万万想不到的几个字："走吧，亲爱的。"她一路都把脸靠在我肩膀上，像是要避开看园人的视线。我是如此渴望爱情，以至于哪怕身处这样的环境下竟也能发现自己十分享受这虚假的爱。

我们沿着斜坡往上爬，朝后门走去。就在这时，左边晴朗的天空中远远传来一阵隆隆声。女人仍然侧着脑袋，几秒钟后，四面八方都响起了入侵战打响以来的第一次空袭警报。

"噢，天哪！"看园人说，"这些德国佬总挑最糟的时候！"他引我们出了后门，自己留在里面，锁上门，没像往常那样道晚安，而是祝我们好运，说完就快步跑开了。我趁机伸手到女人的裙袋里拿到了她的德林杰手枪。

"喂！"她抬手就扇了我一耳光，"还给我，不然我喊人了。"

"考虑眼下这情形，"我把枪扔过公墓的围墙，说，"我看没什么人会有兴趣。"我们身后传来另一声哨响，一个戴黑帽子的警察站在下一个路口中间，正拼命挥舞他戴着白手套的手，"他在叫我们去最近的避难场所。"

我拉起女人的手，在警报声的包围中跑起来。我们在十字路口中间停了停，交警指挥我们前往街角的一家小酒馆。有人在朝那边跑，也有人站在街上或街边的阳台上，仰头紧盯天空，像是在观察什么天文景观。小酒馆外，一个戴白袖章和上次大战时期头盔的男人正在催促人们往里走。我们走进去，穿过拥挤的人群和柳条椅，一直走到柜台后面的酒窖翻板门边，那里悬着一架折叠梯。气氛依然悠闲：一些老主顾本来就在店里喝他们的开胃酒，这会儿被骤然打断，手里还端着玻璃酒杯；有一个人甚至试图单手扶着梯子下去，折腾得避难所的主人都失去了耐心。他站在梯子顶上，一根手卷烟晃晃悠悠地叼在双唇间，头盔潇洒地歪戴在头上，手里还掂着玻璃杯、手提包和鞋，亲自守着人们鱼贯而下，消失在酒窖里。"跟着走。"他不停地招呼，"下面有地方，所有人都能进去。"然后又弯下腰冲着里面喊："下面的挤挤！腾点地方出来！"

女人先下了。直到她挣开手，我才意识到我一直都抓着她的手没放开。一下到地窖，我们就被挤进了角落，人不断涌进，所有人都被挤得越贴越近，最后进来的是刚才给我们指路的交通警察。还有好几个人没进得来，在外面大声抱怨，酒馆主人催他们赶紧去找别的避难所。这场面弥漫着一种类似即兴演出的气氛：没有椅子，所有人都只能站着，就算在上次战争中丢了一条腿的老兵也不例外。靠墙一圈都是货架，上面堆满了车轮样的奶酪、无数的葡萄酒和烈酒。火腿和香肠从天花板上垂下来。酒馆主人站在墙角的一个箱子上，双手按着屁股，警惕地盯着整个房间，防备被人偷了东西。

地板门放下，黑暗骤然降临，只剩一颗光秃秃的电灯泡在我们头顶上滋啦作响。这地窖里一定塞了四十或五十个人。我的同伴被挤得紧贴在我身上，头发擦过我下巴上的胡碴。外面的空袭警报停了，地窖里一片寂静，只有怦怦的心跳声交错回响，所有人都在侧耳倾听，等待那必定会从天而降的毁灭声响。我怀疑等我们从这藏身之所出去后曾经熟悉的巴黎还在不在，可转念一想，如果头顶上的建筑都被炸了，我们也要被活埋。

我感觉她的身体抖得像落入捕猎网的小鸟，于是伸手环住她——不是拥抱，只是顶开其他人压在我们身上的力量。人群的汗味刺激着我的鼻孔，我的衬衫已经开始发黏。我的心在狂跳，每一跳都伴随着尖锐的刺痛，那是死亡的预兆。我有药，但从来没吃过。她的脸颊贴在我的胸膛上。我也很害怕，但我已经怕了太久，以至于恐惧早已成为身体的一部分，它像葡萄藤一样缠绕着我，穿透我的身体，汲取着支撑我生存的汁液，也支撑着我。

一声打火机的咔嗒响起，房间另一头有人说话："我真的非吸根烟不可，我有幽闭恐惧症。"我闻到了烟草燃烧的味道。我怀里的女人抖得更厉害了，她整个人都在颤抖。沉默，拥挤，空气里飘荡着肉、奶酪、汗和烟草混杂的味道，置身其间，我感觉恐慌在身体里一点点增长，汗水大滴大滴地顺着脖颈和后背往下滚。我的心跳得愈发快，我的呼吸愈发急促，眼底传来一阵阵偏头疼的抽痛。我一切的感知都向着上方，穿过地窖天花板，捕捉外面的蛛丝马迹。外面怎么样了？我们的命运会怎样？我完全察觉不到时间的流逝。我开始觉得也许我们再也出不了这个地窖，我们都会死在这里，被活埋，头顶是如山的残垣断壁。我想到了鹿特丹：只花了四天，纳粹就将全欧洲最大的港口城市夷为了平地。"我得出去。"我喃喃道，更多是自言自语，而不是对谁说。我感到她收紧胳膊抱紧了我的腰。不知怎么回事，一种温和的感觉驱散了我身体里的某种东西，那几乎将我淹没的恐慌开始消退。

时间一分一秒过去，我们的头顶上一片安静。看来巴黎得到了缓刑。警报再次拉响，表示空袭结束，我们可以出去了。典狱长爬上梯子，地板门被推开。我们沐浴在新鲜空气和傍晚清冷的光里，更多香烟被点燃，人群里有十几处交谈声同时响起，所有人排着队等待爬上梯子。有人继续留在酒馆里聊天喝酒，有人走上街道徘徊，头顶着金色的天空。

大家寒暄闲聊，约定要再找个时间一起喝一杯，然后握手告别，祝彼此好运。

轮到我们了。墓地里的女人先爬上去，我原本紧跟在她后面，但让位给了旁边一位年长的绅士。等我上到酒馆里女人已经走了，我冲出去，刚好捕捉到街对面有黑缎子上的红色木槿花一闪而过。她已经在半个街区开外了，还在跑，鞋子拎在手里。我追了上去。能在短暂却度日如年的"监禁"后放开腿奔跑感觉很好，再说我不愿任她就此消失。不管怎么说，在地窖里她也算帮了我，虽然她自己都未必知道。

我是在公墓后门追上她的，当时她正抓着栅栏摇晃，好像这样就能发生奇迹，让门打开一样。但那门不受诱惑。她转过身颓然靠在上面，无力地滑下，跌坐在地上，双手捂住了脸。我走上前。"怎么了？"我单膝跪下，伸手按在她的肩头。

她看着我，像是头一次见到似的，眼里闪着泪花。"我没地方可去。"

P155

The Apartment
公寓

海鸥诗歌画稿

醒来时我望进了一对炭黑的眼睛。是那个墓地里的女人，她正用指背摩挲着我胡子拉碴的下巴，嘴里嘟哝着一些安抚的话。

"你做噩梦了。"她说。

"我叫了？"

她点点头。

"抱歉。"

"没什么，你提醒过我。"

"是吗？"

"你跟我说了，你每晚都会做噩梦。"

"哦，是的。"

桌子上放着一个烟灰缸，满的，还有两个脏杯子和一个空的苹果白兰地酒瓶。在床头灯昏暗的光亮笼罩下，我的一居室公寓陷入了午夜的深沉寂静。我想起来了，是我邀请她来住一晚的。我坐在扶手椅里，她睡在我的床上，穿着她的黑缎裙子。我想起了让她来到这里的那一系列事情——公墓、空袭、避难所。她肯接受邀请倒是让我吃了一惊。她跟我说了她的名字，叫马德莲。

她斜眼瞥了我一眼："你梦到什么了？"

"都是些乱七八糟的东西。我有几个一直重复的噩梦，都像真的一样，仿佛曾经发生过似的，这次也是。在那种老式的三桅帆船上，我是船上的外科医生，不得不锯掉一个人的胳膊，可是除了酒精和鸦片酊外手边没有任何能减轻病人痛苦的东西。这个是我梦到最多的，另外还有几个。有一个好像是我生活在一座热带岛屿上。有一个是我是个女人，生活在普鲁士围城时期的巴黎，带着个孩子。还有一个，不管你信不信，我是波德莱尔，和珍妮·杜瓦尔在一起，生活困顿。而所有这些梦里都有的似乎也是最重要的一个元素，是……"我迟疑了一下，多少有些为即将出口的话感到窘迫。

马德莲本来在点烟，听到这里却呆住了。她看着我，表情很古怪，非常专心，可又像被吓到了。火柴头上柔和的橘色火光照亮了她的脸。"是什么？"她问。

"眼睛。"

她点燃香烟，向前探过身子："什么样的眼睛？"

"各种各样的，各种颜色，在各种不同的面孔上。每个梦的最后似乎都是我注视着某个人的眼睛——每到这时候，我就会尖叫着醒过来。"

"为什么尖叫？"

"我不知道。"

"你的口音，"她说，"你是德国人？"

"是的，我是柏林人。"

她咬着下唇，转开眼睛，夹着香烟的手在颤抖，嘴一张，紧张地吐出烟来。有那么一会儿，她像是完全陷入了自己的世界，独自一人，忘了我的存在。

大概过了一两分钟，她站起来，慢慢走到我的书架前，那上面满满当当地堆满了书。"你是做什么的？"

"我是个作家。"

"我看到你有非常多关于波德莱尔的书。"她抽出一本《恶之花》，笑了，一边的嘴角几不可见地微微扬起，"你最喜欢他哪首诗？"

"这问题很难回答，太多喜欢的了，非要说的话，也许是《给一位路过的女子》吧。"

她的食指抚过一本本诗集，凭着记忆吟诵起来："'美人已去，在她的凝目一顾中，我焕然重生……'"

"'难道我只能在来世与你再会？'"

隔着屋子，她探究地看着我，像是不确定该怎么看待我。"有趣的选择。"

"你呢？"我问。

"《信天翁》。"

"'诗人是云的王子，出没风暴雨云，笑看箭手弓兵……'"

"'可一旦坠落尘埃，巨大的双翼便阻挡了他前行的步伐。'"她又对着我轻轻一笑，"这首诗是他偷来的。"

"偷的？偷谁的？"

"我的。"她回身面对书架，歪着头研究上面的书，"我提供的想法。我给他讲的《信天翁的故事》，他把它写成了诗。"

"你认识他？"这想法自然很荒唐，可纵容她沉醉在幻想中是桩乐事。

"认识。当然了，不是在这具身体里，是另外一具。"

"谁的？"

"珍妮的。"

"我没太明白。"我说，这才意识到她是当真的，"你说的是珍妮·杜瓦尔，他的情人？"

马德莲踱到床头，倒在床垫上。"我就是他的情人。"她叹了口气，"他的情人，他的奴隶，他的痛苦之源——以及，至少有那么一段时间吧，是他的缪斯。"她轻哼一声："'缪斯'，我是多么憎恨这个词啊！夏尔是个贼，所有人的东西他都偷——金钱、诗、书、爱，一切你说得出来的东西。当然，他有天赋，只不过他最大的天赋就是做贼。"

换作其他任何时候，我对这些妄言乱语的反应多半都会不一样。也许更谨慎，也许会看在夜晚的分上绅士地送她一程，将她送出我的生命。可在那一刻，跟外面整个疯狂的世界比起来，她的幻想似乎并没什么害处。"这怎么可能？"我问。

她投给我一道锐利的眼神。"完全可能，这就是关键。"她撑起一只胳膊，侧身半坐起来，看着我，姑且不论她说的是什么，我发现自己很享受被她凝视的感觉。

"你的那些噩梦是从什么时候开始的？"她问。

"年轻时就有了，上次大战之前，大概是我十九或二十岁的时候吧。"

"怎么开始的？"

"不记得了。"

"那段时间一定发生了什么。没什么特别原因的话，它们不可能就这么自己出现。染病了？出了什么意外？还是说你上了战场？"

"不是，是在那之前，我不记得了。"

"仔细回想一下。"

"我在努力，但我想不出来……"

"我能不能问你一个问题？可能会有点怪。"她问，我点了点头，"你有没有被催眠过？有没有什么人曾要求你看着他的眼睛？不是扫一眼那种，是真正的看，一连好几分钟盯着不动的那种。"

"从没有过。"

"你确定吗？没有催眠，没有魔法，没有你爱的女人曾经要求你注视她的眼睛？哪怕只是为了好玩？仔细想想。"

"我不记得有过，不过……"就在那一瞬间，一段遗忘多年的记忆突然浮现出来，"我年轻时去过巴黎，是1913年的夏天，待了两个星期，那会儿巴黎还是个花花世界。我遇到过一件事，但那最多不过是一桩旅途趣事罢了，就是年轻人旅行回家后最爱说的那种，用来表示自己成熟了。那时候的巴黎还有城墙，汽车还是稀奇东西，满大街都是马和有轨电车，行人可以大摇大摆地走在马路中间不会被赶开。那座城市里的一切对我来说都是迷人的。我喜欢逛书摊，逛完就到拉丁区找个咖啡馆坐下，读读书，看看来来往往的人。

"有一天下午，和平常没什么两样，满大街都是穿礼服戴礼帽的男人和穿白裙子的女士。我看到人群中夹了一个上年纪的矮胖妇人，推着一辆四轮小推车，身子几乎弓成了直角，蹒跚着慢慢朝我这边走来。还隔着一个街区，她就早早引起了我的注意。我一直看着她慢慢走近，时不时在咖啡馆露台边停下，向客人兜售她的商品，直到有服务生出来把她赶走。不过要是有客人对她的东西感兴趣，服务生就会让她去做她的生意，这好像是什么不成文的规矩。她的样子让人很难忘。那副身躯像是被时光压得佝偻了，手指粗糙，脸上的褶子不比核桃壳上的少。即便是在明媚的夏日阳光下，她的衣服也显得那么暗淡、破旧。可她的表情是快乐的，她是那种一举一动都已自然凝练成了永恒光束的老妇人。等她走近以后，我才发现她的嘴唇一直在翕动，像是在自言自语什么。不过无论在哪个城市，这都没什么不寻常的。最后她终于走到我坐着的露台边，望着我的眼睛。'先生，买书吗？'她问。她有点口音，但我分辨不出来是哪里的，我想也许她和我一样是个外国人。一个服务生看到她后从咖啡馆里冲出来，大声嚷嚷着让她别打扰客人，我挥挥手让他回去。

"她是个卖书的小贩。即便在那个时候，做这个行当的人也已经很少了，虽然那曾是最高贵的街头营生。可惜到了1913年前后，书贩子已基本绝迹。我想向她致敬，以游客的方式多少帮帮她。我招招手，让她把那辆摆满了二手书的小车推近些。等她凑上前来，我才听到她嘴里一直念叨的东西，像念咒语一样，抑扬顿挫，也许是念过太多遍，已经成了条件反射：'冒险小说，犯罪小说，鬼故事，浪漫爱情故事，新书老书，新的旧的，只要两法郎！'她不断重复着，同时伸手拉开推车上的罩子，让我浏览她的收藏，一切都那么过时又古怪。那些书都是老古董了，就像她本人一样。粗粗一眼扫去，我没什么想看的，但我还是问她有没有推荐。'这些书都很好，先生，都是这个时代最好的。两法郎一本，十法郎六本。'说完她就回去继续念她的咒语。我又看了看那些乏善可陈的书，随手拣出一本。'这本怎么样？'我问。'我不知道。'她回答，'说老实话，先生，我认不了几个字。'她突然爆发出一阵大笑，夹杂着嘶嘶的气喘声，紧接着一阵肺痨式的咳嗽截断了笑声，她熟练地把痰吐在人行道上。'至少读不了书。'她补了一句，'我读时间，先生。'我什么都没说，等她继续：'我读时间，未来，过去。追溯过往，预言未来，这是一门古老的艺术。我是专家。一样，只要两法郎。'

"服务生走过来，轻蔑地瞥了那女人一眼。'怎么样，先生？谁不想知道自己在人生中将遭遇什么令人惊奇的命运呢？只要两法郎。'我从口袋里掏出两枚硬币递给她，然后伸出手，掌心朝着天空。'抱歉，先生，'她说，'我不看手相，我看的是眼睛。'我说我从没听过这种看相法。'哦，这是一种高贵的艺术，从古代流传下来的。不必怀疑，先生，您一定听过"眼睛是心灵的窗户"吧？我很精通这项技艺。'她凑近一些问：'可以吗？'我点点头。'我只需要您看着我的眼睛，保持住，不要动，不要转开视线，不要说话，不要分心，哪怕有其他人或者服务生来打扰，任何人。我只需要注视您的眼睛三四分钟，然后，一切就都清楚了。'

　　"我不知道怎么回事，也不知道为什么，但我一定是晕过去了。再醒来时我身边围了一圈人，一个男人正冲我俯下身子，抓着我的手对我说话，但我几乎分辨不出他说的是什么。我的头昏昏沉沉的，像是挨了一记闷棍，或是刚从一场漫长的催眠或麻醉里醒过来。那个卖书的小贩在我对面，瘫坐在椅子上，眼睛睁得大大的，眼里满是惊恐，嘴不断地一张一合，活像刚从海里钓上来的鱼。服务生过来询问出了什么事，两个围观的人立刻你一言我一语地讲了他们看到的情景：我和那老妇人凝视着彼此的眼睛，一言不发，然后我们同时抽搐起来，很快就都晕过去了。服务生弯腰去看妇人，摇晃她的肩膀。她醒了，但似乎也反应不过来是什么情况。'趁警察还没来，你最好赶快走，'他对她说，'虽然我倒是很乐意看你被抓走。'然后他转向我，开始一个劲儿地道歉。"

　　我顿了顿，想着该怎样描绘这段记忆里的奇怪之处，但那毕竟太久远了，很多东西都已模糊。马德莲双眼一眨不眨地盯着我。"后来呢？"她悄声追问，几乎是小心翼翼的。

　　"我……有那么一会儿工夫，我完全是糊涂的。我不知道我是谁，我在哪儿，我怎么会在那里……我身边的一切都没变，确切地说，是我内在的一切都变了。我叫什么？我不知道，然后突然又想起来。我在哪儿？我不知道，然后'巴黎'两个字在我脑海中浮现出来。我从哪儿来？'柏林'冒了出来。四仰八叉地躺在我面前椅子上的这个妇人是谁？一个卖书的小贩，要帮我看命。就像这样，记忆一浪接着一浪涌上来，可这些全都发生在一瞬间。

"一个警察来了，戴着警帽，披着黑色斗篷。服务生立刻开始抱怨书贩子：事情是怎样的，这对生意多不好，看看这个德国小伙子吧，这一切都是为了什么……诸如此类。恼怒之下，服务生还踹了那妇人的推车一脚，把它给踢翻了。书在人行道上散了一地，过往行人不得不绕着走。一个围观者说那妇人是个巫师，我被她催眠了。警察问我是不是这么回事，我还没回过神来，呆滞着，甚至没法点个头。不过等他问我要不要做个笔录准备起诉时，我摇了摇头。要去医院吗？'不必了，'我说，'我很好。'我笨拙地站起来，又倒回椅子上，引得围观人群都倒吸了一口凉气。我突然觉得自己正处在某种未知的危险中，必须立刻离开。我从口袋里摸出一枚硬币，塞进服务生手里。'谢谢。'我说，眼睛扫过警察和围观人群，'去忙你的吧，没事了。'人群散了，我转向面前的妇人，扶她站起来。她有点摇摇晃晃。我扶着她的手，直到她站稳才放开，然后又去扶起她的推车，捡起散落的书。我带她离开了咖啡馆，一只胳膊搂住她的腰，半扶半引着她往前走，另一只手推着推车，就这么好不容易走到不远处的一张长凳边，轻轻把她放下。她睁着两只眼睛，但似乎对周围并没有知觉。我没钱叫医生或救护车，加上我自己还糊里糊涂的，也实在没有力气继续照顾她，所以我把她留在了那里，让她坐在那张长凳上，装书的推车停在一边。她的嘴无声地开合着，像是有问题想问，却不知道究竟该问什么。

"之后的过程我就记不清了，总之我回到酒店房间睡了一觉，这一觉几乎睡了整整一天，直到第二天下午才醒过来。当我下楼到酒店大堂时，礼宾问我有没有感觉好一点。据说我睡着时叫得非常厉害，服务生好几次上楼来敲我的房门，有一次甚至直接开门闯了进去。可当他们叫醒我时，我却跟他们说没事，让他们不用担心。但是我完全不记得这段半夜插曲。现在想来，我也许就是从那个时候开始做噩梦的。那以后，它们几乎每晚必到。"

我讲完后，马德莲对这个故事的反应很奇怪。她垂下眼睛，望着面前空荡荡的地方陷入了沉思。床头灯的光洒在她的脸上，我细细端详着这张面孔。

"我们以前见过。"她说。

"在哪儿？"

她脸上闪过一丝哀伤的微笑。"你不记得的。"

"很久以前？还是说，在另一段人生里？"

"是的。"

"是在柏林吗？我们一起上过大学？我觉得我能记得，那时候没多少女学生。"

"不，是在巴黎，"她颤抖着手，点燃一支香烟，"还有其他地方，但讨论这个没意义。"

"不，不，既然你都说到这儿了，我就必须解开我的疑惑。听来像是你能记得从前的事而我却不记得，但如果你给我一点提醒，说不定……"

她向后靠去，倚在床垫上，垂下眼睑看着自己的手，那只手正来来回回地摩挲着羽绒被。"我能给你讲个故事吗？"

　　"它能解答我的问题吗？"

　　"也许吧。"于是她开始讲《信天翁的故事》。

　　就在两三辈人以前，巴黎和全世界一样，都存在着一种谋生行当叫"说书人"。在酒馆和咖啡馆里，在宴会桌和篝火旁，人们聚在一起，听他们说故事。说书人的故事口口相传，经过数年乃至数十年的完善打磨，孕育出引人入胜的妙处。有的故事说来合辙押韵，甚至可以吟唱；有的故事能一连说上好几天、几星期，甚至几个月。每天夜里，人们围在说书人身边，急切地等待下一段故事展开，直到机械印刷终结了说书人的时代，就像收音机、电影院或其他什么暂时还没发明出来的奇迹终将结束印刷时代一样。但听马德莲讲故事却能让人奇妙地回到那个说书人的时代。她讲故事的方式处处让人沉迷，她用词平实精准，引得我禁不住探出整个身子想捕捉每个字；她声调抑扬顿挫，仿佛唱歌，自带韵律；一开始她几乎没什么表情动作，可随着故事展开，她的身体也开始起伏。然而最动人心魄的还是故事本身。《信天翁的故事》讲的是一对年轻爱人的神话，女孩叫阿茹拉，男孩叫寇阿胡，他们生活在一座遥远的岛上，双双流亡，回归无期。我答应马德莲会把整个故事写下来，从这里开始，记录下所有我能记住的内容，巨细无遗。只是无论如何，我这稿子终究只能是苍白的模仿：一来，有太多细节我想不起来了；二来，我做不到将我所听到的原样呈现。甚至就连听故事的环境也很难重构：那时窗外的城市在深夜的阒寂中沉眠，床头灯洒下柔和的光，香烟头上袅袅升起蓝色的烟雾，空气里隐隐飘荡着檀木的清香。

如今，要是遇到因为焦虑、无聊或两者兼具而睡不着，我有时会跟自己玩一个游戏：试着弄清自己是在哪个时刻爱上马德莲的。可以确定的是，在她讲那些故事前我还不爱她，或者至少没意识到爱上了她。我已经很多年没坠入爱河了，我觉得自己应该对这东西免疫了，可到她说完时——那还只是她的第一个故事，许多个中的第一个——在我的身体里，有什么东西改变了：我出乎意料、不由自主、彻头彻尾地坠入了爱河。那不是一份随便的爱情，而是一份强烈的爱，一份会给人带来额外负担的爱，一份令人困扰的爱，是那种会令一个男人需要休养生息、恢复元气的爱，它让男人自惭形秽，让他越想逃离就陷得越深，好像水手结，每一下拉拽都只会让它抽得更紧。它就像某种传染病，一种突如其来的疾病，一旦染上，看似一切与从前别无二致，内里却早已悄悄改变。坠入爱河是一种催眠。所有催眠师都会告诉你，想被催眠你得先心甘情愿，这种意愿是那样隐秘，以至于可能连你自己都不曾发觉。坠入爱河就是这样一种无意识中心甘情愿的催眠。

或许，与其说我爱上了马德莲，倒不如说我爱上了她的故事。也许爱的光谱比我们以为的更宽广，也许人们可以爱上一个故事、一首歌、一部电影或者一幅画，就像爱上一个人，只是我们以为自己爱上的是说书人、歌手、演员或者画家，因为我们从来没想过人与某种事物间也能发生爱情。我知道她的故事是假的却依旧相信它，我们的激情看来并没有区分真实与想象的能力。可无论对她的故事多么着迷，我也只是将它看作一个故事——奇妙的故事，确切地说，可能是我听过的最奇妙的故事之一。但仍然只是故事。可马德莲不同，看起来她不但深信自己讲的故事是真的，而且相信那就是她的亲身经历，更暗示它们与我也有关系。她相信那些故事就像有人相信黄道十二宫的星相一样。对我来说这是全新的体验。我从没爱上过与自己的信仰如此截然不同的人。但世上通行的信仰如此众多，其中许多并不比马德莲的更加可信，而爱的奥秘中并不包含信仰一致这条。尽管两人如此不同，可不知为什么，我还是被她深深吸引了。这是个谜，直到今天我仍在努力寻找答案。

当她的故事终于结束（至少当时我还没意识到那只是所有故事的开篇第一章）时，我眨了眨眼，像是刚从梦中醒来。透过百叶窗的缝隙，我能看到日出的第一缕光已然亮起。马德莲已经快睡着了。"我们得出去了。"

我们沉默着朝河边走，街上弥漫着淡淡的蓝，分外轻盈剔透。一派静谧间，只有偶尔经过的跑腿小厮、送货员、左一个趔趄醉汉和右一个收工夜归的妇人带起些许生气。面包房已经开门了，平民工人的咖啡简餐馆也开了，窗玻璃上都交叉贴着胶带防备轰炸。可其他店铺都关着，有的大门上贴着那个时期司空见惯的告示：暂停营业，开业时间另待通知。行人都随身带着防毒面罩。我们走到河边时太阳才刚刚爬过屋顶。我们沿着伏尔泰河滨路走。晨光璀璨斑驳，透过沿河的树冠洒下来。我们走过绿色的旧书摊，书摊的锡皮罩子还扣着，上面挂着锁了一整夜的大铁锁。

我们沿河漫步，渐渐有嘈杂声从上游传来，打破了清晨的宁静。来到圣米歇尔广场附近时，我们才看到声音的源头是圣米歇尔桥，桥上挤满了汽车、卡车、拖拉机、马和牛，每个上面都高高地堆着家具和床垫。憔悴疲惫的逃亡者试图躲开德国人进军的步伐，向南方寻求安全。也有骑自行车的，推推车、独轮车和婴儿车的。汽车上挂的都是北方和比利时的车牌，床垫铺在最顶上以防斯图卡轰炸机空袭。街童随着车流亦步亦趋兜售报纸、水、德国泡菜和热菊苣水。圣米歇尔大街上，人群从咖啡馆和餐馆里一直蔓延到街上。但所有这些战争将至的迹象都丝毫无损于同马德莲挽手同行带给我的无尽欢愉，恰恰相反，它们愈发凸显了它，衬托了它，让它有了目标。

我感到马德莲抓紧了我的胳膊。"我们必须回公墓去。"

"为什么？"

"我的枪。"

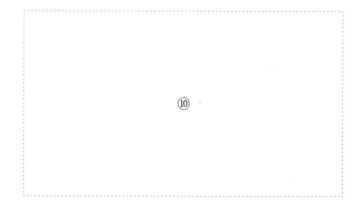

⑩

莎士比亚书店

我们在新桥右转，走进多菲娜街，在那里一切复归平静。除开往南的大道，其他地方都空荡荡的。我们转进马扎林大街，穿过圣日耳曼大街继续向前进入剧场街。我们的脚步声在两侧的墙壁间回荡，上面贴满了"保持安静"的告示，隔墙有耳。我们停下来，从莎士比亚书店的窗户往里看，店关着，但有只猫正倚着书架，在竖立的书籍间安然地眨着眼睛，姜黄色的尾巴微微颤动。我猜艾德丽安和西尔维亚就在楼上，和那些拒绝离开巴黎的人在一起。再过两三个小时，她们就会和往常一样开门营业。古董书商雅奎内的店也在这条街上，要再往北去一点。我们在那里也停下来看了看。我的注意力被窗户上的广告吸引了，那是一则告示，说下星期在德鲁奥酒店有一场拍卖会。

"那是什么？"马德莲问，她伸长了脖子，边看告示边读出声来，中途突然停下，睁大了眼睛转头看着我。

"不可能。"她说，整个人都趴在了玻璃上，手挡在眼睛两边朝店里张望，"可是……"她抽了一口气，后退半步，手捂住嘴。"那儿，"她说，伸出一只手，指着屋里一张立满了书的桌子，"就那儿，右边，薄的那本，看到了吗？"

"是的。"那本书看来完全无害，薄薄的，深红色皮革封面。我细细端详了一番，书名和作者名上做了浮雕工艺，很醒目：《恶魔的育成》，夏尔·波德莱尔。

艾德丽安：
"朋友与书籍之家"书店的创办人，一位才思敏捷的女性。

西尔维亚：
"莎士比亚"书店的创办人，因不顾英美两国禁令出版乔伊斯的《尤利西斯》在圈内声名大噪。

珍品古籍 & 当代精选

图书

当代作家首版著作

作家签名本

包括若干稀有纸张印刷本

插画本

签名手稿与书信

夏尔·波德莱尔——从未面世的中篇小说

斯特凡·马拉美——作品精选集

杜米埃——石印版画

各式合集，含若干英文版

普雷斯蒂奇精心辑选

拍卖会

德鲁奥酒店，10号房

1940年6月3日，星期一，下午2点

M.罗伯特·比格农，拍卖师，歌剧院大道12号

M.雅奎内，商事法庭专家顾问，剧场街10号

（店内提供拍卖品目录册）

拍品预展，下午1:30—2:00

图书展示至5月31日，星期五

雅奎内书店，剧场街10号

"难以置信。"马德莲说。我问什么难以置信，她却没有回答。接下来直到我们抵达墓地，她都没再说话。

前一天下午空袭警报响起时，我隔着围墙把那支德林杰小手枪扔进了墓地的后半部。和更古老的以色列区一样，那一片也是划给犹太人的，那里的家族墓穴上的墓石上刻的都是诸如卡恩、梅耶贝尔之类的名字，那就是我们此刻要去的地方。我们在一座座墓碑间的杂草里细细搜寻，终于我看到那把枪了，就躺在一座墓的顶上。我拉开枪膛，里面是空的。正当我还握着枪呆站着时，马德莲突然凑上前来，双手搂着我的脖子，敷衍地吻上了我的嘴。"把枪放进我口袋。"她冲着我的耳朵悄声说。我双手环住她的腰，一边回吻一边依言行事，与此同时，一个上了年纪的看园人扛着耙子和铁锹走了过来，嘴里还吹着不成曲调的调子。看到我们他便掉转方向，晃晃悠悠走开了。马德莲往后一仰头，拉开距离，看着我，像是要记住我的脸。她的黑眼睛是这样近，我在里面甚至都看不到自己的影子。

"抱歉。"她嘀咕着退开，红了脸，"我唐突了。"我的心狂跳着，一把将她揽回怀里，重新吻了上去。

我们牵手朝昨天傍晚离开的出口走去——那仿佛已经是很久以前的事了。到了弗洛瓦德沃路，马德莲在一根莫里斯柱前停下脚步，读上面张贴的政府公告：

告在法德国侨民：

　　务请即刻至最近的警察局报到。

　　随身携带必需日用品，限一件行李。

违令者将面临最重惩处。

1940年5月18日，内政部令

"你必须离开。"她说，"绝对不能自投罗网。"

"我知道。可我能去哪儿？我的证件不齐，没法离开法国。我没有出境签证，也没有钱。"

"怎样才能拿到出境签证？"

"向内政部申请。可我的申请被驳回了，我没有收容营的释放证明。他们故意不给我们，就是为了让我们拿不到出境签证，所以我们都走不了。"我朝马德莲露出一个听天由命的微笑，"我和你一样，无处可去。"

她伸长胳膊揽住我的脖子，闭上眼睛，再次亲吻我。此时此刻，哪怕奇迹突然出现，我拿到了一切——苦苦等待的汇款，所有必需的文件，释放证明、出境签证、真正的护照（而不是卢森堡边境小镇申根签发的那种，那份护照只会让人觉得我像个可疑的逃亡者）、船票、葡萄牙的过境签证、美国的入境签证——我也怀疑自己不会想离开。

 P001

The Auction House
拍卖场

马德莲从未和我谈过她会留多久，她就这样住了下来。对我来说，我们在一起的每分每秒都是馈赠，是死亡的缓刑。我中了爱情的伏击，拜倒在它脚下，不计死生。这是完全属于每一个当下的爱，不考虑明天，所有时间都只关乎它本身。我本该守在火车站，带着我的黑色旅行箱，挤在人群里，幕天席地，睡在站台，等着挤上某列南下的火车，可我就是不想去。

在第三共和国的最后几个星期里，围绕如何才能尽可能生存下去，作家、艺术家、出版人、学者以及其他一切纳粹的天然敌人分成了两派：一派选择离开，一派更愿意留下来。离开（前提是有钱有证件）意味着彻底放弃原本的生活，拥抱流亡，选择割舍熟悉的一切，甘受困顿贫乏之苦；留下则是冒

第三共和国：
法兰西第三共和国，在 1870 年
至 1940 年为法国的正统政府。

险，一旦德国人到来，接踵而至的便是拘禁、审讯、折磨甚至死亡。每次见到认识的人，比如在楼梯间遇到亚瑟或弗里茨，或是在大街上遇到某个朋友，或是迎面遇上邮差或我的女房东，我们都会谈论同一个问题：留，还是走？走，还是留？我属于留下的阵营。我感觉摆在眼前的两条路都是自杀，在这个问题的选择上，我似乎毫无凭据，因此也就无所谓对错。只是一想到要离开这座自己选择的城市，我就无法忍受。我年纪大了，没法再从头开始适应一座新的城市。再说，就算最坏的情况真的发生，我还有六十四粒吗啡胶囊，足够杀死一匹马了。自从七年前离开德国，我到哪儿都随身带着它们。死很容易，没有痛苦，更有甚者，那是极乐幸福。

可现在我遇到了马德莲，发现脑中的想法开始变了。我仍然更愿意留下来，但这次是因为我想这样，而不是因为意志消沉、麻木倦怠。之后一星期的大多数时间里，我们不是窝在公寓里，就是像游客一样穿行在巴黎的大街小巷，靠着朗格多克的便宜红酒、莎乐美香烟和定量配给的面包为生，过得心满意足。我们俩自然而然地构筑起了一个小小世界，感觉上似乎比外部的大世界更加真实，毕竟后者正在分崩离析。那时候我们最大的享受就是为彼此讲故事，马德莲战胜了我本性中的内向，不断向我抛出各式问题，询问我的童年、我的旅行、我认识的人、我读过的书，以及最重要的：我做过的梦。马德莲自己的故事则有着全然不同的气质：她一直在讲《信天翁的故事》，这故事跨越了好几代人，好几个大陆。她每次讲故事不过一两个钟头，我偶尔会在中途提问，为的是弄清楚某个隐晦的地方或确认某样含糊的东西。然后她的精力便消退了，她会道歉，说她不能继续讲了，她没精神了。她会蜷起身子，将头靠在我的肩膀或胸膛上沉沉睡去。她就像一只猫，睡着的时候比醒着的时候多得多。在她睡觉的时间里，我就拿出我的灰色笔记本，记录下刚刚听到的一切。我不想遗漏任何一个细节，可即便记录得这样及时，还是有太多东西我怎么也想不起来。

还有一件事很奇怪：夜晚睡着时，我不再被噩梦惊醒了。遇见她没几天，我就发现自己竟连着三晚都一觉到天亮。噩梦结束，长久以来压在我身上的巨大压力被卸下了。

挡在我们幸福之路上的只有一丛荆棘，那就是马德莲对即将出现在下周一拍卖会上的那份波德莱尔手稿的痴迷。她渴望得到它，或者更准确地说，想让我为她拿到它。当然，我自己也想见识一下波德莱尔的手稿。想触摸它，拿起它，如果可能读读最好，哪怕读不完看一部分也好。我也是藏书人，自然也有自己的喜好，我最重要的一个收藏对象就是夏尔·波德莱尔——在这点上我和马德莲算是志同道合。伟大诗人的全新小说，单是想想就能让人心跳加速。我不断向马德莲追问它有什么独特之处，她满足了我，充满爱意地为我描述种种细节：那是一个四部曲，以第一人称讲述。她甚至能背出开篇第一句。她让我把它写下来，这样就可以在拍卖会上对照验证："亲爱的女孩，在落笔这一刻，我才突然意识到我从未听过哪个故事如我将向你讲的这个这样令人难以置信。"我要去参加拍卖会，一个人，代她买下那部手稿。为什么要一个人？她没回答，只说时机到了我就会明白。我拿什么买下它？同样她也没有回答，她对金钱的概念似乎非常抽象，看起来似乎觉得，就算一切尝试都失败了，我还可以把那东西直接偷出来。

但我最爱的也正是这个完全不讲道理的马德莲。从一开始她就疑心我不像她那样把她的故事当真。要是感觉自己的话被怀疑，她就会受伤，双唇颤抖，黑色的眼睛里闪起泪花，但她从不会失去她的坚定与沉着。她一再说我必须相信她，我照做了。至少我做出了相信的样子。我找到了一个方式，既能爱马德莲又不令自己感到羞惭：我既相信她又不相信她。完全不信要冒失去她的风险，全然相信则意味着赌上失去自我的筹码。

我们只在夜晚分开。自从宣战以来，巴黎就不再是那颗光彩夺目的明珠了，夜间灯火管制令让这座不夜城坠入了黑暗。每到这时，白天里总懒洋洋套着我的衬衣晃来晃去的马德莲却精神起来。她会穿上她那条绣着红色木槿花的黑丝缎裙子，刷上睫毛膏，涂上口红，不加解释便消失不见。我发现这种猫一般的特质也令我沉迷。如果我问她要去哪里，她就温柔地亲吻我，说我还是不知道为好，不过她会回来，凌晨左右，让我不要等她。可我控制不住。我会一直醒着等她回来，不能读，不能写，什么也做不了，只能在屋子里来回踱步，满心焦虑。最后我只好爬上床，闭上眼，满脑子胡思乱想，直到午夜后门吱呀一声打开，她闪身进来，带着香烟和酒的气味，脱掉衣服，在我身边躺下，蜷起身子。虽说只有一张单人床垫，可她个头很小，我们的身体契合得非常完美。我会在日出时分醒来，那时她已坐在扶手椅里，赤裸着身体，读波德莱尔，指尖燃着一支莎乐美香烟，晨光勾勒出她身体的轮廓。看到我醒了，她就会大声念出她正在读的东西。

来吧，美丽的猫，躺进我炽热的心窝。

收起你的指爪，

让我沉入你美丽的眼眸，

那是玛瑙与金银熔成的。

然后，我们就出门，走上大街，开始我们的晨间漫步。

　　德国的战争机器隆隆推进，只是先顾着追歼英法残军，将他们往英吉利海峡赶，这稍稍延迟了它抵达巴黎的时间。往南去的大道越发拥挤，其他道路寥落冷清，每天都有店铺关门。

　　接下来的那个星期六下午，亚瑟敲响了我的房门。马德莲正躺在我的床上小睡，于是我出门走到楼梯间的平台上。我以为他是要问周六扑克聚会的事，这是我们的常规活动，只是如今早被我忘了个干干净净。但不是。他告诉我他要离开了，他那位富有的女朋友设法买到了一辆车，他们准备南下波尔多。

　　"车上还有空位，如果你愿意，可以和我们一起走。"

　　"我不想走。"

　　"法国人铁定要投降了，你清楚吧？"他抓着我的胳膊说，"再过一两个星期德国人就要来了。"

来吧，美丽的猫：
摘自波德莱尔的情诗《猫》。

我犹豫了一下，觉得就这样丢掉求生机会很愚蠢，多少人会愿意为这样一个机会不计代价啊。

"我还没准备好。"

"我懂了。"他说，一时不免有些丧气，但很快又振作起来，拍拍我的肩膀，"好吧，我们会再见面的，一定。"我们握手道别，他一步三级台阶地冲下楼梯离开了。我回到房间去看马德莲，她还躺在床上，迷迷糊糊地朝我转过头来。

"是谁？"

我穿过房间走到床边坐下，捏了捏她的手说："没谁。"

之后的两天里她讲完了《信天翁的故事》，越临近结尾，横亘在我们间的信仰分歧就越不容忽视。这部<u>萨迦</u>的结局是第一流的偏执狂想曲，马德莲的想象与现实世界彻底纠缠在一起，很难想象她曾有过从这张大网中挣脱的时候。她似乎坚信那位住在丽兹饭店的高级裁缝加布里埃·香奈儿（更为人所知的名字是可可·香奈儿）同时也是波德莱尔学会的主席，她俩的纠葛已有数十年之久。她认定香奈儿想要置她于死地，波德莱尔手稿的拍卖必定是某项阴谋中的一环，手稿就是引她入瓮的饵。她的故事结束了，我却因为听到的一切耿耿于怀，甚至不敢回应她注视我的眼睛，她一定察觉到了我的绝望。

"我们为什么不试试看呢？"她说。

"试什么？"

萨迦：
北欧的文学体裁，源于口耳相传。

"灵魂交替。"

我重重地叹了一口气。"我不认为这是明智之举。"

"为什么？"

我绝不会挑衅她的信仰。何必呢？比这更糟的有的是，至少她不是法西斯。我的朋友里有信上帝的，有信来生的，有信斯多葛主义的，为什么偏偏就不能容忍马德莲的信仰呢？

"唔，首先，我不认为你会想在这具身体里度过下半生。"我指了指自己，"毫无疑问我是得益的那个，可这对你不公平。"

一串长长的笑声从她的胸腔里发出来。"我的确不想活在你的身体里，我们会再换回来的。"

"可以吗？"

"当然可以，我会确保一切稳妥。"

"我以为灵魂交替只能是单向的。"

"就我的个人经历而言，大多数情况的确是，但灵魂交替的方式不只一种。有盲替，过后你完全不知道发生过什么；也有清醒的交替，我们就是要做这一种。整个过程中发生的一切你都会记得清清楚楚。"

她开始让我害怕了。"我不知道这算不算个好主意。"

"你害怕下半辈子都要当个女人？"她调笑道。

"我对当女人没意见。"

"那是你以为的。"她笑了，歪一歪脑袋，"所以，你怎么说？"

在此之前我一直在这个假设的两难境地里纠结：一方面，我期望失败能将她拉回现实；另一方面，我又担心如果精心编织的虚幻世界最终被证实只是个谎言，她能承受这个结果吗？说不定她的反应会很激烈，说不定我从此就再也见不到她了。可这一刻我做出了决断，这种自欺欺人的情形一秒都不该延续了，如果拒绝她的邀请，我就无异于助长她幻想的同谋者。我们一起躺到床上，马德莲仰面躺着，我一只胳膊撑在枕头上支着头。我们的视线交汇，锁定。我竟会允许自己这么做，这让我不由得心惊。可片刻之后，一阵愉悦感就掠过我的全身，让我激动起来。马德莲说过这是灵魂的第一波悸动，任何人在望进别人眼睛时都能感觉到。她相信灵魂交替的能力是与生俱来的，人人都有，只是技巧失传了。她声称正因如此，注视他人的眼睛才会蕴藏着如此强大的力量，甚至可能带来危险——只要凝目对视，哪怕未经训练的灵魂也不会毫无所动。此刻凝望着她的双眼，我更愿意相信那是爱情。我想知道她这一生到底经历过怎样的痛苦。听了这么多故事，对她的人生我却依然一无所知。我以为她属于那种败给了艰难孤苦的人，站在街头，自言自语，大声斥骂想象世界里的某个人。因此望着她的双眼，伴着周身幸福的刺痛，我心中瞬时溢出对这个女人、对她的伤痛的怜惜。她的故事只是掩饰，只是伪装，只是一层壳，掩藏在下面的是一颗深深迷失的或许永远无法修复的灵魂。哀伤淹没了我，模糊了她的模样，我撇开了视线。

"怎么了？"她问。

"我分心了。我想到明天的拍卖会了。"

那天夜里晚些时候，马德莲和往常一样装扮整齐后离开了公寓。离开前她给了我一个分外温柔的吻，我以为她是想弥合我们之间谁也不曾言明的裂隙，可第二天清晨，当我醒来发现她没有躺在我身边时，我才真正明白了那个吻的含义。那是道别。不过她给我留了一份礼物——她的德林杰手枪，就躺在我的床头柜上。

我不打算回顾那个早晨的痛苦。只能说我没像往常那样离开公寓去散步，在极度痛苦的挣扎中，我丧失了对时间的感知，以至于最后不得不匆忙赶去河对岸的德鲁奥酒店，带着八百七十三法郎。那是我的全部资产，纸币加上硬币，在我的裤子口袋里招摇地叮当作响。我选择了搭乘地铁，而不是走路，尽管后者通常是我更喜欢的方式，而且走地面比走地下更不容易受困被抓。二等车厢里只有零星几人，仿佛这天是星期天而不是星期一。

⑪

德鲁奥酒店

德鲁奥酒店的拱形大门后是一个安静的世界，地上铺着红毯，头上是挑高的天花板，它悄声许下承诺，将为来者奉上美的享受。我在这里参加过许多次拍卖会，通常都只是观众。这是一个高雅的市集，其中商品无不精美珍贵，每次来我都能感到一种熟悉而兴奋的冲动。10号房在楼上，偌大的房间里只有十来个人，其中包括拍卖师比格农和他的助手，所有人都百无聊赖地等着墙上的时钟走到两点整好开始拍卖。比格农一身上等深色西服，站在拍卖台前摆弄着他的小锤子，像法官一样，勉强掩饰着对于眼前这寥落场面的鄙视：区区几个中年看客，三三两两或是独自一人散落在空荡荡的观众席上。

我本想早些到的。依照惯例，拍卖开始前，目录上列出的拍卖品都会先行展出，供参会者检看。我的目标只有一个，但我并不想引人注意，于是假装对其他好几样东西都有兴趣。我翻了翻马拉美的首版书，装模作样地研究了几幅杜米埃的平版印刷画，最后才转向我真正想要的东西。那本红色皮革包裹的古老册子摊开在蓝色天鹅绒的底座上：《恶魔的育成》，夏尔·波德莱尔。要触碰它我还得先戴上一副白色棉布手套。手稿是用"悲伤之皮"装订的，书脊和封面上做了金箔压花。翻开来，泛黄的书页上写满了诗人那独具一格的手写花体字。刚读了开头几行，我的心就狂跳起来，对于收藏者而言，只有遇见一生难求的珍品时才会这样激动。"亲爱的女孩，在落笔这一刻，我才突然意识到我从未听过哪个故事如我将向你讲的这个这样令人难以置信。"最后几个字加了下划线，除此之外和马德莲说的一模一样，只字不差。我继续往下读："玄之又玄，一切都是玄之又玄。"我跳过前几页，直接翻到晚餐那段，和马德莲讲的一模一样。我继续翻动书页，浏览各个章节的标题："不名誉的插曲""感人的重聚"……全都和她说的一样。就在这时，隔壁房间里等待拍卖的几十个钟同时敲响，钟声在大楼里回荡起来。

"抱歉，先生，拍卖会要开始了。"我抬起头，一个身穿天蓝色袍子、戴着白手套的男人朝着这本书走来，是拍卖师的一名助手。我估摸了一下，要是这时把书揣进口袋往外跑，我大概永远也没机会离开这个房间，相反我会被投进监狱，等德国人来时无处可逃。于是我把书还给那名助手，找个位子坐下。突然间，我的全身心都迸发出对那本书的渴望，仿佛我对马德莲的爱在这一刻统统转移到了眼前这东西上，仿佛不知怎么马德莲化身成了这本书。可兜里只有区区八百七十三法郎，机会如何才能眷顾我呢？通常这样罕见的手稿都不便宜。也许战争逼近赶跑了那些真正的收藏家？要知道，遇上这样的珍品，他们往往都是不假思索一掷千金。总之，如果我真的有幸得到这份珍宝，那贫困不过是微不足道的代价。

比格农三言两语开启了拍卖会，语调安稳笃定，没什么起伏，让人想起牧师念的拉丁咒语。在他鼓足了劲儿的介绍中，价格如山羊登高般节节攀升，三名助手上台下台忙个不停，轮番展示各个拍品，记录下它们的商业命运。可不管他们如何努力，死气沉沉的气息却始终挥之不去，比格农的声音也泄露了他并没有多少热情。成交的很少，许多东西都流拍了。

"现在到我们的最后一项拍品了，无疑也是今天全场的重头戏。"比格农说，一名助手送上波德莱尔的手稿，俨然祭台助手呈上圣餐，"它不只是古玩，更是一件真正罕见的珍品，具有珍贵的文学意义：一部中篇小说，此前从未面世，波德莱尔本人的亲笔手稿。文稿笔迹已经得到了鉴定专家雅奎内先生的权威认证。这部作品看来属于波德莱尔的晚期创作，埃德加·爱伦·坡式风格，如我们所知，波德莱尔是第一个推崇爱伦·坡的法国人，也是后者最出色的法文翻译家。底价两千法郎。"

　　我的心沉了下去，还没进场我就出局了。但没人出价。我禁不住想，也许还有机会？比格农的脸上毫无波澜。他重复了一遍报价，小锤子悬在半空，看来要落空了，可他却捕捉到了什么——那是一根竖起的手指，属于独占了我前面一整排座位的老人。锤子拖延着迟迟没有落下，比格农的声音回荡着："两千有了。我是不是听到了两千两百五十？"我嫉妒地打量我的竞争对手：他没戴帽子，秃顶，头发花白，身子往前弓着，尽管外面没下雨却穿着一件已经没了样子的老式军用风衣。他的侧脸轮廓隐约有些眼熟，我一定在哪里见过这张脸，可在哪里呢？又是一次停顿，又一次"最后"叫价。又一次，我左右张望，寻找"嫌疑犯"：这次我的注意力落到了后排一个短粗脖子的男人身上，他的西装看起来很贵。两位竞价者交替报了两三次价，直到最后老人的坚持获得了胜利，西装男人让了步。小锤子终于落下，敲定了手稿的成交、拍卖会的结束和我那无人知晓的可怜落败。

　　我跟着那个穿军用风衣的胜利者朝前走去，拍下东西的人都在那里付款，领取他们的战利品。我听到他跟一名拍卖师助手报自己的名字：V-E-N-N-E-T，维奈。波德莱尔的手稿是他唯一出手拍下的东西。当他转过身来，我才第一次看清他的全脸，莫名的熟悉感再次浮上来。

一名助手轻拍我的肩膀。"您有东西要取吗？"

我摇头。

"既然如此，请让购买者到前面来。"

我回到后面，点起一支莎乐美，边抽边等维奈。我是在哪里见过这张脸？葡萄酒市场旁的一个河边书摊浮上我的脑海。他是个旧书摊主？维奈已经把手稿收进了他的棕色皮包，正要离开拍卖会场。我远远跟着他下了楼梯，走出酒店。他朝着格兰杰·贝特利尔街的方向走去。我发现还有人在跟着他，跟得并不远，而且不是一个，是两个：一个是那个穿昂贵西装、短粗脖子、拍卖时跟他竞价的男人；另一个瘦瘦的，戴眼镜，头上还戴着一顶灰色小礼帽，之前我完全没留意到他。有马德莲的警告在前，我想到了会有人跟踪，某个来自波德莱尔学会的人，但没想到会有两个。那位书商向右转进了乔夫罗瓦廊街，两位跟踪者立刻双双加快脚步，紧跟着消失在那道拱廊下。

和街面上微凉泛蓝的光影比起来，廊街里面就显得有些耀眼了。阳光透过玻璃顶棚倾泻而下，又被发白的马赛克地板反射到半空，店铺的玻璃橱窗夹道排开。维奈直接进了一家旧书店，丝毫没察觉自己身后跟了三条尾巴。另外两个人假装（装得并不太像）看附近两家商店的橱窗。我走进书店，维奈正在和店老板说话，炫耀自己刚买下的手稿。马德莲说过的话犹在耳边，我意识到他很可能正处于某种危险中，却又说不清究竟是怎样的危险。我想警告他，但不想暴露自己。考虑到我的口音，直接说当然不行，于是我从衬衫口袋里掏出笔记本和铅笔，匆匆写下几句话："有两个人跟踪你。你可能有生命危险。收好手稿，小心。"我把这一页从笔记本上撕下来，对折，拍了拍维奈的肩膀，撇开脸，把纸条递给他，一个字也没说。我没打算等他反应，趁他打开纸条的当儿，我快步走出书店，压下帽檐不让那两人看到，转身就背对他们跑了起来。

我听到身后传来维奈匆匆追出来大喊的声音："嘿！你！这是什么意思？"我继续跑，硬币在口袋里叮叮当当地响，像摇晃的手鼓没完没了，我不得不双手按在大腿口袋上好让它们安静下来。我头也不回地横穿蒙马特大道，冲进全景廊街，不管身后有没有人追上来。我绕过几个研究橱窗的人，一头扎进左边的综合艺术廊街，然后继续左转，循着一条狭窄的楼梯间往上走，一步三级台阶，一口气冲到顶楼一扇门前。门内灯光柔和，一个五十多岁的胖妇人坐在一张第二帝国时期的书桌后抽着烟斗，看烟斗的模样，根本就只该出现在歌剧舞台上。

"您好，约兰德夫人。"我气喘吁吁地说，大口吸着气，每一下心跳都像有一把匕首扎进心窝，"无论如何，真高兴看到您仍然开着门。"

"您好，先生，很高兴再看到您。"夫人回答，"我们从来没像这样忙过。一切还好吗？"

"还好，还好。"我喘着气，"都很好。"我弯下腰缓气，"我只是……遇到了一个……不想见到的人。"

"您没惹上什么麻烦吧？您知道，我们不喜欢麻烦。"

"没有麻烦，夫人，一点也没有……12号房，谢谢。"

"12号是西蒙妮的房间，先生，您知道的，西蒙妮只见有预约的客人，从不例外。"

"西蒙妮，是的，当然，我忘了，抱歉。11 号房呢？"

"11 号是波莱特，您想找的是波莱特？"

"是的，波莱特，谢谢您。"约兰德夫人眯起眼睛上下打量了我一番，耸耸肩，递过来一把钥匙。我照常规价付了账，又额外给夫人加了一点小费。作为回报，她给了我一个几不可见的微笑，表示虽然她不认同我的做法，但我完全可以信赖她的谨慎。为了不让下面的人看见，我弓着身子穿过走道，走道左手边是一扇又一扇的门，右边是窗户，窗户下面就是廊街。我推开 11 号房门，走进去，屋里很安静，叫人安心。我让房门留着一条缝，透过它观察楼下的动静。

"您好，先生。"我听到身后传来波莱特的声音，"好久没见了。"

"你好，你好，亲爱的波莱特。"我随口回答，继续透过门缝往外看。楼下的廊街安静得就像明信片一样，没有维奈或他的跟踪者的影子，只有一位女士在报亭前挑杂志，还有几个年轻人趴在烟草店的窗户上往里看。我阖上房门，落了锁，转身看波莱特。她整个人斜倚在床上，被子掀开，一条腿曲起，身上只有黑色睡裙、丝袜和浓浓的妆。屋角亮着一盏灯，上面罩着织锦灯罩，一台老式留声机里流淌出小提琴和吉他的轻柔曲调，房间里弥漫着香氛和大麻的味道。"抱歉怠慢了。"我说，一边脱掉外套，摘下帽子，一边把它们放在留声机旁的凳子上。我走上前去，在床沿边坐下，伸手将染成金色的头发从波莱特脸上拂开，好看清楚那双灰蓝色的眼睛，它们曾令我那样着迷，如今却魔力全无。

"今天需要我为您做些什么呢？"她问。

"陪陪我就好。"

"明白了。不要别的了？"

"要是有人来敲门，我会亲你。除此以外，只要陪着我就好。"

她伸手从身边摸出一副纸牌。"以我的经验，没什么比双人纸牌更能安抚不安的心了。"

"一点不错。"

P011 ☞

The Palace of Justice
司法警察总部

那天晚上回到公寓时，空荡荡的房间迎面扑来，就像有人一拳头狠狠砸在我的肚子上。我总觉得屋里似乎有白檀的香味，于是嗅遍了所有东西，枕头、被单、毛巾，想找到更多她存在的痕迹。之前我还隐隐期望她已经回来了，慵懒地躺在我的床上，穿着我的衬衣，抽着莎乐美。我想跟她说她是对的，拍卖会的情况跟她预料的分毫不差，说我做了她要求我做的事，说我不该怀疑她。可我只能对着脑海里的马德莲说。这个想象的马德莲太鲜活，以至于我发现自己竟说出了声，一个人继续着我们两个的长谈——只是无法触碰她，爱抚她，拥抱她。我有一种感觉，这次她不会回来了。可至少她还给我留下了一件纪念物。

我抚摸着德林杰冰冷的金属枪身，仿佛那就是马德莲的身体。我很清楚她留下这把枪的意思，我们聊到过。她要求我为她做一件事，一件不讲道理的事。她要求我去犯罪，去杀死一个人。她要我杀的是可可·香奈儿。问原因是没有意义的，一切都是她的偏执狂想，就像《信天翁的故事》一样。当然，做还是不做根本不是问题。就算我想做，我能去哪里找到与德林杰配套的子弹呢？

一封信通过气动管道被送上来，又透过门缝被塞进了我的房间。是弗里茨写来的，他在里昂火车站的站台上熬了好几晚，指望能在某列南下的火车上弄到一个座位。功夫不负有心人，他买到了两张第二天早晨发车南下的票，如果我愿意，其中一张就是我的。但这份好意我注定无法领受了，我在马德莲和手稿的事上牵扯太深了。

我度过了一个不眠之夜，各种回忆挥之不去，黎明的到来反倒像是一种解脱。

这天例行的晨间散步我去了火车站，途中绕过了还没开门的蒙帕纳斯公墓。我们的相遇不过是短短一个多星期前的事，却好像已经过去了一个世纪。这份记忆太痛苦，叫人难以承受。里昂火车站里挤满了蓬头垢面、忧虑不安的巴黎人，很多人已经在这里守了好些天，人人都期望能赶在德国人到来前离开。我看到弗里茨时，他正排在一条几乎没有挪动的长长的队伍里，等待登上一列蒸汽火车——为了这场大逃亡，就连已经退役的蒸汽机车头都被调了出来。到处都是人，全家出动，瘫坐在地上，身边堆着他们的行李财物。雨伞、花瓶、鸡肉、蒸汽式咖啡机、鸟笼、床单、窗帘都在等着能登上下一趟或再下一趟火车离开。我隔着老远就看到了弗里茨，但直到挤到他跟前才开口，免得因为当众嚷嚷德语引来麻烦。"你的箱子呢？"他问。我告诉他我不能走，他可以把多出来的那张票给其他人。他难以置信地看着我："为什么？"

街道上的逃难人潮

我无助地看着我的老朋友。"我还在等我的美国朋友汇款。"

"如果只是因为这个，我可以借钱给你，让他们把钱汇到马赛去。"

"还有别的事，关于一部手稿。"听着自己的声音，我知道这话在他听来一定很傻。我不想提起马德莲，他没见过她，这个顾忌让我困扰。我是羞于提她吗？还是为自己感到羞愧？

"一部手稿！"他禁不住笑着摇头，"你为了一部手稿拿生命冒险！"我耸了耸肩，像是说没办法，我不能走。他悲哀地点了点头。"我明白了。"他说，"好吧，如果你改了主意就到马赛来，那是你最有可能活着离开法国的机会，在辉煌酒店给我留个信儿就行。"我们旁边就站着一个孤零零的年轻人，戴着帽子，穿一条中长的短裤，看起来很无助。弗里茨把那张票给了他，那男孩立刻欢喜得整个人都有了光彩。我们一起抽了会儿烟，一直等到哨声响起，队伍开始移动。人们吃力地拖着他们的手提箱，一个接着一个走进车厢。火车渐渐消失在了烟雾和蒸汽之中。

我离开火车站，朝着河上圣路易岛的方向走去，然后穿过西岱岛到马拉凯河堤。尽管情势糟糕，依旧有一些书摊照常开业，摊主们支开摊子，收拾好书架，相互聊聊天，再抽上几口烟。要不是有圣米歇尔桥上源源不断大逃亡的卡车和货车，这情形和任何一个晴朗的平凡日子没什么不同。我在桥头的拐角上看到了一个圆滚滚的身影，那是个旧书摊主，叫兰诺依泽立，依然架着他一贯的圆眼镜，戴着黑色贝雷帽。我是他多年的老客人，彼此都信得过。我们相互点头，道一声早安。我随意翻了翻他书架上的侦探小说，大多数我都读过，有的还读了好几遍，但依然能找出一两本感觉还能再读读的。"顺便打听一下，"我装作不经意地说，好像这事无关紧要，"你听说过一个叫维奈的旧书商吗？"

"维奈？知道。继续往前走，他在都尔奈勒河堤那边，靠近葡萄酒市场，专门向游客卖老石版画，顺便也卖卖古董色情小说。你是想找些特别的画吗？"他翻开一张插画给我看，上面是个深色皮肤的女人，浑身上下只盘着一条蟒蛇，"瞧瞧这个。瞧瞧这些细节，这是真正的艺术品。"我笑着摇了摇头，"也许下次吧。"他说。

"也许没有下次了。"

"噢，永远都有下次的。"

我沿着河岸往上游的都尔奈勒河堤走。离开了南北向的大道，阳光和入侵前的宁静暂时为一切都笼罩上了夏日假期的气息。快到葡萄酒市场时，我看到了一位正抽着烟斗的夫人，约莫六十岁，专卖爱情小说。

"我想找维奈的摊子。"

"就这个。"她说着指了指旁边的摊子，摊子还上着锁。

"您知道我能在哪里找到他吗？"

"他还真吃香，你是第二个打听他的人了。"她端起烟斗抽了一口。

"是个大块头男人吗，粗脖子，西装很不错？"

"不是，是个瘦子，留一字小胡子，戴礼帽，昨天下午来的，也是找维奈。"一阵恐慌掠过我的身体。我晚了一天。

"在哪里能找到维奈？我担心他可能遇到麻烦了。"

她上上下下打量我，我想是因为我的口音。我从口袋里掏出一张二十法郎的钞票递给她。"他昨天也没来，不过我收摊时看到他在附近。他好像有些慌张，但我没问原因，我不是个喜欢打探的人。"

"他做了什么？"

她再次停顿，我又给了她二十法郎。"他打开摊子，翻了一下，也就一分钟左右，然后锁上就走了。他没怎么说话，这不像他，他平时都很健谈的。"

"你跟那个人说了这些吗？"

"他没问。"

"他问了什么？"

"他想知道维奈住在哪里。"

"那是哪里？"

她看着我，不说话，冷静地抽着她的烟斗。

"夫人，维奈住在哪里？他是死是活也许就维系在您的一句话上了。"

"你是德国人，对吗？"她终于开口了。

我掏出口袋里所有的钞票和硬币，统统塞给了她。

　　那个老妇人给的地址在城郊的圣马塞尔区，那是这座城市里条件最恶劣的居民区之一。数个世纪以来，它一直饱受比耶夫河两岸制革厂带来的恶臭之苦，这条小河如今已经被埋在了地下，但依然在街面下流淌着，穿过巴黎植物园，最后汇入塞纳河。长久以来，圣马塞尔区都被判定为对健康有害，那些还没来得及拆除的地方也都被列进了待拆规划。但在正午的阳光下，这一切都被忘却了。眼下正是午饭时间，狭窄的街道上挤满了半大不小的孩子——至少都已到了不能被送去乡下的年纪。他们沉浸在自创的各种小把戏里，似乎丝毫不为迫在眉睫的入侵担忧。他们的父母没有乡间别墅可以避难，他们只是不得不照常生活。我漫无头绪地四处寻找维奈的公寓，高温当头，阳光与阴影交错不休，头顶上漂白的床单波浪一般飘荡飞舞，敞开的窗户里飘出炒洋葱的味道，这一切与我的担忧、我的悲伤、我的恐惧和所有无形的东西交织起来叫人头晕。好几次我都不得不停下来，扶着墙稳一稳，让自己重新镇静下来。

　　找到维奈那栋楼后，我几乎是摸黑爬上了四层，一路擦亮火柴查看门边挂着的名字。终于我找到了维奈的房间，伸手敲了敲门。没有动静。我试着转动门把手，门开了。我又站在门口等了会儿才抬脚走进去。屋里很暗，空气闷热污浊，满是香烟和人的味道。这是个单间，和我自己那间很像，角落里有个小厨房。房间只有一扇窗户，窗帘还拉着。四面墙边都是书，贴着墙，全到齐腰的高度。屋子中间散落着更多的书，像是被人翻过，或是在争执打斗中被撞散了。窗边放着一张床，薄薄的床垫上有一个躺着的人形，背对着房门。我叫了一声维奈的名字，没有回应。我小心翼翼地穿过房间，走到对面墙边，拉开窗帘，打开窗户，像溺水得救的人一样大口呼吸了几口新鲜空气。

然后我转身走到床边，一边叫着维奈的名字一边轻轻推他。床上没人睡过。他是躺在床沿上的，身体已经凉了。这具身体衣着整齐，还是前一天穿的那套，只是少了一件风衣。他没有呼吸，事实上尸僵已经开始了，他胸前的衬衣上凝着一片血迹。血渗透了单薄的床垫，在床下汇成了一小摊。地板上也有血迹，还有一道喷射的血痕，一直喷溅到对面墙上。我的目光移向维奈的脸，那上面原本应该是眼睛的地方空了，只留下周围触须般展开的细细血痕。他的眼珠被挖走了。我转开头，胃里翻涌起来。我靠在墙上试图冷静下来。我想到了马德莲，她警告过我会有这种事。

就在这时，我听到身后有动静，不由得悚然一惊，猛地回头。门口站着一个人，是前一天出现过的瘦的那个，戴眼镜和灰色小礼帽。"找人？"他说。

"是的。"

"他看来情况不妙。"那人跨过几本书，走进公寓，"我在哪里见过你。"

"拍卖会，昨天。"

"啊，是的。还有后来，在乔夫罗瓦廊街。你跟维奈说了什么把他吓成那样？"

"我给了他一个警告。"

"你告诉他有生命危险。相当准，不是吗？"

"碰巧猜中而已。"我回答。

"你是谁？怎么卷进这件事里的？"

"是谁想知道？"

"司法警察部专员，乔治斯－维克多·马絮。"

"你是巴黎警察局的？"

"没错，你知道？"

"只在小说里看到过。"

"太遗憾了，小说写得都不大客观，那里很值得专门去看看。说真的，我们何不现在就去？我有辆车，就停在外面。"他让开半扇门的位置，冲我招招手。"你知道，"马絮说，"大家都说，没到过巴黎警察局就不算真的到过巴黎。"

"谁说的？"

"人人都说，人人都没说。"

黑色雪铁龙汽车喔嘟作响地开过圣米歇尔桥的石板路面，穿行在汽车和卡车组成的南行车流中，桥下的塞纳河幽深模糊，波光粼粼。马絮坐在我身边，自娱自乐地哼着不成调的曲子，我却难受地想起了刚才看到的尸体，还有马德莲。维奈的被害证实了马德莲看似最疯狂的臆想：波德莱尔学会里有人（也许是可可·香奈儿，也许是她雇用的某个代理人）在杀人，挖走他们的眼睛，就像某种古代宿敌间处理血海深仇的方式，那是我永远也无法真正理解的。所有迹象都显示马德莲跟我说过的故事是真的。也就是说，突然间我就这么稀里糊涂地在一座并不欢迎自己的城市里，深深卷入了一桩自己都几乎不明就里的肮脏案子。更糟的是，现在我还落到了警察手里，而他们正是我最应该远远避开的人。万幸那把德林杰手枪被我藏在了公寓里，没有带出来。

警车突然左转驶进巴黎警察局，穿过拱形大门后，一个急刹车停在了院子里。这是司法警察的总部，负责调查发生在巴黎的一切凶杀案。院子中间烈焰熊熊，有几个人扶着推车站在一边，其中一个男人正在添火，火星穿透午后的阴郁腾空而起，直冲蓝天。我被领着往里走，穿过昏暗的走廊和楼梯间组成的迷宫走进一个房间，按要求录下指纹并拍照留档。我的笔记本被没收了，然后我被押着继续在大楼里走，爬上更多楼梯，一直来到顶楼，穿过嘈杂的人声、打字机声和电话铃声，被命令等在一间办公室外，门牌上写着"特别行动处，一处"。偶尔有人进出那间办公室，让我得以窥见里面的情形——那是个烟雾腾腾的大房间，面对面地摆满了办公桌，每张桌子上都有一台打字机；人们忙忙碌碌地走来走去，要不就是坐在某张桌子边伸出两根手指打字。纸张燃烧的味道混合着烟味和体味飘来荡去。我肯定坐了有一两个钟头，抽着莎乐美，因为这桩案子的意外转折而心烦意乱，发疼的心脏在胸腔里怦怦直跳。眼下我还只是司法警察的调查对象，重要的是最后千万不要落到秘密警察手里。我对法国警察各部门间众所周知的对立态度始终抱有期望，心里还想着运气好的话，我也许还能有机会以自由人的身份走出去。

⑬

专员办公室

终于我被带进了一个挂着"专员办公室"牌子的房间。那屋子不大，只有一个舷窗式样的窗户正对着塞纳河和拉丁区，另外三面墙边都放着文件柜，上面被文件夹塞得半满，屋里还有两个人正在把文件往推车里搬，大概是要换个地方存放。马絮弯着腰站在他的办公桌前。他的头发梳得整整齐齐，小礼帽放在角落的帽架上。我进门时他没抬头，只是抬手招呼我上前，又让其他人都出去。桌面上摊着的是维奈公寓的照片，各个角度的都有。还有维奈的尸体照，衣衫整齐，婴儿一般蜷在床边，正是我发现他时的样子。其中一张太可怕，我禁不住别开了头，是他那张没了眼睛的脸部特写。

马絮一定是注意到了我的瑟缩。"见过一次就忘不掉了。"他说，"看眼睛那里，出血量控制到了最小，眼眶内部和周围都没有撕裂伤。通常来说眼部的伤都不会流血太多，但颈部有擦伤的迹象。"他伸出食指点了点："表示受害者的头被固定过。你从中能看出什么？"

"是说他的眼睛被挖掉时人还活着？"

"非常准确。这可怜人被折磨过。"马絮坐到他的办公椅，摩挲起下巴来，"可为什么呢？"我无言以对。他从抽屉里抽出一个牛皮纸文件袋，打开，抽出里面的东西翻看，一边眉毛挑起，喉咙里发出一连串嘟哝声。他像是那种永远不会慌乱的人，脑子永远在转，淡淡的微笑总是挂在脸上。"跟我说说，先生，"他说，"你昨天去拍卖会干什么？"

"我对波德莱尔的手稿有兴趣。我是个作家，多少也算个波德莱尔的研究者吧。"

"你为什么会跟着维奈？"

"拍卖会结束后我碰巧跟他同路，走在他后面，看到有两个人在跟踪他，其中一个是您——当然了，我那时不知道您是警察。但另一个人当时也出价竞拍过，我觉得有些可疑，所以看到他走进书店时，我进去警告他，说他被跟踪了。"

"你跑掉后维奈听了你的建议，从我们眼前溜掉，结果就是我没法为他提供保护，而这正是我当初去那个地方的目的。等我再找到他时，他已经死了。所以从某种意义上说，要不是你横插一杠，维奈说不定还活着。接下来就是问题所在：最奇怪的是，第二天你就出现在了犯罪现场，这是怎么回事？"

"我没杀维奈，听起来您似乎在暗示这个。"

"我知道。我们查过你的资料。根据我们的记录，你定居巴黎只有七年，而这系列案件的起源要早得多。无论你是否已经意识到了，先生，你已经卷进这座伟大城市最古老的连环杀人案里了，而我相信你能帮我们。"

"我会尽我所能。"

马絮露出一个冷静的微笑。"先生，请告诉我，你是怎么搅进这个麻烦里的？你甚至都不该在巴黎。"

"我自己也很好奇。"

"你见过这部手稿吗？"

"见过，就昨天，在拍卖会上。"

"你对它有什么了解？"

"噢，我只是翻看了几分钟，没看出有造假的迹象。笔迹看来就是波德莱尔本人的，纸张似乎也很有年头了。"

"你看了内容吗？"

"我来不及，就只扫了一眼开头，同样也没什么可疑的。"

"我上个星期读过，在雅奎内的书店里，我等着读这部手稿等了十八年。请允许我告诉你它写的是什么，你也许会有兴趣，不光以研究者的角度，就是普通人也一样。它不仅是一部虚构的小说，波德莱尔写得像是他的亲身经历一样。它讲述的是他为了一次最不寻常的转移做准备的故事。"

跟马德莲说的一模一样，我暗想。我非常想听听看马絮究竟知道多少，却又直觉感到必须对马德莲告诉我的一切保密。"一次转移？"

"灵魂转世，先生。你听过这个说法吗？"

"当然，人死后灵魂转移到其他人身上。"

"一点不错。"马絮说，"只是波德莱尔在这个故事里暗示的灵魂转移似乎是发生在死亡之前。"

"我明白。"马絮紧盯着我的反应，"听着就让人觉得很假。"

"放在平时，我也赞同你的看法。但这个案子可以往前追溯到至少十八年前。在这件事上，真实与虚假间的界限已经模糊。关于波德莱尔学会或它的主席加布里埃·香奈儿，你有什么了解吗？"

我真希望他没提香奈儿。他这么一问，我就再也无法骗自己说马德莲的故事都是出自臆想了。不过我想，对这些故事我还是继续保密为好。"最近我才第一次听说有这么个学会。"我回答，"这位女士的名字似乎有些耳熟。"

"那就让我来给你补补课吧。波德莱尔学会是过去时代的遗存，那时文学会是很时髦的东西。20 世纪大概算是它的巅峰时期，当时它被认为是巴黎乃至全世界这类学会中最权威的一个。到了 1923 年，学会主席的位子交给了加布里埃·香奈儿，一个上流社会的年轻女裁缝。如今她是全法国最富有的女人，她的另一个名字更出名，叫'可可·香奈儿'，这个名字你总听过吧？"我点点头，马絮顿了顿，像是在权衡接下来该说什么，"先生，你知道这是什么味道吗？是纸张焚烧的味道。你来的时候一定看到了，楼下院子里点了一堆火。眼下巴黎所有政府大楼的院子里都在烧文件，所有档案都要化作飞灰了。光凭这个，任谁都能看出共和国的防守情况到了什么地步。所以你多半会奇怪，这种时候一个本该忙得脚不沾地的警察专员，为什么还对一名旧书摊主的被害案如此感兴趣。有这样的疑惑很合理，但这并不是普通案子。就我所知，维奈是第三个被挖掉眼睛的凶杀案受害者了，而每次都会牵涉波德莱尔的手稿。第一桩案子发生在 1922 年，那时我还是个巡街的小警察，受命协助调查。受害者是个古董书商，他的眼窝空空的，眼珠一直没找到。在调查中，他的遗孀提到自己丈夫接了一名新客户的委托，要找一部手稿，是波德莱尔从未发表过的小说。她记得他说自己找到了，但那部手稿现在不见了。后来我们发现他接触过波德莱尔学会。我去了一趟学会，它的办公总部设在圣路易岛上一座公馆里，当时的主席是亚里斯蒂迪·阿尔托普洛斯，一个奇怪的家伙。他号称并不知道有这么一份稿子存在，也想不起跟书商有过什么交道。最后嫌犯锁定了书商的姐夫，一个粗鲁的酒鬼，欠了受害者的钱。他被送上法庭，判了罪，上了断头台。我参与了行刑。那是一大清早，在阿拉戈大道上的监狱外，我记得自己当时满脑子都是：这个替罪羊就要被处死了。可这就是警察的宿命，我把这事扔到了一边。

"十年过去了，我一步步升到了副专员的位子上。1931年新年刚过，一天早上，一名郊区的警察打电话说发现了一具尸体，还补充说尸体的眼球不见了，这让我立刻想起了多年前的那名古董书商。受害者的身份证件还在他身上，是一名比利时实业家，也是个声名狼藉的花花公子。他有一座非常不错的私人图书馆，收藏他喜爱的作品，全都是跟比利时有关的。头一天傍晚他还在赛马俱乐部里跟他的几个朋友提到，说他这趟来巴黎是为了买一部波德莱尔的亲笔手稿，说那是诗人在流亡布鲁塞尔期间完成的，价值不菲。晚餐后他去了恰巴内，那是个高级妓院，位于第二区，他是那地方的常客。他在凌晨四点左右离开恰巴内，却再也没回他落脚的乔治五世酒店。第二天上午，两个小孩在文森树林发现了他的尸体。

"这个案子当时激起了一些反响，但很快就被压了下去。嫌疑落在了一名出租车司机头上，他有些赌博方面的问题，那晚在妓院门口接到了我们的比利时受害人。但我不满意。我仔细研究了所有证据，在他的笔记本里找到了一个地址：安茹码头路十七号。刚好又是波德莱尔学会的地址。于是我又一次造访了那里。这次阿尔托普洛斯已经过世，新主席是个女人，对我来说她的名字非常熟悉：可可·香奈儿。她说她在社交场合见过这个男人，也的确认识他，但除了日报上公开的消息之外，她对他的死亡一无所知。

"出租车司机被判有罪，同样也在一个清晨上了阿拉戈大道的断头台，这次我依然在行刑现场。我确信这又是一次错判，只是苦于没有证据。我决定翻遍旧档案，看看还有没有受害者眼睛被挖的凶杀案例。有好几起。希波吕忒·巴尔塔扎尔，一名在萨尔佩替耶病院的军队疗养院工作的心理医生，1917 年被害。后来我发现，巴尔塔扎尔加入波德莱尔学会足有七年之久，是其中一名重要成员。我大受鼓舞，于是继续往前找。1900 年，在一列从南斯开往巴黎的火车上，波德莱尔学会创始人埃德蒙·德·布雷西和学会秘书吕西安·罗伊格被发现死在列车包厢里，但只有女人的眼睛被挖掉了。同年，一个名叫加斯帕尔·勒杜克的远洋商船船长在勒阿弗尔被害，眼球也不见了。他曾经受雇于阿尔托普洛斯在任时学会下属的一家船务公司。这几桩凶杀统统是悬案。

"维奈的死坚定了我的直觉判断：有人在追踪并杀害跟波德莱尔手稿有关系的人，挖掉眼球是他的作案标签，就像是唯恐这些凶杀不能引起关注、不能让人将它们联系在一起似的。这些案子间的共同点就是波德莱尔学会。这便引出了一个有趣的问题：一个文学机构能够成为凶杀案的被告人吗？"马絮站起来，走到窗边，河水在下方流淌不休，依旧那么幽深，"先生，我们之所以没把你列为嫌疑人，原因就在这里：你1933年才到巴黎。但也许你能帮我们找到凶手，也许凶手就是昨天跟踪维奈的另一个人。"

"穿手工西装的那个？"

"不错。我希望你能找出他和波德莱尔学会的关系。或许你能去拜访一下香奈儿女士？"

"你觉得我该怎么做？"

"这就看你自己了，但你可以得到相应的报酬。"

"明白了，你想让我当线人。"

"历史悠久的老传统，至少你能拿到真正的巴黎身份。"

"不巧我正在考虑离开。这对我有什么好处呢？"

"开个价吧。"马絮说。

"出境签证。"

"拿到有用信息的话，可以。"他的微笑消失了一瞬，"前提是你拿到的信息是真正有大用处的。"他走到门边，拉开房门，示意我可以离开了："可以说，我们只能靠你出面去揭开这个谜团了。如你所见，掣肘我们的事很多。"

会面结束，我站起来跟他握手道别。刚到门口我就突然想起了我的笔记本，马德莲跟我说过的所有故事都记在上面。"我的笔记本呢？我能拿回来吗？"

"啊，笔记本，我们暂时还得扣留一下。就算是抵押吧，你可以这么想。再见，先生。"

P217

The Baudelaire Society
波德莱尔学会

我在午后的阳光下慢慢走回公寓，马絮专员的故事让我一直没能回过神来。他肯定还没看过我的笔记本，但不知怎么回事，他的故事显然和马德莲的对上了，几乎严丝合缝。事实上，从某种意义上来说，他们要我做的是同一件事。看来与香奈儿夫人见面势在必行了。

回到公寓大堂时，我刚好遇上了看门人巴比尔夫人在分拣信件。"德国人都要来了，账单还得照付。"她抱怨着，用那种老式乡下口音，所有"r"都带着颤音，她满面忧虑地走到我跟前，"您还留在这里干什么？难道不知道一切都完了吗？"

我扬了扬手中刚买的《时报》。"看来英国人在增兵了，美国人也随时可能参战。"

"噢，"她嗤之以鼻，"您还真乐观。这些话我一个字也不信。这真是一场噩梦。一想到我可怜的吉诺特……"她的儿子被征召入伍了。她拎起脚边的板条箱，搬到大门口，她丈夫正在把他们的家当往一辆老标致汽车里塞。"我们打算去维希，我姨妈家，那里不会有事。您也该走，只要您清楚什么对自己更好。"

我的黑色行李箱还在门后等着我，像一条忠实的猎犬。照理说我该赶紧收拾行李离开，可我没有。相反，我在床上躺下，开始读报。大标题很令人振奋，这不假，但不可否认，字里行间透露出的意味无不昭示着同一个结论：巴比尔夫人才是对的。局势在恶化。比利时人溃不成军，法国军队技不如人，英国人退向了敦刻尔克。政府本身也撤离巴黎，搬去了相对安全的图尔。我琢磨着，德国人眼下大概是将兵力集中在北面，所以才让巴黎偷得几天喘息。如果是这样，我想留给我的时间大概也够了。我想彻底弄清楚这件事的原委，如果真有的话。再说了，就算计划出了偏差，我总还有吗啡。

第二天，我通过气动管道邮政系统向安茹码头路上的波德莱尔学会发了一封信，落款留的是亚瑟的名字和公寓门牌号。

亲爱的香奈儿夫人：

　　我最近刚刚得到一部夏尔·波德莱尔从未付梓的作品，名叫《恶魔的育成》，是一部小说。这部作品具有很高的文学和收藏价值，但时值乱世，我无法确保它的安全。鉴于各大图书馆都已关闭，如果波德莱尔学会能够考虑接受并确保书稿安全，我必不胜感激。出于众所周知的原因，我不希望通过邮政系统将手稿寄给您，但我很乐意在您方便的时候第一时间携书稿前往学会，亲自交到您本人手中。

　　此致

　　　　　　1940年6月5日，星期三，于巴黎

我不知道香奈儿是不是已经从维奈那里找到了手稿，无论情况如何，我都期望她会咬钩。这不是什么周全的计划，不比一把没子弹的德林杰手枪更高明，但我找不到更好的办法了。我满腹焦灼，心神不宁，为自己的愚蠢自责不已，可信已寄出，没有反悔的余地。我的动机不只一个，拆开来每个都微不足道，但合在一起便无可争辩。首先，我渴望得到波德莱尔的手稿，我认为自己仍有机会；其次，身为犯罪小说爱好者，我对侦破维奈的凶杀案同样有兴趣；再次，但凡能有一半机会拿到马絮当胡萝卜挂在我鼻子前的出境签证，我都要争取；最后，最重要的一点在于，我想验证马德莲的故事。很显然，亲自走一趟波德莱尔学会是最好的办法。

　　答复终于在星期五中午到来。一听到邮递员熟悉的铃铛声我就冲下楼去，找到那个蓝色信封一把撕开——我受邀于下星期一下午前往学会总部与香奈儿会面。还有整整三天！要是德国人在这期间打进来了怎么办？

　　这个周末天气晴朗，叫人心情愉快。我依然每天日出之后就离开公寓，大街小巷里依然有丝丝缕缕的薄雾飘荡，一直飘过河对岸。巴黎的勃勃生机凝滞了，却比以往更加迷人。星期六，情人们手挽着手沿着河岸码头散步；到处都有人在钓鱼，向着河面投出鱼钩；书摊主们照旧支开他们的书摊。一切景象都带上了淡淡的怀旧气息，仿佛都已经属于过去。头一次，我开始跳出当下，认真地考虑未来：离开巴黎，设法到美国或阿根廷，重新开始一段新生活。在我设想的每一幕生活图景中，主角都不只我一个，还有马德莲，我们俩一起。

　　星期天早上我被东面远远的炮火声吵醒。前一天的田园诗意转眼就被遗忘，大大小小的街巷里都是巴黎人拖着大包小包往最近的地铁站赶。我也冒险加入其中，吃力地抱着用绳子捆扎好的笔记本和文件去找我的朋友乔治斯，一个图书管理员。几星期前，他答应帮我保管我这些年写下的书稿。事到如今，这部尚未完成的作品也只能暂时搁置，至少等到战争结束。但起码它能得以留存，好好待在它的藏身之处——国家图书馆里。想到我总算还有一部分东西能留下来，一阵愉快的战栗就油然而生，掠过我的身体。

回家路上，我顺道拐去了花神咖啡馆，里面挤满了作家和艺术家，都在推测最新的局势，毕竟广播已经不可靠了。我遇到了特里斯坦·查拉，他建议我直接去最近的火车站，当然我不打算听他的建议。回家路上经过蒙帕纳斯火车站时，我看到共和国警卫队在驱散前厅里哄抢火车票的人群。

⑭

蒙帕纳斯火车站

那一夜，我在胸腔里心脏怦怦狂跳的刺痛和远处传来的隆隆炮火声中辗转反侧，几乎无眠。

星期一中午，我来到圣路易岛最西端，找了个树荫里的长凳坐下，手上拿着一份报纸，肩上背着皮书包，包里装着马德莲的德林杰。在这个位置能清清楚楚地看到沿河那条鹅卵石长街上发生的一切，包括是否有人出入波德莱尔学会。我买了一份报纸当掩护，但只草草扫过几个标题——《雷诺再次向罗斯福发起呼吁》《四名间谍被处死》《毒牛奶案追踪》，就把它合上扔到了一边。

波德莱尔学会的总部设在洛桑别墅酒店，也就是曾经的皮莫丹公馆，波德莱尔和珍妮·杜瓦尔住过的地方。那时候她是他的缪斯女神，他是她的保护神，他们以独属于他们自己的方式相爱。河水在我脚下静静流淌，环绕着我；微风从空中轻轻拂过，柳叶窸窣，用它们神秘的语言窃窃私语。东面传来的隆隆炮火声不曾止息，将斑驳暖阳的谎言击得粉碎。

将近两点时，一辆闪闪发亮的酒红色德拉哈耶敞篷跑车停在了波德莱尔学会门前，首先从前排驾驶座上跳下来的正是一星期前出现在德鲁奥酒店的粗脖子男人。他拉开后座车门，一名身着黑裙、身姿窈窕的女士从车上下来，走进了酒店大楼。这么远的距离看不清脸，但毫无疑问那必定是香奈儿。

半小时过去，约定的时间到了。我按响学会大门的门铃，右手插在外套口袋里，偷偷握住德林杰。开门的依旧是那位与我有过一面之缘的西装杀手。也不知他看到我有没有觉得惊讶，至少他表面上没有一丝波澜。我被领进门厅，感觉像走进了一个曾反复出现的梦境。大理石楼梯、铸铁扶手、缎子窗帘、马赛克瓷砖地板上的东方老地毯、枝形吊灯、桃花心木家具——这地方就像个博物馆，专门用来展示第二帝国已然残损的浮华。我跟在杀手身后穿过一道走廊，走进一间会客室，被告知就在这里等香奈儿夫人。似曾相识的感觉依旧挥之不去：身下的天鹅绒古董沙发，身旁落地灯的织锦灯罩，脚下的地毯，墙上镀金画框里德拉克洛瓦的石板印刷画……每一样引发的都是熟悉与惊惧的交响。

贴身随从再次出现，宣布香奈儿夫人将接见我。我跟着他走进藏书室，宽大的桃花心木写字台旁面对面放着两把真皮扶手椅，四面墙中有三面都被书遮住了。我大略扫了一眼，其中一面全是各个版本的波德莱尔作品，包括不同语言的版本。其他书架上都是二级文献，各式各样与波德莱尔有关的著作：传记、回忆录、文学评论。所有藏书都统一装帧，红色的"悲伤之皮"封面，金箔压花，和拍卖的那部波德莱尔手稿一模一样。所以在这点上马德莲也是对的：《恶魔的育成》一直都在学会藏书室里。为什么学会要大费周章地拿回他们刚刚拍卖掉的书？唯一说得通的解释就是马德莲给出的那一个。

对自己的理智产生怀疑是一种罕见且绝不值得羡慕的惊恐体验，而此刻我就被它攫住了。马德莲的故事一一被印证，不断侵蚀着我四十五年筑就的关于真实与虚假的认知。我试图镇定下来，于是继续在屋里走走看看。两扇窗户间挂着一张茶色的世界航海图，不是当今的，是一个多世纪前的。有人在上面画了一条线，弯弯曲曲横贯整张海图，标出了一条环球航线，起点和终点都是马赛，中途经过太平洋上的一座小岛，那座岛小到地图上根本就没有标出，只是那位执笔人用铅笔点了个小点，写上名字："奥依提。"地图下方的台子上放着一艘三桅帆船的等比例模型，帆船名叫"索尼德号"，打的是法国三色旗——不是1794年的蓝、白、红，而是1790年大革命之后不久的红、白、蓝。整个模型工艺一流，制作者将所有东西都复制了出来，每一张风帆，每一根缆索，乃至于船长、高级船员、水手，每一个人。有人在攀爬索具，有人在高处瞭望，还有一个人掌着轮舵。主甲板上围了一圈人，我弯下腰，想凑近些看清那究竟是什么。那是一名水手，被绑在船舷上，正在遭受鞭笞。他的后背上被老练地涂抹上了蜡质光泽的鲜红色条纹，另一名船员站在他身旁，手里握着一根鞭子。又一次对上了，和马德莲说的分毫不差。且不论引我来到这里的那些事，单单是置身于这些书、海图和模型船之间，我就迎来了自己彻底被说服、彻底改换信仰的时刻，我人生转折的大马士革时刻。彼时彼地，如果能悄无声息地溜出那栋房子，一个字也不跟香奈儿说，我会很乐意付诸实践。没必要见她了。最困扰我的问题已经有了答案，那就是马德莲说的全都是事实。可惜就在那时，门外走廊上传来了高跟鞋敲在地板上的声音，越来越近，越来越清晰。门开了，香奈儿携着一阵香风走进来，浑身上下自带韵律与光彩。她笔直向我走来，脸上的微笑一闪即逝，她的手握上去像冰一样。

"学会创始人留下来的东西。"她省去自我介绍，直接开口，一边垂下眼睑看向那艘模型船，微微蹙起眉头，"说真的，有点碍眼，我总想把它弄走，捐给哪个省博物馆。"酒柜巧妙地嵌在书架之间，她转身走过去："喝点什么？"

"百事吉干邑。您有一间很好的藏书室。您是找谁做的装订，莫尼耶？洛蒂奇？"

香奈儿手上倒着酒，微笑着摇了摇头。"再猜猜看。"

我随手从身边的书架上抽出一本书，细细查看皮质、压花和嵌丝工艺。"工艺非常精湛，让人想起马里乌斯·米歇尔，但要现代得多，有艺术家的气质。"我翻开书，拈起一页书页，对着窗户迎光查看。"我猜是……"亮光下映出一个指纹印，是装订者留下的签名水印，"不，不可能，单单这个的价值就……"可工艺品质是毋庸置疑的："莫非所有藏书的装帧都出自吕格朗之手？"

香奈儿擎着两个玻璃杯走过来，将其中一个递给我，双眼紧盯着我的眼睛。被这个女人的目光锁定是件让人不安的事。她不年轻了，但由内而外散发出一种惊人的力量，优雅却冷酷，那来自某种不知疲惫的活力，这种活力很容易被误认为青春活力，但它也许比青春更加强大。"让·杜南的漆。"她似笑非笑地肯定了我的猜测，在写字台边坐下，"现在你明白这笔收藏的价值了。我接手学会时就将所有藏书重做了装帧，统一了风格，波德莱尔本人也一定会为此感到骄傲。这是全世界同类收藏中的翘楚。所有书籍都仅向学会成员开放，其中包括很多孤本。"她的眼睛里闪着骄傲的光芒。

"您不认为其他人也该有机会读到它们吗？"

"完全不。"她微微一笑，"好了，言归正传。您手里有手稿？"

看来我赌中了：她没能从维奈手里拿到手稿。稿子还流落在外，那位老人赶在被杀前把它藏了起来。那么我的目标就很清晰了：活着出去，找到它。

"没有。"

香奈儿眨眨眼。"那么，您为什么要来浪费我的时间？"她说，声音低沉，几乎算得上是怒斥。

"就在两三个星期以前，那部手稿还在这里，安安稳稳地待在您这面墙边的这么多部波德莱尔原稿之间，有吕格朗的装帧，和这里的每本书一样。"凭借马德莲给我讲过的故事，我抢先开弓，只是不知道箭头能否命中。香奈儿用赌场老手那种高深莫测的眼神看着我，她抬起手，像是打算拿起桌上的铃摇一摇，召唤那个男随从。我立刻伸手从背包里掏出马德莲的德林杰，指向她的方向。"我建议您还是别碰那个铃铛。"我的心脏怦怦乱跳，牵起又一阵刺痛。香奈儿啜了一口白兰地，眯缝起眼睛打量我，好像第一次觉得有必要掂量掂量我的分量。可她什么也没说。如果这份沉默的本意就是要让人不安的话，那她成功了。可我早就没了回头的余地。"你卖掉手稿，却只是为了费尽心思把它找回来，为什么？"

她没有回答，只是冷静地吸了一口香烟，目光自始至终没离开过我。我感觉自己很傻，就像个扮演着不合适角色的蹩脚演员。可我想，哪怕情况看来不利，我也只能继续。"你为什么要杀害买下手稿的人？"依然没有回答。更糟的是，我开始脸红了。沉默持续得太久，我扛不住了。"也许我知道为什么。你觉得你可以借着攻城在即的机会浑水摸鱼，把马德莲引出来。要是情况稍有差池，说不定你已经得手了。"

这次终于有反应了。香奈儿笑了，一个诡异的、几不可见的微笑。当时我还不明白其中的含义，毕竟她也不知道我的德林杰里没有子弹。"啊,马德莲。"她说,"马德莲·贝纳蒂,或者,也许您知道的名字是马德莲·勃朗。我早该知道这里有她的事。她是个天生尤物,不是吗?爱上她太容易了。当然,您该想到您不是第一个。您不是第一个为她沉迷的人,也不是第一个被她欺骗的人。如果说她的故事能够令人信服,那也只是因为她演练过太多遍了。很遗憾,您也不是第一个为了她甘愿犯下死罪的人,毕竟我们面对的是一个极具蛊惑性与危险性的头脑。一直以来——事实上,自从我接任学会主席以来,我都是她的臆想症的受害者,但我大概能猜到还有其他受害者,其中当然包括爱上她的那些男人。

"马德莲是个令人着迷的女人,她非常擅长分辨别人的痴迷。她的迷人很容易被误认作爱情,特别是当对方本来就渴望爱情时。你认识她多久了?我打赌最多几个星期,对吗?"

言多必失,我刚刚犯了错,现在打定了主意,什么也不说。

"您的沉默已经说明问题了。您有没有想过,这一切从头到尾都是马德莲的安排?还是说您觉得你们两个人的相遇纯属巧合,仿佛命中注定?一名波德莱尔学者遇到了一名女子,偏巧不久后就有一场拍卖会,于是后者许诺了一份珍贵的奖赏——不,是两份奖赏:她的真心和一部珍贵的手稿。真是太巧了,您说呢?"她直视我的眼睛,"她有没有说过波德莱尔就是您的前世,而她就是珍妮·杜瓦尔?"

我坚持一言不发。她又笑了笑,往后一靠,抽了一口香烟。

"先生,我已经被马德莲纠缠了将近二十年,自然对她的行事方式略知一二。就您而言,您也是那个女人精神错乱的受害者，但至少我们有幸还活着，另外好几个人就没这么幸运了。"

她啜了一口酒，我再次压下说话的冲动——当一个人拿枪指着另一个人时，很容易会有这样的冲动。我发现自己很敬佩香奈儿的沉着。

"仔细想想吧。"她绕着写字桌走了半圈，坐到另一头的皮椅里，"想想她要求您相信的都是什么。她声称一个人的灵魂可以交替到另一个人的身体里。先生，我不知道您是谁，但大概能推测您是个有头脑的人。从您的口音也能冒昧推测您来自德国，也许还是犹太人。以您的处境而言，为一个有魅力的女人失去理性倒也不怎么值得惊奇。今时今日，一个德国犹太人做出点古往今来的男人都难免做的荒唐事也可以理解。因此我无法恨您，哪怕您正拿枪指着我。相反，我想唤回您的理智，我相信我能说服您，马德莲跟您说的一切我都能给出合理解释。您知道我是 1921 年加入学会的，当时她已经是会员了。她入会多年，在亚里斯蒂迪·阿尔托普洛斯担任主席期间一步步升到了秘书的职位上，于是她以为自己就是理所当然的接班人。可我出现了。阿尔托普洛斯认为由我出任主席对学会更有益。如今回想起来，很明显，早在我加入之前，马德莲就已经失去理智和逻辑，沉迷在自己的幻想里了，只是直到那时才显露出来。

"您要知道，马德莲的心理遭受过很深的创伤。她在第一次世界大战中当过护士，这毁了她。弹震症。她就是那种经历大难却得以幸存的人，表面看来一切安好，事实上病入膏肓，只是她的病是心理方面的。也许波德莱尔的疯狂也刚好吸引了她，在他的所有作品中，她最有共鸣的就是《恶魔的育成》。

"某种程度上，她无疑是受到一种原始负罪情结的驱使，将自己代入了那部手稿中描写的埃德蒙·德·布雷西夫人的角色。随着时间的推移，她不断完善这个精心编织的故事，将各种细节融入其中，包括我进来时您在研究的那艘模型船。她在这些自己编织的故事中越陷越深，到最后，当阿尔托普洛斯将主席位子传给我时，她认定我就是她自古以来的宿敌，处心积虑就是要毁了她，还要毁掉整个世界。谢天谢地那会儿她手里没有武器，不然我早就不知道在哪里被干掉了。

"就这样，她退出了学会，更准确地说是带着那部手稿消失了，从此我再也没见过她。但每过一阵子，她就会设法哄得某个爱慕者对她深信不疑，甘愿受她驱策，指望这样就能除掉我，夺回属于她的位子，当上波德莱尔学会的主席。"

她摇铃召唤随从，然后站起来。我突然很庆幸弹匣里没有子弹，若非如此，我一定会陷入纠结——通过唤起我对马德莲精神状况的怀疑，香奈儿成功让我对自己产生了动摇。

"先生，您可以把枪放下了，您今天用不上它。我可以担保您是安全的，这是出于同情，因为您只是无辜的受骗者，仅此而已。我建议您尽快离开巴黎，德国人要不了一周就会进城，我敢说他们一定会展开搜捕。如果是其他时候，我现在就会报警。您是一个不幸的人，但今天您可以认为自己是幸运的，因为我还有更多更紧急的事要处理。再见，先生，祝您好运。"说完这话，她在烟灰缸里碾灭了还没抽完的半支烟，走出门去，好像一秒钟都不能再浪费。

我没听香奈儿的话，在被她的人领出房子前都举着我的枪，全程心脏跳得发疼。终于，我回到了大街上。只剩下我自己了。我把枪塞进衣服口袋，可即便到了这个时候，我的手指依然没离开扳机，以防有人跟踪。我走过安茹码头路和波旁码头路，绕过街角，朝着大教堂的方向走。开始我走得很慢，沉浸在思绪中。有时候，当一个人的幻觉突然被打破，头脑就会像陀螺一样高速旋转起来，眼下正是这样的时候。说真的，这场会面有什么收获吗？我是为了寻找一个明确的答案而来的，要么是，要么否。可就在短短数分钟之内，我确认了一个答案，却又轻易地被推翻。在维奈的凶杀案上我毫无进展，在马德莲的消失上也一样。至于手稿，我唯一能确定的就是波德莱尔学会没有得到它。我一败涂地。之前，我的心里始终有一半在为爱上马德莲而羞愧，另一半则依然爱着她。可如今，前一半开始对后一半高声尖叫："看吧！我早说过了！"

我努力重现这十四天来的桩桩件件，脑子乱成了一锅粥。真的是这样吗？马德莲做了周密的计划，然后选中我作为目标？她是为了把我拉进她的杀人游戏，故意引我到雅奎内的书店吗？还是说其实没有那么多算计，她只是随机选中了我，向我施了咒？无论是什么理由，我怎么会这么彻底地陷进去？如果她的爱都是假的，为什么我的心到现在还疼痛难耐？

我意识到是时候收拾好黑色行李箱尽快离开巴黎了。只是在此之前，我还需要寻求一些帮助。身后炮火声如影随形，我匆匆穿过圣路易桥和大教堂的花园，绕过被沙袋挡住窗户的大教堂，走过空荡荡的广场，横穿过滚滚南下的车流（如今还多出了许多狼狈溃散的军用卡车和步行的士兵），朝银匠滨河路走去。从司法警察总部门口涌出来一队人，正接力把箱子一个接一个地往驳船上传。我跟警卫说要见马絮，他打了通电话，让我明天上午再来。我坚持要立刻见他，警卫便威胁说要逮捕我。

我无可奈何，只得回家。我先过河，然后沿着丹东街往回走，离开圣米歇尔大道后便是一片安静，只有我的脚步声撞上街道两旁的建筑回荡不休。金色的光柱里有灰尘翩然飘舞，刺穿了午后的阴影，空气里浮动着纸张燃烧的味道。

转进东巴勒街，就在快到公寓的地方，我看见了香奈儿那辆德拉哈耶敞篷跑车。车停在路口，里面没人。谢天谢地，我给香奈儿的信上留的是亚瑟的名字和门牌号，在我楼上。我站在楼梯脚下，侧耳听楼上的动静。没有动静。我抬头望去，也不像有人。我很清楚蹑手蹑脚没有用，这楼梯一踩就吱嘎作响，我必须正常地走上去。只是到了这时，我才发现原来自己并不知道"正常"是怎么个走法。我只能强自镇定地爬上楼梯，走到我的公寓门口，开门进去。我知道香奈儿的人在听便刻意没有锁门。我脱下鞋，尽可能不出声地走动，心狂乱地跳着，三两下收拾好我的黑色行李箱、身份文件和仅剩的一点钱，拎着箱子、鞋和所有东西，一步两级地下了楼。我踩着袜子狂奔过东巴勒街，右转到乌吉哈路，跑下地铁站。

那个下午我一直待在地下，满脑子胡思乱想，在几乎见不到人的二等车厢里来回挪动位置，以确保自己没被跟踪，直到黄昏降临才终于去了巴黎火车东站。日落是壮丽辉煌的天地景象，是对人类心机的嘲笑。我知道一家工人小旅馆，破破烂烂，正对着运河，但德国流亡者可以在那里找到一张床安身，无须出示身份文件。除了两个无趣的年轻妓女，旅馆里也是空荡荡的。我上楼找到自己刚拿到的房间，瘫倒在薄薄的褥子上。墙壁泛潮，水管汩汩地响着，还滴着水，但至少我能躲在这里，好好思考下一步的行动。

我的房间在三楼，正对运河。我睡不着，于是坐在窗台上看着弯弯的新月，听着远处传来的隆隆炮火。东面的地平线上不时有光亮划过。灯火管制令下的夜晚一片漆黑，星星映在水面和在空中一样闪亮。我一根接着一根地吸烟，白天发生的一幕幕好像电影般在脑海里闪过。毫无疑问，我被一位催眠大师催眠了。可问题在于，谁才是那位大师？马德莲，还是香奈儿？

最困扰我的有两点：第一，我提到马德莲时香奈儿脸上划过的那个细微的诡异微笑；第二，会面后她派人去亚瑟公寓这一行动。足足抽掉半包莎乐美后我才解开谜团。而当答案浮现出来时，我真禁不住要大骂自己。我犯了个致命的错误，我不该提马德莲。在那之前，香奈儿一直不知道该说什么，直到我提起马德莲她才开口。要是我没提马德莲，她会说什么？我是不是泄露了什么秘密？这些现在都无从得知。但她在会面后立刻派人找我是事实，这本身就是一条线索。我是拿枪威胁了她，可如果她真那么无辜，大可以直接报警。事实证明她有事要隐藏，可她完全没说。

值得写的不多，可爱情的勃发本就只需要涓滴滋养：预感、直觉、暧昧的蛛丝马迹便足够充当燃料。若是爱人编织的脆弱幻想被现实击碎，那也只需要一丁点最微弱的希望的影子就能让散落的丝线重新结起。联系我的所见所闻（手稿、等比例的帆船模型、马絮跟我说的故事），那个微笑足以扎破香奈儿看似坚实可信的自辩屏障，将怀疑的种子送进去。这点怀疑的微光正是我那尖叫着的羞耻心所需要的抚慰，也是另一种声音重新发声的契机，那是希望的声音，爱马德莲的声音，哪怕她已经离去却依然在对她说话的声音。我的第一个错是放弃了希望——在那个时候移开了视线，没能坚持注视马德莲的眼睛，那次本可以一劳永逸地解决我的疑问：那些故事究竟是真还是假？如今我在黑暗中抽着莎乐美，唯一想要的只是找到她，望进她的眼睛，找出它们的秘密。

我断断续续地睡了一会儿，在一片烟雾迷蒙的昏暗光线中醒来。天空蒙上了一层不知从何而来的橘黄色烟雾，汽油味刺得我鼻孔难受。我退了房，带着行李箱朝司法警察总部走去，街上每个人都在拖着行李往南走。我已经做了马絮要求的事，虽说没能得到任何有用的情报，可他至少得把我的笔记本还给我，说不定我还是能对他的好心抱一点期待。

门口的警卫给特别行动处打了电话，点头示意我进去。另一名警卫上来搜身，没收了我的德林杰。我被人直接送进马絮的办公室，发现他正在打电话，一边听着电话那头的人说话一边摩挲着胡子。屋角的地板上堆着一堆毯子，一定是他睡觉用的。我的笔记本就在他的办公桌上，摊开着。他抬手示意我坐下。"很好，将军先生，一定做到。"他挂上电话，无奈地看着我，"政府已经消失了，商店正在遭洗劫，军队接手了。德国人离我们只有四十千米，随时可能抵达，巴黎很快就要宣布成为不设防城市了。"

"为什么？"

"因为抵抗没有意义，已经失守了。"他说。

"那些橙色的雾是什么？"我问。

"部队撤离时点燃了油库。"他拿起我的笔记本，每翻一页都舔一下食指，"先生，对你来说，形势危在旦夕。"

"他们拿走了我的枪。"我说。

"你没有持枪证。较起真来的话，我们是可以逮捕你的。"他挑起一边眉毛，看看我。

"我是德国人，你们随时可以逮捕我。"

"不错。但有什么好处呢？你的同胞马上就要来了。你该庆幸枪是空的，考虑到眼下的局势，我们可以放过这件事。"

"我走时能还给我吗？"

"拜托，先生，理智点。"他重新看向笔记本，"说起来，这是你写的？"

"那是一本书的构思笔记，我希望将来能有机会出版。"

"'山鲁佐德'是什么？"

我不知道他这话是不是认真的。"是《天方夜谭》里的一个女性人物。"

马絮眨眨眼。"知道了。那她的名字为什么会写在你的笔记本上？"他竖起笔记本让我看清楚，本子翻开在我记录的最后一页上，上面潦草地涂抹着这个名字，山鲁佐德，不是我的笔迹。

"我从没见过这个，说不定是您写的。"

"我为什么要写这个？"他细细审视那个名字，"你说的是《天方夜谭》？"

"是的，一本中世纪的故事集，故事里女主人公被迫嫁给了一个杀人如麻的暴君，靠每天给他讲故事保住自己的性命。"

"是这样吗？"马絮的手指轻敲着下巴。

能在我的本子上写下这个名字的只有马德莲，一定是她在消失前写的，但我不知道她是什么意思。我不想重蹈昨天的覆辙，所以不打算跟马絮提她。我不清楚他知不知道她的存在，如果知道又对她了解多少。我本子上的记录都零零碎碎，没提过她的名字。最后一个故事是她的亲身经历，她消失前的那晚才刚给我讲完，我还没来得及写上，现在那故事还只是存在于我的脑子里。她走以后我一直没心情翻开笔记，更别说记故事了，也正因为这样，我竟一直没看到她留给我的这条线索。

马絮在等我开口，幸运的是，生活教会了我在危急时刻不动声色有多重要。"那一定就是我邻居亚瑟写的，之前我们一起打过牌，他曾经提议用这个做我这本书的标题。"

"照我看来，这像是女人的笔迹。"

"亚瑟是匈牙利人，也许这就是匈牙利人的笔迹？"

"这位亚瑟现在在哪里？"

"我想他应该已经在波尔多了。"

"真遗憾。"马絮说，"按说你也该去那里。"

"也许现在走也不算太迟。"

"每个火车站里都挤满了跟你想法一样的人。"

"我记得我们有交易。"

"你见过香奈儿了？"

"见过了。"

"有什么收获？"

"她没拿到。"

"没拿到什么？"

"手稿。"

"先生，我是一名侦探，不是学者，我对手稿没兴趣，我感兴趣的是连环凶杀案。"

"啊，好吧，关于这方面，恐怕我没拿到任何对您有用的东西。"

马絮叹了口气。"唉，我在这个笔记本里读到的东西远远无法弥补你作为线人的无能。"他贴着桌面把本子滑过来。

"这些只是童话故事罢了。"我说，顺手把本子塞进我的外衣口袋。

"我对此保留怀疑。跟我说说吧，这个故事到上次世界大战就结束了，那之后又发生了什么？那个《信天翁的故事》最后怎么样了？"

"我不知道。"我回答，"我还没想好结尾。"

"那等你想好了记得告诉我，那样我就能为这位山鲁佐德提供保护了，不管她究竟是谁。"

"那不是真人，是虚构的。不如为我提供保护吧，怎么样？我是真实存在的，而且您答应过给我出境签证。"

"恐怕你没帮上什么忙，况且游戏规则已经变了，我帮不了你，我没这个权利了，现在是军队说了算。"他又一次挑了挑眉毛，露出一个似笑非笑的表情，"不过我会让我的秘书为你出具一张通行证，再准备一张今晚到马赛的火车票，晚上八点，里昂火车站发车。"桌上就有电话，他拎起听筒，叫人准备文件，放下电话后马絮站起来，指了指门口："马赛是你最好的选择，目前还有船出航。"

"可没有出境签证我出不去。"

"我相信你能在马赛找到办法。"我紧盯着马絮的脸，那滑稽的小胡子后面似乎有嘲讽闪过。这个男人仿佛在从生活的混乱中寻找快乐，就我所知，这种人大概才最接近幸福的定义。他起身送我，亲手拉开房门。

"噢，还有最后一件事，"他补了一句，"'山鲁佐德'也是皮加勒区一个夜总会的名字。"不等我开口他就伸手跟我握了一握："再见，先生，一路顺利。"

门咔嗒一声关上，我听到他在轻笑。

P295 👉

The Shéhérazade
山鲁佐德

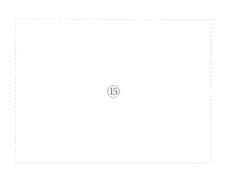

巴黎夜总会

"欢迎光临山鲁佐德！"老门卫洪亮的声音在银白色的海象胡子后面响起。渐渐黑下来的街道上，他是唯一的生命迹象。直到他伸手推开夜总会大门时，那带着俄国腔的声音还在石头街面和两侧墙面之间回荡着嗡嗡作响。我抬脚进门，走下几级台阶，顿时宛如置身奇幻的东方世界：拱门、洞穴、帐幔垂帘，半是苏丹后宫风情，半是阿拉丁神灯的洞穴。袅袅的烟幕迷蒙了阿拉伯灯盏的光亮，更是平添了几分异域风情。舞池中只有一对孤零零的爱人在摇晃着身体，舞台上，一支吉卜赛乐队正在演奏，最前方是一名身穿亮片长裙的歌手，双臂随着音乐慵懒地摆动。

> 我等待
>
> 从白天
>
> 到夜晚
>
> 我等待
>
> 等你回来……

　　为她伴奏的是两个吉他手和两个贝斯手。我摘下帽子，在吧台前坐下，要了一杯苹果白兰地。我打量着四周，猜测这地方应该也是风光过一阵子的，估计是在上次那场终结了所有战争的大战之后，那些灯红酒绿的年岁里。苹果酒上来了，我塞给酒保一笔慷慨的小费，说："我找马德莲·勃朗。"

　　"没听说过这么个人。"

　　"你肯定知道。长得有点东方味道，很漂亮，四十多岁的样子。我要怎么才能见到她？"

　　"是哪位找她？"

　　"寇阿胡。"

　　酒保把脑袋探进一扇弹簧摇摆门里，待了好一会儿，其间又进来了一名客人。我定下神来，慢慢地喝我的苹果白兰地，欣赏乐队演奏。在俄罗斯领班的注视下，身穿哥萨克骑兵服的侍应生在酒桌间往来穿梭。

我等待

因为那逃走的鸟儿啊

总会回巢寻觅它

忘却的过去……

趁着等待的时间，我细细回想这一天发生的事。离开司法警察总部后，我步行到都尔奈勒河堤去找维奈的书摊，那一带临河的书摊全都关了。找到维奈的摊子后，我从各个角度将它研究了个遍。和其他摊子一样，它也是用木条钉成的，漆了森林一样的绿漆。看上去不像被强行打开过的样子。我摸了摸那把铜锁。我需要一把钢锯，要是有夹钳更好，唯一的问题是：从哪里弄工具？如今绝大部分商店和银行都关门了。我带着行李箱去了地铁站。地铁车厢从来没有这么空过，透着几分森森的鬼气。我在皮加勒下车，克里奇大道两旁的咖啡馆和酒吧全都门窗紧闭，没有游客。我不知道该去哪儿找这家夜总会，只好冒险打破不跟陌生人说话的原则。我朝两名警察走去，他们正站在一根莫里斯柱前张贴告示，平时在那上面的多半都是卡巴莱演出的海报。

巴黎宣布成为不设防城市

军政府首长要求民众放弃一切敌对抵抗行动，

望大家审时度势，

保持必要的冷静与尊严。

签发者：军政府首长 H.登茨将军

鼓起所有的勇气，我才终于开口询问山鲁佐德卡巴莱歌舞厅在哪里。他们上下打量了我好一阵子。我这模样一定很古怪，德国口音，黑色行李箱。估计他们是把我当成纳粹国防军的前锋哨探了，虽说我的样子跟他们想象的不太一样。要是放在一两天前，估计他们会立刻逮捕我。可现在，他们只是指了指皮加勒街。接下来很顺利，没花多少时间（我猜也就是中午前后吧，教堂还没敲钟）我就站在了一扇大门前，放下行李箱，敲了敲门。没有反应。门边的小牌子上写着夜总会晚上八点才开，刚好是我那趟火车发车的时间。我在行李箱上坐下，从口袋里抽出一支莎乐美，点燃。看来我不得不做出选择了，要么找马德莲，要么离开巴黎去南部寻觅相对的安全。我几乎可以听到马絮嘲讽的轻笑在耳边响起。他是故意把我置于这个境地的吗？这是一个残酷的恶作剧，还是对我的无能的惩罚？答案我无从知晓。然而在爱情与自由间要选择哪一个，这是毋庸置疑的。我回到前一晚的旅馆，重新开了一间房，整个下午都待在屋子里，打打盹儿，抽抽烟，重读我自己的笔记，只等天黑后再探山鲁佐德。

　　　时光如水流

　　　哀伤不休

　　　敲打我心头

　　　可我还

　　　在等待

　　　你回来……

一曲终了，喝酒的、抽烟的、谈天说地的、咯咯傻笑的客人们都停下来，奉上一阵心不在焉的掌声。歌手低头作答。一名侍应生上前，凑在她耳边说了点什么，两人一起看向了我的方向。乐队跟在歌手身后下台，退入一道红色天鹅绒幕布背后。几分钟后，歌手重新现身，她来到吧台，挨着我坐下。"再来两杯。"她指了指我的空杯子，对酒保说，然后转向我，"有人跟着你吗？"

"没有。我是说，我想没有。"

"从你的公寓直接过来的？"

"昨天开始我就没回过公寓了，我住在运河边的一家旅馆里。"

"用你自己的名字登记的？"

"当然不是，昨天之前还没有这么个人。"

"很好，不过我今晚还是不能带你去见马德莲，太危险了。"

"我敢肯定警察有更要紧的事要操心。"

"也许吧，但还有香奈儿的人。"

"她现在怎么样？人在哪里？"

"她在等，她以为你能再早一点找过来的。"

"她为什么离开？"

"这个该你自己去问她。要我说的话，是因为你不相信她。"

"我改变想法了。"

"她就盼着呢。"歌伶顿了顿，盯着她的酒，"至于我，我的期望恰恰相反。你能谅解我小小的妒忌心吧？你瞧，我们是竞争对手。这个她没跟你说过，对吗？"

"没有。"我说。

"很显然，作为讲故事的人，马德莲不像你想象的那样可信。相信我，对她而言，我是个比你忠诚得多的仆人。可是你，"一个苦涩的表情划破她浓妆覆盖的脸，"你是寇阿胡。无论如何，你在她心中总是不一样的。"她仰头将剩下的苹果白兰地全部倒进喉咙里："别在意，有的是比我们自己卑微肮脏的小小浪漫情怀更重要的事要考虑。你见过香奈儿了吗？"

"见过了。"

"然后？"

"一切都证实了。"

"你做了马德莲要求的事吗？"

"用什么做？我没有子弹。"

歌伶喃喃地咒骂了几句。"那你至少拿到手稿了吧？"

"没有，不过我知道在哪里，只需要一把夹钳就可以拿到。"

她深吸一口气。"非常好。我会安排人带你去见她，但不是今晚。明天上午十点，圣厄斯塔什，中央市场背后那座教堂。到时会有一名老寡妇在第一排做祷告，你就在她背后跪下来，等她离开的时候跟上去，记得拉开一点距离。她会带你见到马德莲，你也会拿到你的夹钳。不管有什么事，都不要再回你的公寓。怎么小心都不过分。香奈儿能力惊人，任何如今还留在巴黎的人都可疑，包括今晚这个地方的这些老白俄。"她扫了一圈屋子里的客人，他们照旧喝酒的喝酒，抽烟的抽烟，仿佛对军队入侵这种事已经习以为常，"他们会很乐意加入'欢迎德国人委员会'，比这糟得多的事他们都见过了。他们巴不得希特勒下一步就进攻俄国，然后把他们的家族产业还给他们。"她收回视线，看着我，脸上带着一种破碎的哀伤："明天上午。小心些，去圣厄斯塔什时别让人跟上了。"她站起来：

"还有，你要知道，如果你期望的是马德莲能跟你一起走，她不会的。她必须留在这里。出于某个连她自己也不明白的缘故，她必须待在香奈儿附近。"她瞥了我一眼，眼神像匕首一样锐利："她爱你，但她并不需要你，不再需要。"说完她转过头，对酒保说："算在我账上。"之后便没再道别，径直扭动着腰肢大步回到舞台，刚好赶上钻进红色天鹅绒幕布背后，和已经拿起乐器的乐手们一起重新登场。她双手环住麦克风开始唱歌，看起来没人发现有什么不对，更别说在意。我喝光杯子里的酒，转身离开。

又是旅店的一夜。这一夜我依然不安稳，时睡时醒，眼睛闭着，思绪却仿佛上了马达一样飞转。最后我是被饿醒的——头一天清早过后我就没吃过东西了。我带着行李箱出门找吃的，走进又一个金黄色雾气笼罩的清晨。雾气散发着刺鼻的汽油味，远处的炮火声比前一晚更清晰。在巴黎东站紧闭的大门外，一个没牙的妇人卖给我一颗光秃秃的水煮土豆。旁边有报贩子在叫卖一份我从没见过的报纸，名叫《巴黎战事特刊》，我买了一份。撤退，恐慌……大标题终于和现实一致了。现在是早上八点，距离我的约会还有两个小时。

我沿着寂静的斯特拉斯堡大道往下走，烟雾把街道染得暗沉沉的，感觉像是走进了马维尔的黑白照片。我记着前一晚那歌伶的叮嘱，不断左顾右盼，留意是否有人跟在后面。身后半个街区开外有个神父模样的人，戴着黑帽子，披着黑斗篷。我左转到欲望廊街，一直走到圣马丁市郊路上。所有店铺都歇业了，门窗紧闭。再转一个弯，往南走到布雷迪廊街，黑斗篷的人不见了。我突然觉得，也许可以就这么一直走廊街到圣厄斯塔什教堂。这法子挺好，既可以消磨时间，又能甩掉尾巴。

我穿过马路，插进斜对面的产业廊街，回头看了一眼，心跳不由得漏了一拍：那头有个穿黑衣服的人正要走进布雷迪廊街。是巧合吗？我等了等，想看他会不会再次出现。没有。我快步离开，走圣丹尼斯市郊路，进普拉多廊街，跟着这条街一路右转到圣丹尼斯门附近，路易十四时期的老城墙依然矗立在这里。我继续走，上午的气温逼出了我的汗水，行李箱压得我肩膀生疼。接下来相连的雷蒙恩廊街和蒙梭廊街算得上是犹太纺织商人的天下，穿过去就是开罗廊街，所有廊街里最长的一条。我在雷欧米尔市场掉头，进入巴斯福和三一廊街，很少有拱形游廊会这样臊臭得仿佛后街小巷。出来后绕到隔壁的铁锚廊街，最后穿过堂皇的布尔格拉贝廊街和巨鹿廊街。这是这座城市里最好的两条拱廊街了，此刻金色光芒氤氲着，透过玻璃屋顶洒下来更是分外辉煌，人在其中就像在水下行走，路上只偶尔有人经过，但个个都是一副惊呆了的模样。

快十点了，我开始朝圣厄斯塔什走，心里笃定就算之前那个黑衣人真的在跟踪我，也早就被甩掉了。到了这个时间，热浪已经有些逼人，看样子很快就要下雨了。我走进教堂，感觉像走进一个巨大又凉爽的洞穴。教堂里比以往更加幽暗。凹进墙里的彩绘玻璃窗前填满了沙包，为的是防备那还不曾到来的轰炸，摇曳的烛火是唯一的光源，因此进门后需要一点时间让眼睛适应黑暗。我走向圣坛的方向，每一丝细微的声响，每一声脚步声，都在寂静中回荡。终于，我看到那名寡妇了，穿着黑色丧服，戴着面纱，跪在第一排信徒中间，正在祈祷。我弯腰钻进第二排，整个人仿佛虚脱了一样，头疼敲打着我的眼底。过了一会儿，寡妇站起来离开了教堂。走出大门，阳光刺得我眼前黑了一瞬。我拎着行李箱，小心翼翼地保持着距离追在她身后，一直跟到博堡的贫民窟。她转上甘康普瓦街，进了街角的一家古董商店，那家店的百叶窗合得堪称严丝合缝。门框上铃铛摇晃，向店家宣告我进门了。我在商店后的暗影里找到一扇开着的门，门后是楼梯井，二楼是一个摆满了古董的房间，看起来和楼下的店铺差不多，但依然不见寡妇的踪迹。正当我以为屋里没有第二个人时，旁边传来了响动。我转过头去，一眼便看到了她，是那个寡妇。她掀开头纱，露出掩藏在下面的容颜——马德莲的容颜。她一言不发，走过来搂住我的脖子，双唇颤抖着凑上来，亲吻我。

"我还以为再也见不到你了。"她说。

"你为什么要离开?"我说着，一边亲吻她的脖颈，嗅着她身上的白檀香。

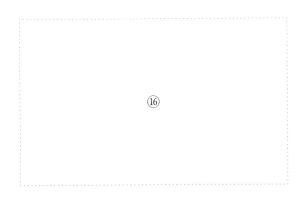

⑯

圣厄斯塔什教堂

"因为你不相信我。"

"爱你就必须相信你吗？"

"是的。"她说，"是的，亲爱的，必须。"

我们在那家小古董店的楼上消磨了好几个小时，并肩躺在一张古董长沙发椅上，周围是萨伏内里的地毯、路易十五的钟、庞贝的灯、青铜斯芬克斯造型椅子腿的扶手椅、锁在梨木陈列柜里的日本瓷器，以及只有凑近了才会发现支臂其实是盘蛇的枝形大烛架。

"我想再试一次。"我说。

"试什么？"

"灵魂交替。"

马德莲犹豫了。"你想得到确认，想摆脱怀疑。但就算我们顺利完成了交替还是不够。你永远不可能深信不疑，怀疑是你的天性。"

"我需要再试一次，我需要确认。"

"还不是时候。你需要休息，你的脑子很乱，你被干扰了。"

"有你在旁边躺着，我怎么可能睡得着？"

"这样就行。"她说着，又开始吻我。

再次睁开眼睛，我看到了她。她紧挨着我躺在沙发椅上，一条腿跨过我的身体，一只胳膊曲起，支着头，正低头看着我，另一只手的指背轻轻抚着我的脸。除了角落里亮着一盏灯，整个屋子都是黑的。

"怎么回事？"

"你睡着了。"

"怎么没叫醒我？"

"我叫了，可你太累，没醒。"

"几点了？"

她抬头看了一眼，屋里有好几座钟。"四点。"她低头吻了吻我的脸颊。

"怎么这么黑？"

"现在是凌晨四点，星期四凌晨。"

"凌晨四点！我睡了多久？"

"十一个小时，也许十二个小时。"

"好吧，至少我没被噩梦惊醒。"我抬手抚摸她的头发。过了一会儿，她抬起头来。

"我要你注视我的眼睛，不要分心。"她说，"你觉得你能做到吗？"我点点头，寻觅着她的嘴唇，渴望亲吻："那也就是说，不能亲吻。"她笑了，撇开头去。

"好吧。"

"你要做的就只是心甘情愿，暂时放下疑虑。"

她专注的眼睛里有一种我从没见过的东西，某种门户大开的感觉。我回应了这目光，不带一丝含糊，视线紧锁着她的视线，直到我眼中只看得到这对盛满了爱与哀伤的无底深井。我们目光交缠，没动，没说话，感觉不到时间的流逝。渐渐地，我感到心里有欣喜萌发出来，不断抽枝发芽，直到占据了我的全副躯壳，直到我感觉自己仿佛开始消融，就像投进水里的阿司匹林片，仿佛我那曾经凝聚成固态物质的存在全都散开来，散进了空气里，但并非就此化为乌有，而是变成了另一种东西，一种精妙、喜悦而纯粹的存在。每当我的意识摇摆，每当有疑虑冒出来想要威胁这脆弱的完美时刻，我就把它拉回这纯粹的存在之境里。终于，仿佛是跨过了纯粹之境的门槛，它开始消退——也许我才是消退的那一个。我退回到肉体中，紧缩，凝固，实体化，直到另一双眼睛再次出现在我眼前，但那双眸子不再是片刻前我看到的黑色，而是我在镜子里看了一辈子的淡淡的银灰色。如今出现在我面前的是我自己的脸，我自己的眼睛。这张生来就属于我的面孔，此刻也在看着我。这张面孔凑近我，我感觉到我自己的双唇（现在不再是我的了，它们属于另一个人）刷我的新唇，拥着这张新的嘴。那张脸上的胡碴（归根结底还是我自己的胡碴）扎着我柔软的新肌肤。我的旧舌头缠绕着我的新舌头，湿润润的。两具身体，从前的和眼下的，老的和新的，有着彼此都熟悉的节奏，都付出爱，也接纳爱。然而，这一切又完全是我所不熟悉的，每一种感知都新奇而陌生，像是有一个存在进入了我早该进入的地方。我们探索着彼此身体的界限，战栗的喜悦生长出了触须，在我这具全新的身体里舒展，从此端到彼端，周而复始，直到那具长久以来都属于我的躯体终于抵达了它本能所指引的方向，颓然倾覆，我能感觉它在这具身体的深处释放了独属于它自己的表达。我们并肩躺了好一阵子，呼吸交缠，慢慢平静，愉悦安然。渐渐亮起的天光穿透了紧闭的窗户，新的破晓来临了。我们再一次凝望彼此的眼睛，开启反向的旅程。

回到最初的起点后，马德莲悚然一惊，翻身坐起来。"现在你知道是怎么回事了。"她一边说一边套上我的衬衫，还是住在我公寓里时那个样子。她走到窗边，拉开百叶窗，将清晨的清洌空气放进来。她探出半个身子去观察天空。"要下雨了。"说完便回身捡起一包烟，抽出一支，点燃。

"为什么我全都记得？"

"因为有我在。"

"我能做到吗？"

她叹了口气。"不行。我希望你能，可你不行。这就是为什么你必须把所有事都写下来。你需要证据，实实在在的证据，你会照做吗？"

我点点头。

"保证？"

"我保证。"

"你一定饿了。"她说，"昨天早上之后你就没吃过东西。"她消失了片刻，留我一个人待着。自然，我的第一个念头就是好奇刚才发生了什么。有什么发生了，这点毫无疑问，我甚至很愿意称之为"灵魂交替"。可那究竟是什么？我是不是被什么东西骗了？还是说我骗了我自己？头脑有可能这样欺骗自己吗？这么容易受影响，这么容易被塑造？我长叹一声。马德莲是对的，我得到了答案，但也像她之前预言过的，还是不够，怀疑仍困扰着我，敦促我了解更多，去理解，去确认。但在爱情这点上，她错了。我不需要相信作为爱她的前提。如今的我比以往更爱她，也许是错觉，但我毫不怀疑。

她带着一杯水和满满一碗黑樱桃回来了。"现在市场上就只买得到这个了。"我一口气把水喝完，开始狼吞虎咽地吃樱桃，每咬下一口，就有暗黑甜美的果汁在口中爆开。

"香奈儿那边是怎么回事？"

"我去见她。"我在大嚼的间隙里抽空说，"照你说的那样，我没法……"

"我知道。"

"我见到了她，在房间里拿出枪对着她，"我抬起手，做出举着枪的样子，"但枪里没有子弹。"我的手指扣下，像扣扳机一样。

"我知道。"她撇开视线，"那把枪现在在哪里？"

"马絮拿走了。"

"那又是谁？"

"他是个警察，特别行动处的，在银匠滨河路上的司法警察总部里办公。他知道香奈儿的事，这些年一直在盯着她。他也知道《信天翁的故事》。不过别担心，他完全不知道你的存在。但如果你用得上的话，我觉得他大概能跟你联手。有个警察朋友总是能派上用场的，只要跟他说是我让你去找他的就行，跟他说你知道故事的结局。"

"好的。"

"那么，那个俱乐部是怎么回事？"我问。

"什么？"

"你以前每天晚上就是去那里吗，我们在一起的时候？"

"是的，我在那里上班，但最近那里变得有点太危险了。"

"还有那个女歌手，你爱她吗？"

就在这时，楼下传来了敲门声：先是轻轻的三下，比较快，然后是重重的两下。马德莲几步赶到窗口，探身看了看。"是她。"她匆匆跑下楼，打开门，我听到她们低声交谈了几分钟，然后马德莲一个人回来了，手里还拿着一把夹钳。她走到一个大衣橱前，拉开抽屉，取出一沓钞票。

"不到一个小时，会有一列火车从奥斯特利兹站开出。"她边说边走到我面前，把钱和夹钳都塞到我手里，"动作快一点的话，我们还能赶上。"

我们穿过飘荡的金色雾气朝西岱岛走。战火已经非常近了，不时有郊区加油站爆炸的声响穿插其中。一路上我们看到许多无主的猫猫狗狗，被它们匆匆逃离的主人抛下，到处寻找食物。甚至还看到了一头奶牛，一定是从城外一路找着牧草跑进来的。我们来到都尔奈勒河堤，找到维奈的书摊。马德莲站在一边望风，我拿起夹钳。可还不等我用钳嘴卡住锁头，就有一个共和卫队的人骑着马从街角拐了出来。马德莲立刻横身插进我和书摊之间，将夹钳挡在身后，双手揽住我的脖子吻上来，直吻到那匹马与我们擦身而过，仿佛巴黎仍然是那个恋人可以在河边拥吻的城市。我双手环抱在她背后，悄悄用力压下夹钳柄，感觉锁头掉了下来。一直等那个骑马的警察消失之后，我们才拉开书摊的绿色木头罩子。

没错，是维奈从拍卖会场出来踏上死亡之途时背在肩上的皮包，那还是不久前的事。我打开包，禁不住松了一口气，那本红色皮面的小书就在里面，金箔压出的文字写着：《恶魔的育成》，夏尔·波德莱尔。我们转身，去火车站。

刚走到奥斯特利兹车站，第一滴雨就从橙色的天空中坠落。车站大门紧锁，预备逃亡的人都在人行道上安营扎寨。马德莲从手袋里取出一张火车票，跟守卫说了几句，后者就打开门放我们进去了。站里没什么人，就连到昨天为止已经持续了好几个星期的混乱也没留下多少痕迹，唯一能证明此前的恐慌的只有零零落落躺在前厅地面上的一点垃圾：一只孤零零的袜子、一把茶匙、香烟头、一张在微风里轻轻摇晃的发黄的报纸。在今天结束前它们就会被清扫干净，很快，这场大逃亡的一切痕迹都会被抹去。我们走过紧闭的售票窗口，走进另一个大厅，里面散落着更多这类小垃圾。屋顶下，好几只金丝雀和长尾小鹦鹉正飞来飞去，享受着主人离开前赐予的自由。最远处的站台上停着一个火车头，后面挂着几节车厢，正嘶嘶地喷着气。我加快脚步往前赶，一只手拎着我的行李箱，另一只手拉着马德莲，却惊讶地发现她挣开了。我转身看她。她穿着我们第一次相遇时的那条裙子，黑底，有红色的木槿花。

"怎么了？"

"你得自己走。"她说，"我不能离开巴黎。"

"可没你我不能走。"

"你留下来无异于自杀。可我不一样，我必须留下。"

我想起了夜总会里那个歌伶的话。"是不是和……"我没能说完这句话。

"香奈儿？当然，我必须在她附近。某种意义上来说，我对她负有责任。我得跟着她，看着她，我必须确保她不会危害太大。"

"能做的你都做了。"

"还不够。事情是从我开始的，就必须由我来终结，这是我的责任。我得为当年违背'法则'做出补偿。她是——我的双胞胎姐妹，是我的使命。"

"我不能丢下你自己逃命。"

"你必须走，必须离开。你必须把你知道的有关灵魂交替的一切都写下来。我告诉过你的一切，你自己经历的一切，还有那部手稿，必须全写下来。你要写一本书，一本关于灵魂交替的书，一本能在你忘记这一切时帮你想起来的书。做完这一切后，等到战争结束，等到巴黎重新获得自由，你再来找我，我会等着你。"

片刻之前，她与我还那样亲近，如今却遥不可及。也许是察觉到了我的绝望，马德莲闭上眼睛，张开双臂环抱住我的脖子，不断亲吻我的双唇、我的脸颊、我的脖颈。"答应我，你会把这一切都写下来。答应我，你不会忘记。"

"我答应你。"在白檀木味道的亲吻间隙里，我说，然后想起自己还一直记挂着有事要告诉她，"有件事你得知道，跟香奈儿有关的，她知道你的名字。"

"你怎么知道的？"

"我们谈话时她说漏了嘴。"

"你告诉她的？"

"当然不是。"

"你的名字呢？"

"在她那里，我的名字应该是亚瑟·凯斯特勒。"

"那是谁？"

"我的老邻居。"马德莲点点头。我看着她，沉溺在她的面孔、她的嘴、她的眼睛里："我什么时候能再见到你？"

"如果这一世不行，那就下一世。"我们最后一次亲吻，眷恋不舍，直到火车头尖锐的汽笛声撞碎了我们的小世界。她退开，眼里盈满泪光。"你得走了。"她说，任我从外衣口袋里掏出手帕，擦去她的眼泪。

"我该到哪里找你？"

"墓地，亲爱的，我每天都会去波德莱尔的墓前等你。"

汽笛声又一次响起。我环顾四周，站台上已经没有人了，只剩下一个列车员，正拼命挥手催我们快一点。我们两个掉队者跑向最远的站台，赶到时火车刚好颤抖着醒来，开始慢慢朝前爬去。我跳上扶梯，一只手拎着我黑色的行李箱，肩上背着皮背包，转身挥手道别。她凝立着，一动不动，双手交握在身前。我一直挥手，直到她的身影渐渐远去，化作一团红黑交织的模糊影子，才不情愿地转身走进车厢。

火车只坐了半满，大部分乘客都衣冠楚楚，我猜多半是政府官员和铁路公司的管理人员，说不定还有一些来自德国敌对国的外交人员，当然肯定也少不了间谍。再有就是几个女人，多半是其中某些人的妻子。他们全都等到最后一刻才登上这最后一班火车，离开那个自由的巴黎。我担心口音暴露身份，没跟任何人说话。火车一路向南，穿过郊野，只有浓稠油腻的橙色雨滴在脏污的车窗玻璃上划下一道又一道轨迹。

P337

The Hotel Room
旅馆房间

火车一路向南，走走停停地开了足足一天一夜，每走上一两个小时就要莫名其妙地在某个小极了的村庄或原野间的某个轨道分岔口停下。一路上没遇到炮火轰炸，整个旅程都带着一种不真实的气息，好像我是在睡梦中乘着火车，穿行在这片杳无人烟、神秘美丽的土地上。要不是列车咔嚓咔嚓地开过纳韦尔，我都还没意识到，原来我们是在朝着这个国家的中部行进。一天一夜，就这样走走停停。火车在半弯新月之下穿过中央高原，田园在沉睡，越过它们，我能一直看到好几英里外的远方。机车嗡嗡低鸣，车厢左右摇摆，铁轨轻轻弹动，好几次晃得我睡着又醒过来。这一路上，经过了许多我从没听过的村庄和有着诗一般美丽名字的小地方，蒙吕松、于塞勒、布里夫－拉－盖雅尔德、菲雅克。伴着第二天清晨初升的太阳，列车驶进了图卢兹郊外，很多人在那里下了车。一个行李搬运工隔着车窗告诉我，火车还会继续往南开到卢尔德，那里是山区，靠近西班牙边境。我决定留在车上。卢尔德是朝圣之地，所以我推测那里的当地人会更和善些。

突然涌入的逃难者和宗教热情洋溢的天主教朝圣者将卢尔德塞得拥挤不堪。他们自四面八方远道而来，为法国祈福。我在一家膳宿公寓拿到了一个空房间，里面有一张小小的书桌，透过窗户能看到大教堂的尖顶和群山。没过几天，报纸和广播就宣告了法国将被分为两部分：北部和西部是被占区，南部和东部则归属于中立的维希政府，从今往后，那个以婚庆和温泉著称的度假胜地就是新傀儡政府的首都了。我想着我的老门房，巴比尔夫人和她的丈夫，他们逃去那里躲避德国人，又何曾料到事到如今身边竟全是德国人。电影院播放了一部新闻短片，是希特勒在阿尔伯特·施佩尔和其他人的陪同下巡视巴黎的情形，巴黎街头稀稀落落地站着一些人，对着镜头迟疑地发出欢呼，希特勒登上埃菲尔铁塔俯视他的新领地。我看不下去，只能转开视线。

白天我会写作，记录从在墓地里遇到马德莲以来短短几星期里经历的一切，记录我从她嘴里听到的故事，这既是对她的怀念，也是对她的忘却。我不和人打交道，以免引人注意。

每天上午，我要么写作，要么去邮局、市政厅或警察局，申请过境前往西班牙或乘火车前往马赛的通行许可。

下午，我有时去爬城市背后幽暗的山丘，有时下到大教堂附近的空地上，那里聚集着生病或孱弱的朝圣者，许多人坐着轮椅，被修女推着，去喝上一口泉水，相信这样就能奇迹般地痊愈。我避开一切新闻和我的侨民同胞的密谋策划。每一份报纸都是一张传票，每一台收音机都在播送生死攸关的坏消息，每一次叩门声都是一名警察受命前来逮捕我。

到了 8 月底，我终于拿到了去马赛的火车通行许可。接近终点站时，我提前下车避开警察的检查，拎着黑色行李箱和装着手稿的皮包翻山越岭，交替崎岖的石灰岩山丘，最后来到一面山坡，坡下就是马赛了。山坡沐浴着晨光，从我眼前伸展开去，两侧是雪白的山峦和蓝绿色的大海。我走路进城，搭上一趟开往码头的电车，这座城市熟悉的气息扑面而来：汽油味、尿臊味，再加上油墨味。没有理会港口附近的旅馆，我径直钻进背街小巷，在一家能看到贝勒松森大道的破旧小旅馆里找到了一个房间。

马赛是逃兵、浪子、艺术家、哲学家和罪犯的聚集地，每天都有新的人潮涌进来，任何搜捕、禁令、拘禁的威胁都不能阻止人们到来，因为这是全法国最后一个还有航船开出的港口。这座城市是出入必经之地。不同的谈话永远围绕着同样的主题：护照、签证、通行许可、盟约、港务局签章、证明文件、现金和各种名单。每个主题都有无穷无尽的变种：正宗的、同等效力的和伪造的护照；入境、出境和过境签证；流亡者的、海关的、健康以及释放证明；老的、新的和假的现金货币；警察名单、旅客名单和地方政府的各种名单。人人都像守护性命一样守护自己的文件，事实也的确如此，死生的确维系在这些纸片上。与此同时，政府也在不断发明更聪明的法子来对大家进行归类、分级、登记、盖章，好像我们都是待宰的羊。有人在咖啡馆里一坐好几个钟头，期望能听到一些有用的信息，可谣言满天飞，根本无从分辨真假。也可能你一整天都耗在一间等候室里，空气凝滞，弥漫着疲惫的气息，结果却只等到柜台后面的某个人告诉你明天再来，下个星期再来，甚至要是赶上 8 月份政府机构关门休假，那就是下个月再来。申请人填写着永远填不完的表格，相互窃窃私语，有时打个盹儿，排演一下面试时要做的自我陈述。所有文件都有有效期，任何一点小小的纰漏（像是只提交了十一张而不是十二张照片）就能让一切努力付诸东流。

到马赛之后不久的一个早晨，我就在辉煌酒店的大堂里见到了弗里茨，虽说上次在巴黎的火车站里见面也才不过是两个月前的事，我们还是拥抱得好像久别重逢一样。弗里茨告诉我亚瑟也在城里，自然我们三个一起去喝了一杯。根据战时规定，这天是禁酒日，不过酒保还是给我们的菊苣咖啡里加了点荷兰杜松子酒。

"你那个女朋友怎么样了？"亚瑟问。

"她决定留在巴黎。"我回答。

"啊。"他俩异口同声，明了地点点头便再没提起她，毕竟这类事很常见。

弗里茨和我的情况差不多，也是拿不到出境签证。没有离开法国的许可，其他一切都是枉费——葡萄牙过境签、美国入境签，统统一文不值。离开巴黎后，亚瑟堪称身经百战，历险无数。至于他的英国女朋友，已经在波尔多设法搭上一艘船去了朴次茅斯。他们俩你一言我一语，将朋友熟人的消息传达给我：一个离开去了美国，另一个已经确认在巴黎吞了佛罗拿，还有一个在阿维尼翁附近的战俘集中营里割腕自杀，有个可怜的家伙吞了番木鳖碱，还有一个最后一次是出现在萨沃伊的集中营，之后便再也没有了音信。

我们颤颤巍巍地行走在希望与绝望之间，眼看这世界渐渐变成我们不认识的模样，却也只能接受这不安定的生活。报纸和广播都被一种新的语言侵染了。以民族复兴为名，他们鼓吹合作与独裁的好处，工会的腐败，犹太人的奸诈。既然法国的耻辱被归结为道德的失败，补救之道便是实施道德改革。犹太人的店铺窗玻璃被砸碎，最近刚镌刻在政府大楼正门上的"自由、平等、博爱"换成了新的三件套"工作、家庭、祖国"。劳工营变成了强制性的：所有年满十九岁的青年男性都必须入营服役六个月。每个月的食物配额调低到一磅糖、半磅意大利面、三磅半大米、四盎司肥皂和七盎司食用油，无论往巴黎打电话还是寄信都行不通。成群的政府官员不分昼夜地在街头呼啸来去，把任何他们觉得可疑的人投进监狱，要是拿不出钱行贿或请律师，被捕者的命运就是集中营。

驻扎在辉煌酒店的美国使团为我签发了美国入境签证，可我的出境签证申请却处处碰壁，叫人沮丧。我需要得到某个章，可我没有申请这个章所必需的文件。但我还是不断尝试，期望能因为一个错误、一次疏忽或一份仁慈而侥幸蒙混过关。我加入了那些在外交部办公室门外从早等到晚的人群。一个月后，最终判决下来了，依然是拒绝。我蹒跚着离开地方长官办公室，漫无目的地走，一直走到了老码头的水岸边。在那里，纯粹是为了躲避刺眼的阳光，我进了一家小酒馆。满腹悲伤之下我点了份生蚝，这是眼下少数不受配额限制的东西之一。

哪怕入夜之后，这座城市依然灼热逼人。星期天最难熬，咖啡馆和酒吧全都关门歇业，街道仿佛陷入了沉睡，唯一能解解暑气的法子只有到马尔默克小港口游泳，港口礁石背后的水清澈、沁凉，只是我们三个里总得有一个留下来看东西，防小偷。

　　绝望中的亚瑟和我甚至尝试过伪装成海员混上船，但苍白的肤色证实了我们不是海上老手，于是当被要求出示水手船票时，把戏便暴露无遗。我们很幸运没被交给警察。在那之后不久，亚瑟终于集齐所有文件，在一个星期四的上午登上了一艘开往里斯本的船，弗里茨和我则去码头送他。"万一遇到什么事，你有东西吗？"我问。他摇摇头。我拿出一半吗啡分给他。他跳上跳板，几分钟后，随着雾角拉响，船拔锚起航，喷着烟离开了。

　　马德莲从未远离我的思绪。有时夜里睡不着，我就躺在床上回想她千变万化的模样，琢磨她布下的一道又一道谜题。我还记着她最后的叮嘱，一有空就写作，有时出去找个咖啡馆，有时干脆就坐在旅馆房间那摇摇晃晃的书桌旁。写作能让我打起精神。我花了好几个星期才终于把她告诉我的故事全写下来，也努力重现了我们共同度过的那些珍贵却寥寥可数的日与夜。这是我靠近她的方式。该做的都做完了，可我决心继续写作。这一次，我要写的是我自己的故事，也许除了我自己，这个故事对任何人都没有意义，毕竟这只是件微不足道的短暂韵事，无数类似故事中的一个。

　　在马赛待了一个月，我走投无路了。所有法子都行不通。既然无法走海路离开，我决定自行设法越境到葡萄牙。西班牙政府至今还没对法国难民关闭边境，而我有葡萄牙过境签证。听说一个朋友的妻子一直在帮逃亡者穿越国境线，我只希望到了里斯本以后能搭上船去美国。

我拿到了前往佩皮尼昂的通行许可。出发那天，弗里茨（他还没放弃搭船离开的希望）到圣夏尔火车站送我乘夜班火车。我们爬上火车站前那一百零四级大台阶，和之前一样，我还是拎着我的黑色行李箱，行李箱里装着这部手稿。我们道别，拥抱，祝愿彼此好运，设想有一天在某个眼下未知的时间与地点重逢。然后，他转身拾级而下，消失在人群里。又一个朋友，又一次离别。我不知道自己还能承受多少次。

摄影师亨尼·古兰德带着儿子约瑟夫与我一同前往佩皮尼昂。我们在那里换乘当地短途列车到旺德尔港，去和一个没见过面的年轻德国女人会合，她叫丽萨·菲特科，负责把人们送过边境。她说她会带我们翻山进入西班牙，走一条名叫"利斯特"的小路，路名来自一名共和国官员。就在几年前，他带着他的人走这条路成功逃亡，只是方向和我们刚好相反。照她的说法，我俩这一趟也算是探路了，因为她自己都还没走过这条路线。我们一起找了当地市长，那是个富有同情心的人。他告诉我们该从哪儿走，还建议我们赶早跟着采葡萄的工人一起出发。我知道，这一晚要在山里过夜了。

丽萨敲响我的房门时天还黑着，但我已经收拾妥当在等她了。我们绕到村庄背后的山脚下，混在采葡萄的工人里，沿着通往葡萄园的小路上山。他们给我们带了早餐，有面包、奶酪和掺了水的葡萄酒。很快，晨曦下的小路渐渐陡峭起来，一直走到太阳终于升起，我们才和采摘工人们告别，继续往上爬。我一路上都在担心自己的心脏承受不了拖着行李箱翻山的重任，事实证明果然如此。它跳得很快，每一下跳动都带来一阵抽痛，每走上十分钟我就不得不停下休息一分钟。丽萨拥有最了不起的耐心。缓慢的行进速度让我们有大量的时间来欣赏风景。眼前这个世界沉浸在温暖的金色光芒中，夏末的乌云在南面越积越厚。就在我们身后，法国绵延阔大，光辉壮丽，里昂湾白色的海岸线向着东北方弯弯曲曲地伸展开去。

有时候，小路会突然消失了一般。丽萨就会走到前面去探路，找到以后再大声招呼我们过去。终于，我们在临近傍晚时抵达了山脊，这就是边境线了。我们可以清楚地看到山路向下插入西班牙，直抵边境小镇波尔特沃。依我的设想，总有一天我要回到旺德尔港。丽萨把她的外套借给我保暖，然后挥挥手，反身回小镇去接其他人。我目送她离开，直到再也看不见才抽出一支莎乐美，点燃，努力平复我紧张的心。太阳已经西沉，山影开始一点点笼罩这个世界。一旦日头彻底消失，天空便幻出了多彩的光影，蓝的、绿的、粉红的。我在一小片幼松林里度过了这寒冷的一夜，尽可能隐藏身形，冻得瑟瑟发抖。我跨坐在国境线上，好奇分割开两个国家的这条看不见的线究竟有多宽。边境是虚假的，什么都算不上，却拥有主宰无数人生死的力量。我颤抖着在月光下写作，打发时间。计划中应该完成的故事已经无限接近尾声。当月亮也落下，天色便黑得让人没法再落笔。我只好静静坐着，仰望头顶的繁星，努力忘记寒冷。当疲劳终于压倒一切，群星似乎幻成了一只信天翁，双翅垂天，划过苍穹，从一侧天边飞向另一侧天边。

P153

眼前就是这个故事终结的地方了：就在这张书桌旁，坐在这把摇摇晃晃的椅子上，在这个阴冷潮湿的旅馆房间里，周遭弥漫着不知多少人的气味、香烟味、药膏味和悲伤的味道。光秃秃的灯泡悬在头顶上滋啦啦地响。我面前的墙上挂着一个相框，里面是弗朗哥的黑白照片，一个光头男人，留着整齐的小胡子，穿着毛领大衣，表情平静笃定。铁床架的床头上方悬着一个木头十字架。

这天早晨，我在破晓前的微光中醒来，等待丽萨带其他人来会合。差不多一个小时后，我终于看到他们的身影出现在山脚，丽萨、亨尼和约瑟夫。十点左右，他们到了，带来了面包、奶酪、香肠和水。吃完这顿早午餐，我们终于越过边境，进入西班牙，开始慢慢下山，朝波尔特沃走去。这么多个星期来，我头一次体会到了充满希望的激动。下山没花太久时间。我们直接去了警察局，当场被捕。

就只晚了一天。我们要是昨天到，任何问题都不会有。可就在昨天，新的指令从马德里传来：凡未持有出境签证的法国逃亡者，一律予以驱逐出境，无论是否持有西班牙或葡萄牙过境签证，美国入境签证也不行，一切曾花费了无数时间、心力和金钱换来的签证都不行。要是昨天，没人在乎你的护照上有多少印章，有没有那个并不想为你提供容身之所的国家表示允许你离开的章。

明天我们就要被遣返回国境线那头，交给法国当局。一切努力都白费了。我会被投进某间监狱牢房，名字与数不清的名单交叉对比，最后，被送进集中营。

同行的人也被关进了隔壁几个房间。门外走廊上有两个看守，是年轻男孩，真正的男孩，也是国民警卫队的步兵。镇长派了个乡村医生为我们检查身体，尽管谁都会奇怪这有什么必要，毕竟明天我们要被送去的那个地方只会伤害我们的身体。医生非常年轻，说不定是刚毕业回到地方开启职业生涯的。从他拎着医疗箱进门那一刻起，我就感受到了明明白白的轻蔑，来自他硬邦邦的举止、言辞和他嘴唇的弧度。当房门毫无征兆地被一把推开时，我正写下这些句子。看清我在做的事情之后，他用法语问我为什么要写？不是"在写什么"，而是"为什么要写"。

"因为没别的事可做。"我回答。

他走到书桌边，拎起我写到一半的这张纸，也就是你们现在读到的这一页。"这是什么？"

"小说。"

"你在写小说！"他扫了几眼，"讲什么的，你这部小说？"

我脑海中浮现马德莲的眼睛。"我想，大概还是讲爱情的吧。"

然而真相是第二天国境线又开放了，本雅明成了本次逃亡的唯一失败者。

"爱情！"他笑了起来，"一部爱情小说！"他轻蔑地瞥了我一眼："先生，你真是个愚蠢的家伙。"他弯下腰，逼近我的脸，只留下几英寸的距离。"愚蠢的犹太人。"他补了一句，说得非常慢。我无话可说。面对这样一个人，你能说什么呢？"在这种时候，你怎么能这样浪费你的时间！你难道不知道你就要死了吗？"

"那我还能做什么呢？"

"其他事！任何事！"他拍着桌子大叫，拍完才从医疗箱里拿出听诊器，把橡胶耳塞塞进双耳，"小说的时代已经过去了，老家伙，现在是行动的时代。"

"'常识告诉我们，世间事能留存者甚少。'"我一边解开衬衫扣子，一边吟诵，"'所谓真实，只在梦中。'"

刺骨的冰凉贴上我的胸膛。"什么乱七八糟的。"医生说。

"是波德莱尔说的。到了今天，它们依然和当初被写下时一样正确，即使那差不多是一个世纪以前了。"

"你真是个不可救药的犹太佬，心脏病很严重，再发作一次就没救了。你最好还是把你那什么爱情小说忘了吧，那玩意儿根本帮不了你。"他把听诊器收回包里，拿出一支泵压式血压计。

"我的外套口袋里有三十二粒吗啡胶囊，我打算全吞了，就在这里，今晚。以你的专业判断，这个剂量够杀死我了吗？"

他看起来并没有被这个问题惊到。相反，他认真想了好一会儿才回答。"不会很快。首先，你会失去意识，也许是在服药后二十分钟或半个小时，但还得过好几个小时才会死。"他记录下我的血压，把血压计收进包里，"麻烦的是，等到明天早晨，你的尸体被发现，他们又会把我叫过来。"他合上医疗箱，顿了顿："当然了，我非常乐意全程在场，确保一切顺利，这样我也用不着明天早上再跑一趟了。"我怀疑我的医生是个虐待狂，对于见证死亡这样的机会心里其实垂涎不已："况且，估计我这辈子也未必能再找到另外一个机会，能像这样亲眼观察吗啡过量的人体反应了。"

"既然如此，那我就提前一点，现在就把药吃了吧。"

"等等。"他说，"我得先去把你们这帮人里其他犹太人的检查都给做了。如果你不介意的话，我倒希望你能等到我回来以后再开始。我会带杯子和水过来，你会需要的，只要几分钟，怎么样？"

"好，我等着。趁这点时间，我刚好把我的小说写完。"

依然是那样的大叫。"一定要写个好结局，就像所有好的爱情小说那样！"他站起身，拎起医疗箱，拉开房门，关门之前又特意回头，冲着我警告地竖起一根手指，叮嘱道，"在我回来前什么也别吃。"

"绝对不会，医生。"直到他关上门之后，我才喃喃回答。

P039

趁等医生回来的工夫，我草草写下这条笔记，急着想赶在他再次出现前完成这个故事。这样，到时我就可以安心吞下我为了眼下这种情形而随身携带了这么久的吗啡了。是的，到这里就该结束了。我已经非常接近终点了，我能感觉得到。这些文字会是我最后的留言，它们会是这本书的结尾。当然了，终结在望，难免让我有些焦虑。我生病的心脏跳得比平时还要快一些。我想到了马德莲，心里立刻酸楚却又欣慰起来：一个故事的终结，只是另一个故事的开始。

在我回来前什么也别吃，他说。放心，医生，我会遵从你的指示。我在你身上看到了一些东西。在这样一个谁也不敢直视别人眼睛的时代，你却能无所顾忌地这样做，理所当然地认为你的时代已经到来，你的观点已经成为这个时代的主宰。因此，等你再次出现，我会邀请你坐在我对面的椅子上。我会把这部手稿放在大腿上，等你坐定，把它递给你，请你帮我拿着，好让我能腾出手来吃吗啡。然后，我会一手拿着药，一手端着水，平静地一粒接着一粒地将它们吞下去。再然后，在等待死亡降临的时间里，我会向你提出一个问题。

"医生，"我会说，"你能满足一个垂死之人的最后愿望吗？""那得看是什么愿望了。"你会说。

"噢，世上再也没有比这更简单的愿望了。你甚至不必离开你的椅子。"

"非常好，那是什么呢？"

"我希望你能看着我的眼睛，告诉我，你究竟为什么这样憎恨我。"

根据本雅明同行者亨尼·古尔兰的回忆，当时本雅明请她把自己的死说成是因病去世。但奇怪的是，教会记录中本雅明的死因是颅内出血。另外，市政记录他9月27日下葬，而教会的记录则是9月28日。最奇怪的是，本雅明所葬墓穴号码的记录也不一致。如今，本雅明的遗骨很可能葬在某个群葬墓中，但没有人知道具体在哪儿。

Tales of the Albatross
《信天翁的故事》

Alula
阿茹拉

{
出生 约1771年

第一次灵魂交替 1791年

第二次灵魂交替 约1840年

死亡 约1840年
}

　　我的名字是阿茹拉，我是保留了记忆的那一个。你的名字叫寇阿胡，你是忘却了记忆的那一个。你曾是我的亲密爱人，在那么多世以前。我爱你，就像海贝爱着大海：要是人们把耳朵贴到我嘴边，他们听到的是你的歌。我爱你，就像沙粒爱着海水：永远以无声的欢喜迎接你的到来。我爱你，就像响雷滚过黑夜，像蝴蝶专注花朵，像月亮追随太阳。从孩提时起，我们就只想在一起，别无所求，哪怕我们分属于"法则"不允许结合的敌对部落。我比你大，是个经验丰富的女人，是灵魂交替的主导者。你还算不上男人，还是个仍在学习灵魂交替的学生，但你对其他事的兴趣更大，比如大笑、唱歌、跳舞。我们岛上的所有动物都有它们自己的舞蹈，而你全都了如指掌。我是个学者，你是个舞者。

你是第一个看到那一幕的人。还记得吗？那以后你一定上千次地梦到过它。那时候，我们正躺在村子和大海间那座小山的草坡上，在木槿花的树影下，每次想独处时我们都会去那里。清晨的海面很平静，天空很宁静，阳光斑斑驳驳地洒在你的皮肤上。我望进你的双眼，凑得那样近，近得能在里面看到自己的倒影。就在这时，有什么吸引了你的注意，你的眼睛转开了。你将视线投向我身后，一直投到海面上。你动了一下，眯缝起眼睛，皱起眉头，敛去了嘴角的笑。就是从那一刻开始，一切都变了。你还会梦到那一幕吗？它只持续了不过短短一秒，却标志着我们幸福的终结。

你跳了起来，我转头看向你手指的方向。一眼望去我便猛地一惊，翻身坐了起来。那是我们从未见过的奇观，就像云朵飘过水面，只这一眼便打碎了我们对宇宙及其间万物的所有认知。看到它的那一刹那，我的心几乎从胸膛里跳了出来。你默默地看着，沉醉在这最不可思议的景象之中，我却蒙住了我的眼睛，因为不知道自己是不是在做梦。过了一会儿，我放下手，再次抬眼望去，它还在那儿，漂浮在平静的水面上，就像一座奇迹之岛。我们被这景象深深震撼了，两只眼睛都不够用。我觉得应该告诉其他人，于是拉起你的手，可你不肯走。我又拉了拉，你叫我自己走。我跑回村子，你留在山顶上，望着水面。

我找到了我们的酋长——奥塔胡，讲述了我们俩在山顶上看到的景象。他非常认真地听我说完，然后垂下眼睛望着地面，思考刚刚听到的东西。他叫我跟他一起去找大长老法图，让我把对他说过的话再说一遍。法图也听得很认真，边听边摩挲他的胡子，每次遇到需要小心应对的事时他都会这样陷入思考。再后来，法图和奥塔胡压低声音交谈了一会儿。奥塔胡拿起挂在他脖子上的号角，吹响，召集全员开会。等所有人都到齐后，我被要求再次描述我看到的东西。

"那艘船，"我告诉他们，"和我们的船模样差不多，有桅杆，有船帆，但简直就像为巨人造的。那上面绑着三棵大树，中间一棵最高，不比我们岛上任何一棵树矮，但只是直直的一根，没有树枝和树叶，只有树干。另外还有三根也是直的大树枝，横着绑在那三根树干上面。那上面的帆也是布做的，但是比我们的大得多，也多得多，每一张帆都能把我们的独木舟整个包起来。桅杆上那种帆太多了，都不能说它们是船帆了，你们可以把它们想象成一群被抓住的大鸟，比太阳颜色浅一点，中间的最大，横着的树枝上那些小一点，都张着翅膀，被缠来缠去的绳子绑着，好让这些鸟来扇风。这些巨大的翅膀都展开，让船往前走，就像我们独木舟上的帆一样，只是它们不用桨。"

听完以后，大家都要求我带路去我先前看到那艘船的地方。我把他们带到山顶，你还在，依然是我离开时的样子，纹丝未动，入迷地望着海面。看到漂浮在远处海面上的那艘船，所有人都惊讶极了。栖在树枝上的巨鸟群已经不见了，只剩下船静静地漂在水面上，光秃秃的。

大家都在等奥塔胡发话。"我们要把他们尊为贵宾，摆宴招待他们。"他说。

大长老法图紧跟在后面。"'法则'无所不包，"他说，"包括这个。它告诉我们，要欢迎这些陌生人，但要对他们保持警惕。这些船上载的不是神，是和我们一样的人。他们的语言，他们的服装，他们的行事方式，他们的一切一切，对我们来说都是陌生的。我们不知道他们为什么来这里，也不知道他们会给我们带来什么。在筵席上，我会对他们的首领实施灵魂交替，了解他的意图。"同往常一样，法图用咒语结束他的讲话："我们的终极职责在于'法则'，'法则'对我们的要求以此为尊：若无回归，便无交替。"

"法则"是我们最珍视的财富，最神圣的珍宝。它不属于我们，我们属于它。"法则"赐予生命，也带走生命。它是一切的根基，一切源于它，一切归于它。学习"法则"是我最大的快乐，而我是法图最爱的学生。无论宴席还是典礼，他身旁的座位总是留给我。他花在我身上的时间比花在其他任何人身上的都多，他将"法则"最高深、最神秘的部分都教给了我。

"法则"所赐予的最大礼物是"灵魂交替"：注视一个人的眼睛，感受灵魂的震颤，交替到对方的身体里，安顿下来，直到合适的时候反向交替，回归自己的身体——这是"法则"赐予我们的珍宝。我们的传承传授灵魂交替，我们的歌谣歌颂灵魂交替，我们的舞蹈赞美灵魂交替。除了眼睛，"法则"禁止一切文身。每完成一次灵魂交替，我们就要在皮肤上刺下一只眼睛，直到我们的身体化作献给"灵魂交替"的颂歌。

我们的童年全部用来学习灵魂交替。我们知道，灵魂交替分为三种：第一种，双方都深谙灵魂交替，都是发动者，那是最容易的，虽说依然少不了多年的训练。第二种，经过更长时间的训练后，熟手和新手间也可以交替；若是再进一步，就是和对此一无所知的人交换，后者被称为"盲交"。第三种，也是最高级的灵魂交替，即"清醒交替"，相同点是一方可以是新手甚至对此一无所知，区别在于新手一方也能清楚记得整个过程。这种灵魂交替需要穷尽一生去研习，去掌握。

在"法则"要求的所有戒律中，最重要的一条是："若无回归，便无交替。"所有灵魂必须回归原来的身体。"法则"说得很清楚：如有违背，世界将会毁灭。只有大长老可以交替而无须回归，这是为了确保"法则"的传承，确保它不走样地一直延续下去。当时间到来，大长老感觉死亡将至，父母们就带着孩子来到他面前，期望自家孩子被选中成为继承者。一旦孩子被选中与大长老进行交替，随之而来的便是这个家庭将享有巨大的声望和影响力。到了指定时间，便会举行一场仪式，在仪式现场，大长老与这个孩子面对面坐下，凝视彼此的眼睛，然后大长老的灵魂进入孩子的身体，而孩子的灵魂进入大长老的身体。这一步完成后，继承者必须拿起那把神圣的鲸骨刀，猛地刺进前任大长老的心脏，再将他的双眼挖出。前任大长老的遗体将得到安葬，安葬处将竖起他的雕像。从来如此。在我们之中只有一人不死，其他人都难逃一死，这是"法则"的规定。

法图已经选定，待到他的最后一次交替到来时，我将是他的继承者。也就是说，到那个时候，我自己的灵魂将交替到他的身体里，而他的灵魂会进入我的身体。我将变成法图，同时为了维护"法则"，我刚刚腾出来的那具身体将出手杀死我所进入的这一具。

关于爱情，"法则"也全知全能。只有长者才能让一对男女结合。如果一对男女的结合遭到长者反对，"法则"也说得很清楚：这对恋人必须离开岛屿，顺着洋流和信风往东，找到另一座岛，在上面开始新生活，找到新"法则"。我们的岛就是这样来的，我们的祖先也是这样一对恋人，来自更西的岛，在那里他们的结合是被禁止的。

有时我们也会谈到私奔，你和我，我们俩往东航行，找一座新的岛，属于我们的岛。可只要一分开，我们的决心就开始动摇。我们有多渴望彼此，就有多缺乏忍受放逐的勇气。

我们看着陌生来客从他们的船上放下一只小舟，坐满了人，朝岸边划来。我们下山，直接到海滩上等他们。我们研究他们，看着他们颜色鲜亮却硬邦邦的衣服和帽子，发现他们的一切都那么奇怪。他们的矛又短又粗，还很钝，可他们毫无畏惧，随心所欲地探看任何地方，打量任何人。他们难道不知道"法则"教导的规矩吗？该看哪儿、能看谁，该有怎样的规矩，等等。

他们聚在海滩上，他们的首领用一种奇怪的语言讲话，其他人举起他们的矛，雷鸣和闪电从他们的矛端喷出，蹿上宁静湛蓝的天空。他们的首领把一块有奇怪标记的石头叶子绑在一棵树上。然后他们终于朝我们走来，拿出珠子、硬币、钉子和镜子递给我们，朝我们微笑，把他们的礼物放在我们手中。当然，我们不知道这些是什么，于是都细细端详、研究，惊叹它们的奇特。他们的首领发出命令，其他人遵照行事，但有一个人不干活，只是到处搜集树叶和植物，把它们放进一个包里，就像法图采集草药时那样。他对我们的文身感到惊奇。与此同时，其他陌生人都被派去溪边，带着空桶，打满水，再搬回他们的小船上。

我不只在观察他们，也在看你，寇阿胡。你是多么为他们着迷啊！你那么轻松地跟他们交流，用你的眼睛、脸和胳膊，完全不在乎他们的语言多么奇怪。你的机智、你的笑容、你的一举一动，一切都是你的工具，凭借它们，你搭起桥梁，跨越了你和陌生人间的隔阂。还有你的眼睛，我曾无数次注视的那双眼睛，在那一刻，它们流露出的只有对这些外来者和他们的奇特之处的渴望。如果你自己能看到，你会发现那里面满是好奇和快乐。你羡慕他们的厚颜无耻，因为你自己生来便是个厚脸皮。

你用你的身体，用你的表情和手势，设法让他们明白你的意思。通过你，奥塔胡邀请他们来和我们一起享用晚宴。

整个白天，那些陌生人不是在我们附近，就是索性和我们混在一起。他们之中，有人一直在忙着用他们的桶打水，有人在打猎野猪和鸟，还有人在海滩上修补风帆。他们的医生在采集植物，研究我们的文身。奥塔胡警告我们跟他们保持距离，大部分人都遵从了，即使依然忍不住要留意。我帮忙准备晚宴，但也尽可能分神盯着一点。无论距离远近，我们都被他们的存在所吸引。我们研究他们的奇特之处，我们尽一切可能观察他们，关注一切细枝末节，这样等他们离开后，我们还可以在脑海中回味他们的一切。我们中有好几个尝试过接近他们，特别是孩子，还有你。你帮他们把水桶滚到溪边或者滚回去，你指点他们哪里有野猪和鸟。

晚宴在夜幕降临后开始，沐着满月的光辉，摆在能清清楚楚听到水声的地方。为了照亮，我们点起了两个巨大的火堆。奥塔胡穿上了他深红羽毛的仪式斗篷，法图穿着他白色羽毛的仪式斗篷，他们并肩坐在一起。作为法图最钟爱的学生，我坐在他身边。二十来个最德高望重的长者（我是其中最年轻的）和十来个陌生人围坐成一圈，其他人都在外围，或站或坐，看着这一切交头接耳，窃窃私语。接着，卡瓦酒被捧了上来，送到圆圈里的每个人手中，那些陌生人喝下酒，不由得露出厌恶的苦相，我们都笑了起来。奥塔胡发表讲话，赞颂这些陌生人的美好，说他们的到来是我们的光荣。然后你走进圆圈中心，站在两堆火之间。你的身体正面画上了白色的条纹，装饰着几簇信天翁的白色羽毛。你慢慢展开双臂，开始唱歌。伴随着歌声，你跳起了我们最神圣的舞蹈。这是讲述我们族人起源的舞蹈，"信天翁之舞"。

很久以前，两个出身敌对部落的恋人遭到放逐，不得不远离家乡向西北方流浪。那时人们还以动物为名，还能化身为动物的形态，只可惜这项技艺如今早已失传。为了踏上放逐之旅，两名恋人各自变成与自己同名的鸟儿：女孩变成了普埃奥，威夷短耳鸮；男孩按他的名字变成了帕拉，白玄鸥。两只鸟儿并肩出发，横穿大洋，燕鸥帕拉冲在前，猫头鹰普埃奥跟在后。他们离开的那座岛才刚淡出视野，帕拉就觉得又累又饿，等普埃奥赶上来时，帕拉已经有气无力地漂在水上。"我想回去。"他说，"我宁愿死在家乡，死在族人手里，也好过淹死在大海里。"

"我们没有家乡了。"普埃奥告诉他，"你如果累了饿了，可以吃掉我。这样你就有力气跨越大洋，飞多远也不累。"帕拉拒绝了。"我怎么能吃掉你呢？我宁愿回去，我们一起死。"普埃奥不想帕拉死。她想了想，有了主意。她说："听着，我想到了一个办法。我们可以现在就定下我们的新'法则'，就是通过注视眼睛把灵魂放在另一个人的身体里，这样即使你吃掉我的肉，还可以带着我的灵魂飞向远方。"帕拉觉得普埃奥的办法不错，但他说："我同意，只是要反过来：由你吃掉我。因为你要找到新的家园，留下我们的后代。"最终，普埃奥接受了这个建议。他们盯着彼此的眼睛，直到帕拉失去意识。普埃奥用爪子挖出帕拉的眼睛，吃掉他的身体，结果两个恋人的身体竟融合起来，背成了灰色，腹成了白色，变成了世上最大的鸟——托罗阿，漂泊信天翁。变成信天翁的普埃奥徜徉在大洋上的碧空里，握着帕拉的眼睛，从一座岛飞到另一座岛，飞了一千年。她放弃了经过的所有岛屿，直到找到命定之岛——一只巨大的海龟壳，搁浅在珊瑚礁上，上面没人居住。普埃奥在这里放下眼睛，变回人形，将新家园命名为"托罗阿埃提"，意思是"漂泊信天翁的家园"，它在之后的岁月里被简化成"奥依提"。于是信天翁成了我们的图腾，我们用它的骨头做钩子和矛头，它的羽毛象征着爱、牺牲与和平，我们在典礼上佩戴它。

所有人都看着你且歌且舞，演绎普埃奥和帕拉的故事。人人都赞叹你的双臂、背脊、双腿、面容如何为这两只鸟儿赋予了生命。只是一个转身，你就从一只鸟变成了另一只，你就在火光明灭间一人分饰两角，讲述着两只鸟儿的故事。当你跳完，那些陌生人竟做了一件怪事：他们一起拍起了巴掌！在我们岛，这动作只会用在对自己的孩子发脾气时，但这些陌生人似乎是在用它表达欣赏。这让我们大笑起来。陌生人也跟着大笑，尽管他们不明白笑的是什么。舞蹈结束，孩子们走进圆圈，捧着盛满食物的大叶子，挨个送到大家面前，上面是丰盛的烤兽肉、禽肉、鱼和面包果。像所有的筵席一样，也有信天翁肉，用它自己的油烹制，但只有坐在圆圈里的客人、最年长最尊贵的男女才能享用，这是习俗。

陌生人的首领坐在法图正对面。等大家都吃饱喝足后，法图望向了圆圈对面的他。大长老的笑容实在太和善、太有魅力，引得那陌生人毫无戒心地望过来。他们就这样彼此凝望了好一会儿。我很清楚他们的身体里有事正在发生，我了解那种足以掩盖灵魂交替的痛苦的愉悦，那种眩晕，那种消弭于空气中的感觉，那种被星星填满的感觉。我多希望自己是坐在法图的位子上啊！那样的话，我的灵魂就能交替到那个陌生人的身体里，尽情探索他的头脑、心灵和灵魂。法图真是最厉害的灵魂交替大师，整个过程在一瞬间便完成了。我知道那位陌生人首领的灵魂此刻就在我身旁这具身体里，完全清醒，带着第一次遭遇灵魂交替的人的生疏感，茫然环顾。奥塔胡坐在法图的另一边，俯身过来对他说话。

"能够接待您是我们天大的荣幸，"奥塔胡说，"而您能和我们的大长老法图进行这样一次交替，这是更大的荣耀。"奥塔胡说的是我们的语言，但法图身体里的那位陌生人听懂了。

"这怎么可能？这是什么魔法？"陌生人问。

"不是魔法。"奥塔胡回答，"这是神明赐予的天赋，在我们这片大洋上，曾经有许多岛屿的居民都拥有这项天赋，只是渐渐地失传了，除了我的人民。我们保存并完善它，这样我们的族人就都能拥有这项天赋。"

"你们管这个叫什么？"

"我们称为'灵魂交替'。"奥塔胡说，"法图是我们当中最伟大的灵魂交替大师，只有他能掌握最高级的交替，也就是你现在所经历的，和生手间的灵魂交替。在这种交替中，生手也能借助新的身体跟人交流，不会丧失自己的感知，就像你现在和我做的这样。要完美掌握这种交替，需要穷尽毕生的时间，全身心投入，严格训练。"

奥塔胡询问陌生人的名字。"我是艾蒂安·马尔尚船长，我的船叫'索尼德号'。我们来自一个非常遥远的地方，那个地方叫法兰西。"

奥塔胡重复着这些词，每个都像一个咒语："马尔尚""索尼德号""法兰西"。

"那座岛，法兰西，有多远？"

"那不是一个岛。"顶着法图身体的马尔尚回答，"是一片土地，周围还有许多其他土地，用你们的话说，都在同一座巨大的'岛'上，那'岛'叫'欧罗巴'，被分割过许多次。那里非常远，我们花了许多个月才来到你们这里，要回家还得花更多个月的时间。"奥塔胡和我都被这出乎意料的回答震惊了。"这座岛叫什么？"顶着法图身体的马尔尚问，话刚出口，他脸上就露出了惊吓的表情。"真奇怪，"他说，"我刚提出这个问题，答案就自动出现了：奥依提。这怎么可能？"

"因为你在法图的身体里。"奥塔胡回答，"你能接触到他的记忆和他懂得的知识，正如只要他在你的身体里，就一样也能获取你的记忆和知识。"

"我明白了。那这种饮料——哦，你们叫它'卡瓦酒'，灵魂交替是卡瓦酒引起的吗？"

奥塔胡大笑。"卡瓦酒只是为了庆祝，灵魂交替不需要它。

灵魂交替的艺术是必须学习的，需要很多年时间。我们的孩子都要接受这项训练，哪怕不是所有人都有同样的天赋。"奥塔胡拉起法图的右手表示友好，"不过，请告诉我，朋友，你们来这里是为了什么？你们的目的是什么？"

"我的国家非常冷。我们是要往北方去，到离这里还有很远的岛上换些动物毛皮带回去卖，好赚些钱。"

"你们走了很长的路，牺牲了很多。那么你们在奥依提有什么打算，我的朋友？"

"我们需要一切必需品。我们必须把所有东西都带在船上，但水会变质，肉会坏掉。到这里前，我们的水和食物都不够了。感谢你们的慷慨，我们现在有了足够的储备。我们非常感激你们的欢迎，我们已经尽情享受了你们的招待，但前方还有很长的路要走，所以今晚我们就要出发了，和平地离开。"

"今早你们在峡湾那里上岸时，你绑在树上的是什么？"

"那是给我的同胞留的信息。"陌生人回答，"告诉他们我们在这里交到了朋友。"

"这么说，那是个魔法器物？"

"不，只是上面有一些我的同胞能看懂的示意图。"

"那你们呢？你们不回来了？"

"不了，路程太远了，我们还得花上差不多两年时间才能回到家乡。"

奥塔胡很吃惊。"那你们的同胞，他们以后还会来？"

"有可能，等他们听说奥依提岛之后，也许会想亲自来看看。"

"那会是什么时候？"

"我说不好。也许要很多年之后了，因为这段旅程非常艰难。"

"这样的话，我们会把你们来过的记忆传给我们的孩子，他们再传给他们的孩子，直到你们的同胞再次到来。无论何时，他们都将得到朋友的欢迎。"奥塔胡微笑道，"对了，你们那种火棍，是做什么用的？"

"我们称它为'步枪'，是我们的武器，用来战斗的。"

在奥塔胡和顶着法图身体的马尔尚交谈时，圆圈的另一侧，顶着马尔尚身体的法图也和陌生人的医生展开了深入讨论。

"那位法图，"此刻坐在我身边的人问道，"他现在是在我的身体里吗？"

"是的，他正在造访你的头脑和身体，就像你造访他的。"奥塔胡指了指圆圈另一侧，说，"他在和你的同胞交谈，就像你现在和他的同胞交谈一样。"

"那位同胞是我们的医生，翁布列特。"

"翁布列特。"奥塔胡重复了一遍，"法图会很高兴的，因为他也是我们的医生，他是灵魂交替的守护者。"说到这里，马尔尚身体里的法图就朝我们这边望来，示意该换回来了，这是"法则"的要求。奥塔胡跟法图身体里的马尔尚握了握手。"朋友，"他开始道别，"祝你们一路顺利。"

两个男人的视线再次交汇，他们就那样凝望彼此，进入和之前一样的过程，也就是肉体感消散，在另一具身体里重新凝结，然后两个人就都回到了自己的身体和头脑里，感觉不到丝毫不同。看来其他陌生人都没察觉到一丁点异样。

"我知道了很多东西。"一回到自己的身体里法图就说。

"那位陌生人呢？"奥塔胡问。

"反向的灵魂交替进行得很顺利，他什么都不会记得。"

奥塔胡轻哼一声，表示认同。圆圈另一侧，坐在马尔尚身边的那位外科医生敏锐地察觉到了发生在船长身上的一切，很快起身离开了圆圈。我看见他走向你，寇阿胡，跟你说话。他比手画脚，表示想研究一下你的眼睛，他用微笑和友好的姿态诱惑你。我坐在圆圈里，明灭忽闪的火光隔开了你我，黑暗之中我几乎看不清发生了什么。我站起来，奔向你，我看见翁布列特俯身靠近你，望进你的眼睛，另一个陌生人举着火把，还有一个站在一旁抓着他的步枪。可我们这边只有我注意到了这个变故，法图和奥塔胡还在专注地交谈，圆圈里的其他人都在享受欢宴。你答应让翁布列特望进你的眼睛，你也望着他的。你们持续了那么久，我开始焦心了。虽然我也很想听法图跟奥塔胡讲他在这次灵魂交替中知道了什么，但我看出你和翁布列特间有事发生，你有危险。虽然我们禁止和陌生人进行灵魂交替，可我知道你们两个马上就要交替了。你的好奇心太强，那位外科医生也是。借着黑影的掩护，我小心翼翼地向你靠近。现在我知道我就该赶在什么都没发生前出面干预，可那个时候我犹豫了，我藏进了附近的灌木丛后。

我眼睁睁看着那宿命的时刻到来。有什么是我能确定的呢？只有一点：我听到你惊慌地大叫起来。你是在最后一刻犹豫了吗？可是太晚了，一阵战栗掠过你的身体，与此同时那名医生重重地向地面倒下。我从藏身处冲出，试图阻止眼前发生的一切，可我那惊慌失措的出现惊到了抱着你的人，他怀中那身体直到那一刻还是你的。他们放开你，查看翁布列特，他已经躺在了地上。我冲上去扶你，可你失去了平衡，你摇摇晃晃，跌跌撞撞，扑向翁布列特。其中一个陌生人大概是担心你要攻击翁布列特，掏出步枪指向了你。伴随着一声巨响和闪光，那东西开火了，它闪光的火球轰开了你的身体。当那轰响平息，你摇晃着仰面跌入了我怀里。

你的双眼还睁着，可当我看进去时，里面已经没了你的痕迹。那曾经是你肚腹的地方，那我常常枕着的肚腹，如今已化作了一汪血糊。血水流过你蜂蜜色的肌肤，滴落在沙里。我亲吻过那么多次的那张嘴，如今急促却微弱地呼吸着，经受着痛苦，垂死喘息。最糟的是，你的眼里已经没有了焦点。我怀里这具身体是你的，但它不再是你了。我清楚这点，现在清楚，那时一样清楚。灵魂交替完成了，对于这点我很肯定。你在那名医生的身体里，身边围绕着外来者。要不是能肯定这点，彼时彼地我会很乐意与你灵魂交替，那样我就可以替你受苦了。

更多陌生人离开宴席冲过来。他们大吼大叫，挥舞着他们的步枪。他们动手把翁布列特的身体拖开，拖向沙滩的方向，一边走还一边用枪指着我们的人，所以大家都保持着距离，等待这些陌生人撤离。

之后我曾在脑海中无数次重演那一幕，试图刻画每个细节，可都是无用功：我越想要确认真相，它就越是躲躲藏藏。你是有意发起灵魂交替的吗？这是你想要的吗？你渴望这个吗？我甚至不觉得你能做到这一步，不觉得你能和陌生人完成交替。你的初级训练都还没结束，你的技艺还很不完善。可在那医生的好奇心和你自己想要走出去的强烈意愿驱使下，灵魂交替完成了，对此我毫不怀疑。而另一种可能性可怕到我根本不敢想——终究你还是死在了那一晚，之后发生的一切都是枉然。

有时候，当人被巨大的恐惧攫住，他的心会突然看得比平时更远，他的头脑会变得出乎意料地狡猾。当时于我就是这样的时候。惊恐慌乱中，我趁乱钻进树丛，找到通往海滩的小路，飓风一般奔过去。在那里，一个水手正懒洋洋地躺在那群陌生人泊在岸边的小船上，似乎对身后那场刚刚发生的骚动一无所知。最初他很警惕，很多疑，显然是听到了早前的那声枪响。可毕竟诱惑太大，他抵挡不住，再说也没有新的枪声传来，于是他放松下来，在我的挑逗下解除了武装。他把步枪放进船里，任由我张开双臂抱住他的脖子，挑逗地吻他的嘴。我牵着他的手，把他引到一座沙丘背后，那里有月光洒下却十分隐蔽。我脱掉他的衣服，装作欲火中烧，一分钟也忍不了。他只是个年轻人，羞涩又笨拙，但很快就沉迷了。也许他是真的没听见那群愤怒的陌生人带着翁布列特的身体回到沙滩，也许他觉得先和我完成这一出再去找他们也来得及，也许他刚好不想回去，想留在这座岛上加入我们。无论如何，他醉了，彻底忘我。那些陌生人登上船，划桨离开岸边。我们紧紧拥抱纠缠，我两次跨坐在他身上，摇动腰肢，感受他在我的身体里，他紧闭双眼，沉醉在快感里。我两次用手拨开他的眼睛，双手捧住他的脸，稳住，让我们视线纠缠。唯一能让我们看到彼此的只有一点月光，要在这样的情形下完成交替不容易，可那年轻人终于还是明白了我想要他做什么，毫不反抗地顺从了。他的眼睛对上了我的眼睛，没再移开。

　　我察觉到了他第一波愉悦的震颤，灵魂交替开启了。

P053

Pierre Joubert
皮埃尔·鲁贝尔

> 出生 1771年
>
> 第一次灵魂交替 1791年
>
> 第二次灵魂交替 1825年
>
> 死亡时间 不明

　　此刻我注视的正是前一刻还透过它们向外注视的眼睛，岛上女子的黑眼睛。如今这对向我凝注的目光里盛满了迷惑与慌乱，和刚刚在寇阿胡脸上看到的表情非常像——那是灵魂的恍惚，因为它在毫无防备的情况下被拽离了原本的停泊处。盲交。茫然的灵魂从休克中醒来，却已经来到了新的身体里，浑然不知究竟发生了什么。

　　带着即将抛下自己身体的巨大悲伤，我从阿茹拉的怀抱中挣脱出来。我站起来直奔大海。月光下海滩空无一人，小船已经看不见了。大船上传来一声哨响，我认出了水手长的声音，还有些七嘴八舌传递指令的低沉含糊声。我一头扎进水里，开始游。换作我自己之前那具身体，游泳是本能，不需要思索就能信手拈来。可这具身体，我发现它几乎没法保持在水面上，更别说往前游了。我不得不调动"前世"的记忆，自己教自己，现教现学。可对于眼下这具身体而言，这几乎是不可能完成的任务。它学得很慢，很难前进，几乎只是在挣扎、扑腾、大口喘气。海水灌进我的鼻孔刺激着它们，但我还没有沉下去。不久，我终于劈波斩浪，开始前进了。

越接近大船，我就越害怕自己被丢下。在混乱忙碌的嘈杂声中，我听到船帆砰然展开，那是被风灌满的声音。这声响给几乎筋疲力尽的我再次注入了奋力向前的力量。现在我离船比离岸更近，力气已经耗尽。要是上不了船，这里就是终点，因为我这辈子都不可能再回到岸上。船开始向前滑动。就在这时，我听到哨望手大声喊出了那几个救命的字：人员落水！很快一根绳索啪地砸破水面，我已经彻底脱力，只能死死抱住绳索，听凭三个水手一起把我拽上去，拉着我翻过船舷。我仰面朝天瘫倒在甲板上，大口大口喘着气。各种命令依然在不断被大声传递，所有人忙碌地跑来跑去，船帆升到了合适的高度。没人注意我，除了我的朋友布里斯，他经过时扔下一句："我还以为你不会游泳呢，你这恶棍！"水手长伊卡则低声嘟哝："我希望那姑娘值得，小子，因为你将用鲜血来支付代价，这是肯定的。"

船行上了轨道，上层甲板的骚乱平静下来。一等到心跳缓和下来，我就曲起胳膊，支起身子。我的第一个念头就是找你，但到处都没看到你。另一声哨声响起，值守左舷的人开始依次走下舱口。不等我跟上，伊卡就把我带到了船长马尔尚面前，他问我为什么擅离职守。我编了个谎话，但没什么用。他转身背对我。"中午，你会得到应得的。"他说，声音含糊，疲惫。

那一刻，惩罚无足轻重。我下到内舱，找到我的吊床，在老地方展开，连湿衣服都没换就爬了上去。这一场生疏又新奇的游泳让我累坏了，脑子也昏沉沉的。当灵魂交替到一具新的身体里，你就进入了一段新的人生，第一要务就是尽快掌握它的反应机制。这就好比一名织工来到一架陌生的织机前，机架上已经撑着一幅织了一半的地毯，各种颜色的丝线已经缠在了线轴上，可它的织法是你不熟悉的。你必须相信完成这幅地毯所需的技艺早已深植在你每一根手指的每一块肌肉里，正确的程序会在需要它的那一刻自动浮现。

陌生感包围着我——陌生的身体，陌生的衣服，陌生的环境。睡意了无踪迹。我躺在吊床上，听着船的吱呀声，人的呼噜声，看着银亮的月光随着水波在船板上前后摇荡。我满脑子都是疑问。我做了什么？我违背了"法则"。为了什么？为了你，寇阿胡。义无反顾，不假思索。这时我听到另一头的高级舱那边传来一声男人的尖叫，就像有人挨了重重的一拳。

天快亮时，舵手叫醒了候补官和大副，水手长站在舱口发号施令。"全体人员！左舷值守，啊嚯伊！"很快我就闻到了厨房生火的炭火气。有那么一会儿，我不知道该做什么，但身体就像一台自动运转的机器，很快就行动起来，收好吊床，从架子上拿下一块甲板磨石，爬出舱口，开始擦洗甲板，收拾缆绳。一切都好像习惯又不习惯。八点，副水手长宣布开早饭。大多数人都没睡够，还迷糊着，于是都只默默吃着可怜的烂燕麦粥。

我四处张望，想找到你——新的那个你，在这群陌生人的"大长老"身体里的你，可下一秒我就毫不费力想起了这群陌生人不是陌生人，是法国人，那个医生是个外科医生，他的名字是翁布列特。新身体的记忆就这样自然而然地冒出来，一条接着一条，好像蹿上水面的气泡。

十一点，伊卡召集全体人员在甲板集合，船长发表了讲话。我终于看到你了，站在后甲板上那群高级人员里。你的眼睛东瞟西瞟，像是不敢确定自己身在何处，试图在尽可能不引起注意的情况下仔细观察事态发展，好判断究竟该如何行事。马尔尚船长宣布有三个人要因为前一天的过失遭到鞭笞：舵手伯尼卡，十二鞭，因为醉酒；何塞迪，那个开枪打你的人，十二鞭，因为莽撞开火，使用武器；我，二十四鞭，因为违背命令擅离职守。在他说话的时间里，伊卡和两名水手支好了刑架，我是最后一个。

首先是伯尼卡，他的后背被抽出了九尾猫一般的斑纹。然后轮到何塞迪。所有人都沉默地看着，有人害怕，有人同情，有人享受，有人无聊——这一幕对他们来说算不得新鲜了。最后我被叫上前去。我脱掉汗衫，副水手长安费尔内把我拦腰绑在刑架上，然后拎起鞭子，退后好几步。第一下抽打落在了我的后背上，不比利刀划破皮肉更好挨。疼痛一道接着一道落下，跟着还有下一道，每一道都比前一道更剧烈。每一鞭抽在我的肌肤上，伊卡都会大声报数。到第十一鞭时我晕了过去，之后又晕了好几次，每一次都有一桶海水把我浇醒，这让我更加痛苦。终于挨到结束，我被抬下船舱，有一个人跟在我身后，拿着水桶和拖把，一路擦洗我滴下的血迹。

我被直接拖进了医务室，面朝下放在外科医生的治疗台上。在那里，我又一次晕了过去。一阵疼痛袭来，我睁开眼睛——是你，离我不过区区几英寸的距离。你一手拿着软布，一手握着一瓶烈酒，正在处理我的伤口。你的动作很慢，带着不确定，好像所有动作都是第一次做一样。我在自己身上也发现过这样的犹疑。那位外科医生的助手雷尼耶站在你身边，疑惑地看着你，像是察觉到你整个人都不太对劲儿。他不知道我知道的东西——你是在等。你不知道该怎么做，只能等需要的指引从不知哪里冒出来，你的犹疑只是在寻找下一步动作的提示。你在听从你新身体的智慧，等待指明该做什么的记忆浮现，一次只有一步：拿起碎布，蘸点酒精，轻轻按在伤口上，当然这会弄疼你的病人，但也能清洁消毒。

我一直迷迷糊糊地半睡半醒，每一次都是被伤口的疼痛蜇醒。你俯身对着我，一面增加我的痛楚，一面缓解我的疼痛。雷尼耶在帮忙，他察觉到你的不确定，轻声指点你在这样的情形下通常该怎样处理。疼痛加身，但你就在这里，让我只觉得安慰。你端着一杯加了烈酒的水送到我唇边让我喝，我在你的触碰里得到了抚慰。

"寇阿胡。"我努力拨开痛苦的迷雾，用古老的语言轻声说。你好像没听见。"寇阿胡。"我用我们的语言重复，"是我，阿茹拉。"我想我看到你僵了一瞬，瞥了我一眼，然后才继续你的动作。"寇阿胡，我看到你和那个医生间的事了。"我说，"我追着你来了，我也交替了。"说出这些话很吃力，因为这张新嘴很不适应这样的发音。

你伸手摸了摸我的前额。"在说胡话了。"你用新的语言说，"出现了幻觉，不过谢天谢地，没有发烧。"

"寇阿胡，"我又一次叫你，"你听不到我说话吗？是我，阿茹拉，我跟着你来了，你听不懂了吗？"

"雷尼耶。"你说，还是那种新的语言，"去告诉水手长，鲁贝尔需要休两天病假。他需要休息，这时候干活会要了他的命。"你又一次把杯子端到我唇边，让我喝水："别害怕，你现在觉得疼很正常。鞭打是野蛮、愚蠢、毫无益处的，只会让人崩溃，让人反抗他们的上司和主人。"你轻轻拢住我的双手，我禁不住哭了起来。为缓解痛苦，你给我喝了一点鸦片酊。我现在没法仰面睡在我的吊床里，只能就这么趴在手术台上，断断续续地睡。你坐在我身边的椅子上，整夜守着你的病人。半夜里，我被你的尖叫惊醒了。

我的伤好得很快，不久我就回到了岗位上，高高地站在船帆之间，负责哨望。在桅杆顶端的高台上，我可以从容地思索最近发生的一系列事情。"索尼德号"随着信风一路驶进了北太平洋的海雾中。每天夜里，我都能听到你被噩梦魇住的尖叫从远处传来。很快，你夜晚的动静就在船员间点起了迷信的火苗。就算在最平静的海面上，水手们也睡不安稳。他们怨气沸腾，就像被厨师搅动的浓汤。这些夜间的困扰成了最热门的话题，占据了那些疑神疑鬼的头脑，他们聚在下层舱房里，一开始只是小声嘀咕，后来就变得肆无忌惮，他们向任何愿意听的人宣扬他们的推断。他们说，医生被那个死去男孩的灵魂附身了，一切就是从岛上的那个晚上开始的。

我对这些无凭无据的流言和荒唐的猜测一概避而远之，虽说它们比任何理智头脑想到的解释更接近真相，但我也有自己的猜测需要证实。我不清楚现在是什么情况。一开始我很确定你完成了灵魂交替，可你拒绝了我的示意，在我心里埋下了怀疑的种子，还落在了沃土膏壤上。在这船上的自始至终只有我一个吗？我离开岛是错的吗？我是不是无谓地亵渎了"法则"？我的本意是追上来保护你，帮你回岛，维护"法则"和我们的爱情。可如今看来，我为了尊崇"法则"所做的一切努力到头来只是亵渎？这些念头折磨着我。

　　一天早上，我在哨望台上看到西面出现了一座岛，我的心立刻欢喜得怦怦跳起来，想着也许奇迹眷顾，我们真的这么快就回到了才刚离开不久的岛——可它不是那片被称为三明治群岛的岛屿中的任何一个。我们没有上岛，甚至都没有偏离我们往北去的航线，因为这片列岛已经有人全面探查过了，而且船长又急着要在北方的秋季到来前赶到我们的目的地，毕竟一旦拖到那个时候，海上的情况就绝对跟"太平"二字无缘了。

　　就在遇到那座岛的第二天，我看到一只信天翁朝我们的船飞来。毫无疑问，它盯上的是跟在我们后面的一群领航鱼。船员们那阵子正被医生舱房里每晚传出的尖叫弄得越来越烦乱，所以看到这个征兆都很高兴。那只信天翁跟了我们三天。白天它一连好几个小时在我们头顶上滑翔，等待厨师把残羹剩饭扔进海里，引来领航鱼浮上水面觅食，到那时它就俯冲下去，趁机吃个饱。夜里，它就栖在前桅上休息。到了第三天，信天翁飞走了，也带走了随它到来的那一点点幸福的微光。

"索尼德号"继续向北横跨大洋。我努力把精力集中在工作上，做我的杂务，尽忠职守，放哨瞭望。我渐渐习惯了我的新身体。总体而言，这是一具很好相处的身体。虽说鲁贝尔才二十岁，却已经在海上过了半辈子。在那之前他是个流浪儿，生活在土伦。我爱这名水手自由而严酷的人生。但另一方面，海上生活的自由里也有让我难以忍受的部分——我延续了原主人对朗姆酒的嗜好，还有与之匹配的狡猾的头脑和记仇的脾气。我有一肚子到死也忘不掉的积怨，不胜其扰。我是最忠诚的朋友，可一旦站在敌对位置上，哪怕最微不足道的龃龉也能在我阴暗的心里变成一生的血海深仇，分量与事情的源起完全不相称。

我从没放弃寻找跟你直接对话的机会，但徒劳无功。这不容易，因为我只是一名普通水手，而你是长官。除非生病或受伤，船员很少有机会跟随船医生搭上话。我常常怀疑这样的机会究竟会不会到来。我的老朋友布里斯注意到了我的消沉，倒也不费心去猜真正的原因，只是开始抓着这点没完没了地烦我。我不太受得了这样的玩笑，也跟他说过，可他依然故我，还是常在挤满了人的餐桌上拐弯抹角地提起。一天夜里，我们正没滋没味地嚼着蘸了浑浊咸水的小饼，布里斯又用那种善意恶作剧的口吻对我开了口。"是什么掳获了你，鲁贝尔？从跟那个野人姑娘寻欢作乐以后你就变得很奇怪。你是坠入爱河了吗？你是下面染了什么病吗？"我感到一阵暴怒涌起，整个人朝他扑去，只想狠狠一拳砸碎他的下巴，让他从此闭嘴，没法再开这样的玩笑。谢天谢地，我没打中，不然就得再挨一顿鞭子，说不定就熬不过去了。但我失去了我唯一的朋友，在余下的航程里，我再没正眼看过他。

当秋天的浓雾升起时，我们再次看到了陆地，疲倦的船员都高兴起来。我们到了，这就是我们的目的地，亚历山大群岛。我们这趟远航的目的就是从当地土著手里收购毛皮，然后带到澳门去卖给中国人。每次登岸我们都放出消息，说我们希望用枪、铁钉、刀、毯子和烈酒换海狸皮、海豹皮、水獭皮、熊皮、驼鹿皮和狼皮，可每次得到的答复都一样：他们最好的毛皮都在几周前卖给了另一艘船，留给我们的只有一点可怜的次等货色。我们的运气在夏洛特皇后群岛也没有更好。就这样，直到冬天将近，我们也没能做成多少生意，只得起航去中国，希望能在那里把我们采购的东西卖出去。我们离开阿拉斯加时，严冬的阴影已经笼罩了天空，海洋变得狂暴蛮横。

接下来的几个星期，我几乎一个字都没跟你说过，虽然还是会常常想到你。一次灵魂交替就是一场危险的冒险，每次都会有小小的不同。有的交替会比另一些好得多，没有任何两次交替是相同的。你还很年轻，还没完成初级训练，何况当时还有枪击，也许它也以某种方式干扰了交替，让整个过程未尽全功。现在的你虽然看起来一点也不记得前世，却夜夜饱受噩梦折磨。这次交替给你留下了什么？我期望跟你有长一点的交谈，可直到现在我依然只能远远地看着你，等待时机。时间一天天过去，你掩饰起了你的不安，工作也越来越熟。专业技术的记忆埋藏在你的身体里，随着你的需要被唤起。那些知识不是一下子回来的，而是一点一滴，一次回来一个片段。我宽慰自己，也许你其他的记忆，有关前世的记忆也会这样一点点回来的。

航行在一望无际的大海上时，你会有很多空闲时间。在这样的松弛状态下，人的思绪会像旧绳索一样自己绞成一团。所以水手总会想出各种花样来自娱自乐，打牌掷骰子，唱歌跳舞，讲故事说笑话，削浮木打绳结，创造出各种图案来修饰身体。自从经过南太平洋后，文身就成了从船长到海员都迷恋的东西。在灵魂交替前，鲁贝尔的画（无论画在纸上还是皮肤上）就被公认是船上最好的，所以有海员过来请我在他背上画一只海猴子或在肩膀上做个小设计留下情人的名字之类的也就毫不奇怪了。可偶尔也会有人没什么特别的想法，纯粹只是想感受针尖刺破皮肤的疼痛所带来的满足感。只要任我自由发挥，我就总会在他们的皮肤上留下一只眼睛，和我族人皮肤上一样的眼睛。画了好几次后，船员们就把这些图腾看作了我们这次环球大航行的纪念章，这还是法国船第二次进行这样的远征。就连有些高级船员也会来找我，要我在他们身上文一个这样的图案。这是水手骨子里的迷信，他们相信这种图腾能带来好运。

一个平静的星期天下午，我们在一场格外狂暴的风暴中挣扎了足足两天后终于靠近了福尔摩沙海岸。你来的时候，我正在舱房里，就着舷窗透进来的光在莫苏里的背上文一头鲸。你停下来观察我的水平，仿佛我在做的是一场外科手术。你问了我一些问题。你看着我拿针头蘸了墨水，再深深刺进莫苏里的皮肤里。你解释针头是如何穿透各层表皮组织深入皮下，才让墨水能长久地停留在人体上。莫苏里撑着一名老水手的骄傲，藏起了他的不安。图案一完成他就走了，疼得龇牙咧嘴，却还是笑着要去向他的同伴展示自己的新装饰。你问我能不能帮你在肩膀后面文一个我那种文身。文一只眼睛？不，圣母玛利亚，你说。你说在风暴中你曾向她祈祷，许诺说如果船能平安脱困就把她的像文在自己身上。

那时莫苏里已经走了，你脱掉衬衣，斜着坐在我面前的椅子上，一侧肩膀正对着我。我用针蘸了墨汁，开始在你的皮肤上刺下蓝色的小孔。人在接受文身时会需要一点时间来适应针刺的疼痛。一旦适应了，就能学着忽略这种感觉，甚至开始享受它。"医生，跟我说说吧。"我感觉你渐渐适应了疼痛，于是开了口，"这阵子你好像一直都睡得不好，我听到过你受苦的声音——所有人都听到了。是噩梦把你折磨得这么惨吗？"

"我承认，"你回答，"我知道打扰大家了，对我来说这也是件讨厌事。那些梦本身奇怪又混乱，很多时候我都记不起内容，就算偶尔记得也只是一闪而过的片段。那些事看起来像是全都发生在那座岛上，就是那个男孩挨了一枪的那个。"

"寇阿胡。"我说，"那个男孩的名字是寇阿胡。"

"寇阿胡。"你跟着念，"我没法忘掉寇阿胡。"

"说不定，"我一边用针头蘸墨水，尽可能轻柔地刺进你肩头的皮肤里，一边说，"说不定其中有什么缘故。"

"要说缘故，显然没别的，就是负罪感。可那是场意外。既然是场意外，我又有什么罪呢？"

"也许不只是负罪感。"我一边说一边继续手上的工作：针头蘸墨水，刺破皮肤，留下深蓝的颜色。"如果你从事情发生的那一刻开始回想，也许能想起点什么，帮助你了解究竟是怎么回事。也许困扰你的压根就不是负罪感，而是其他东西——某种不寻常的东西，某种从根本上就不可思议的东西。"

你目视前方，望进黑黝黝的舱房深处。"我是个外科医生。我见过许多尸体。许多人在我面前死去，有的甚至就死在我怀里。可有关那男孩的记忆却总是挥之不去。"

"也许那不只是一段挥之不去的记忆，医生。你有没有想过一种可能性……"我开口又停下，等待合适的词语出现。

"什么可能性？"

"可能那个男孩，那个男孩……"我不知道该怎么说，只得又在你身上扎下一针，但我太紧张，这一针扎深了。你瑟缩了一下。我拿开针头，血冒了出来。

"我以为你对自己做的事有数！"你咬牙切齿。

"抱歉，请原谅。"我说着，擦掉你皮肤上那深红的血珠。

"我应该去给伤口止血。"

"等等，求你，就快完成了，不会再这样了。"

"少说几句说不定你就能干得好一点了！这些无聊的闲扯！这些没用的猜测！"

我沉默着，重新拿针蘸墨，刺破你的皮肤。最好的时机过去了，可目标已经近在眼前，我没法就这么停下。"我想说的是，"我尽可能平静地接上刚才的话题，"也许你每晚受折磨的原因是……你已经不是自己以为的那个人了。或者这么说吧，你不只是自己以为的那样。也许在那座岛上，你窥探到了那些土著的什么习俗。也许你的好奇心让你经历了某种、某种完全超乎想象的交换，灵魂的交换——你明白我的意思吗？也许寇阿胡在你的身体里，也许他就是你。"图案完成了。我把海水浇在上面，清洗残墨，镇静发红的皮肤。我没有按照你的要求文圣母玛利亚。我文了一只眼睛，我这辈子文过的最好的眼睛。我知道你会震怒，知道这样做的后果，但我希望无论你什么时候看到自己的身体，都有这只眼睛在那里。这样只要你还活在这具身体里，这只眼睛就会在，就会透过镜子映入你的眼睛，让你想起我们的谈话。我递给你一面镜子，自己也拿了一面，这样你就能通过反射看到它。

"你干了什么？"你惊呆了，"我要的圣母玛利亚在哪儿？为什么你给我文了这么个可怕的异教符号？"

"这是为了提醒你，你究竟是谁。"我说，我决定把所知道的统统强行灌输给你，"那个男孩就是你，你就是那个男孩。我看着你们灵魂交替，我亲眼看到了整个过程，而且我也交替了，因为我不能让你一个人这么交替。"你一个字也没说，但我感觉得到你的僵硬。你一动不动。"我是阿茹拉，是那个爱你的女孩，我是跟着你来的。我的灵魂也交替了，我在这里，和你在一起。"你站起来，拿过衬衣，披在肩膀上，背对着我。我知道时机过去了，可我不能停。在把你应当知道的事统统告诉你之前，我不能停。"灵魂交替的过程中发生了一些事，出了问题，你不记得了，或者说，也许你只有在梦里才能记得。但这就是你，你是寇阿胡，永远不要忘记这点。你进行了一次灵魂交替，必须再交替一次。'法则'说了：'若无回归，便无交替。'我是阿茹拉，我永远不会背叛你。"你还是什么都没说，只是扣着衬衣扣子，"我们必须趁还不太迟回到岛上去。"

衣服一扣好，你就转过身来看着我，声音颤抖着宣布："你将为此受到惩罚，鲁贝尔，记住我的话。你是个疯子，是个蠢货，你羞辱的正是救了你性命的人。"说完你就头也不回地走进黑暗中，离开了。

那天晚些时候，水手长伊卡来找我。"你跟翁布列特说了什么？"他问。

"没什么大不了的。"

"不管是什么，总之他向船长投诉了，你被禁止跟他说话，要是说了你就会遭到鞭打，到那个时候，翁布列特是不会为你治伤的。"

我们到了澳门，运气比之前还糟：就在我们抵达的几个星期前，中国朝廷刚刚为俄国人签发了皮草专卖权。整整一个月，除了修补轮船外，我们一无所获，只得带着积压满舱的次等皮草和甲板上越发躁动的情绪继续出发，绕过非洲东海岸，朝着法属殖民地法兰西岛驶去。我们在毛里求斯的路易港停了十一周，躲避最严重的夏季风暴，船员们在码头附近的小酒馆和妓院里寻欢作乐，打发时间，我却始终忧心忡忡，因为在我看来这岛上的一切——贫穷、疾病、奴役都是我们自己命运的不祥预兆。那段时间里，我几乎没再见过你。你和长官们在一起，是殖民地官员和种植园主的客人，在他们的山庄里参加舞会和午餐会。

我们在台风季结束时再次起航。直到法兰西岛变成了天边一道蓝墨水般的模糊影子时，我才发现你不见了。我到甲板下的医疗室找你，却只看到了雷尼耶。

"翁布列特？"他说，"他决定留在法兰西岛，他们非常缺外科医生。有什么我能帮忙的吗？"

我转身离开，把酸楚深深埋进心底。我爬下底舱，坐在老鼠和污水中间，至少在这里我能独自待着，放任自己的心默默哀伤。一直坐到水手长吹响换岗的哨子，我才努力打起精神，攀着绳索爬上鸦巢瞭望台。我不知道自己怎么能爬上这些绳索却没掉下去——我倒巴不得自己掉下去，巴不得摔断自己的脖子，巴不得淹死被鲸鱼吞掉。但我的身体不肯听从我的心意。我爬上绳梯，站在平台上，眺望大海和天空。

已经是黄昏了。船朝着东南偏南的方向行进，前方是渐渐沉入大海的热带太阳。就算学着这颗金黄圆球从我脚下这架在后桅杆顶上的高台上跳下，消失在水中，任自己沉入我一个人的永夜，终究还是无济于事。很可能要等到船开出很远很远之后，才会有人发现我不见了。此刻在我身后，在无尽的海洋与无尽的天空之间，依然能看到那不过针尖水滴一般大小的影子，那是法兰西岛，我们上午刚离开的地方。虽然我的双眼还能看见，可它仿佛已到了世界的另一头，遥不可及。我望着它，直到眼里只余下虚幻的残影。可我还是望着，直到终于明白一切都是徒劳：它远去了，你也远去了。

船一直开。暮色阑珊，昏星明亮、坚定又真实。我又一次疑惑，是不是该让自己跌落？是不是该就此屈服于忘却的渴望？大海像在诱惑我，承诺会给予我永恒的安宁。可我没有听从它的召唤。相反，我发了个誓。我说不清是对谁发的誓，是对我还是你，是对头顶上的神明还是那绯红夜空中安享甜美孤单的明亮昏星。向谁发誓，发什么誓，我都说不清楚，总之我许下了一个誓言。我没有跌落。

几个星期后，我们终于回到了马赛。船一靠岸我就立刻开始寻找返程的航船，只要能经过法兰西岛就行。我离开奥依提已经一年多了，顶着令人窒息的 8 月酷暑，我挨个儿钻进马赛旧港的船坞，敲开船坞机构办公室的门，寻找一艘往南太平洋去的船。当我告诉他们我想去的地方时，有人哈哈大笑着嘲笑我的愚蠢，也有人向我投来轻蔑或同情的目光。我这才知道，没有船会去那种地方。在"索尼德号"的远航之前，这个港口还没有船去过那些地方，可我们这一趟偏偏还把投资者的钱都亏了。更重要的是，眼下整个法国都陷入了革命，共和主义的种子遍撒欧洲，这片大陆上的君王们都在忙着发动战争。曾经占据了整整一代人想象力的航海大探险，对于眼下这个羽翼未丰的共和国来说实在没什么吸引力。我被告知，要是想去那么远的大洋那头，我该找一艘贩卖皮草、檀木或抹香鲸油的商船，因为这些船会走遍全世界寻找商机，说不定有机会去南太平洋那么远的地方。

无论如何，在回岛之前，我必须先把你找回来。我想好了一个计划，可以让我回到法兰西岛，我会在那里找到你，说服你跟我走，我们一起找一艘去印度地区的船，然后换一艘去香料群岛的，再换一艘去福尔摩沙的，就这样一程一程走下去，回到我们家乡的大洋上。我估计找你可能要花上好几个月，至于回岛，也许要好几年。每当想到这里，我就禁不住陷入绝望，只有最坚定的决心才能让我不至于彻底疯掉：我告诉自己，就算要花上十年、十二年，甚至二十年才能回去，又有什么关系呢？唯一要紧的是，我们终究会回到岛上，弥补我们对"法则"的违背与亵渎。

我再次过上了水手的生活。我设法找到一艘去法兰西岛的船，去那里找你。我走遍了路易港的所有酒馆，打听外科医生翁布列特。有人告诉我，就在几个星期前，你上了一艘去科罗曼德尔海岸的船，于是我又设法在一艘去那个印第安殖民地的船上谋了个职位。到了那里，我又听说你跟着一艘船去了马拉巴尔海岸。

就这样，我开始了年复一年的追寻。足足十二年，跟随你的消息从一个港口追到另一个港口，来来回回，交替重洋，走遍酒馆和咖啡馆，寻找外科医生翁布列特。我一遍又一遍地问同样的问题，一张张桌子、一个个水手地打听过来。就这样，追寻你成了我的人生主宰，我存在的意义，我的生活本身。无数次我重复着同样的对话，同样无数次我得到同样的回应："他是什么人？"对这个问题我没有特别的答案。外形上你是个身高体重都平常的男人，和大多数国人一样，有着蓝色的眼睛和黑色的头发，没有明显的缺陷或残疾。你眼睛耳朵俱全，鼻子和嘴巴不大不小，皮肤上没有瘢痕麻点，手指脚趾加起来刚好二十个。我又不能说"他肩膀后面有个眼睛图案的文身"，毕竟除了医生的助手，普通海员很少有机会看到上层人物不穿衣服。但我知道，还有一件事，只要和你同船过的人就不可能不知道。所以我会回答："他没什么特别的，和一般人一样。但他每天晚上都睡不好，谁都能听到他半夜里做噩梦的尖叫，就像复仇女神三姐妹一样吓人。"就这样，每到一个港口，我就能很快找到一个知情者，要么是最近才和这样一个人一起航行过，要么是曾经听说过有这么个人。他会带着些许同情或怨恨，说那个可怜的饱受折磨的灵魂刚在上一个港口被解除了职务，水手们通常都很迷信，这种事会让半数人认为这是落到他们身上的巨大诅咒。

　　水手不但迷信，也个个都是天生的说书人。在口耳相传的过程中，每个人都会依照自己的喜好往故事里添油加醋。于是很快我就发现，有关你的故事开始变得夸张、扭曲。这种情况最初是出现在非洲的戈雷岛。我走进一家朗姆酒馆打听你的消息，一个年轻小伙子声称他头一年和你同船过，说你去了阿根廷。可另一个水手，一名老水手，却说几个星期前还跟你在同一条船上，只是那完全是另一条船，说你正在去新南威尔士的路上。这些自相矛盾的消息越来越多，终于我意识到你已经成了一个传说，就像他们在喝酒打牌的闲暇时间里常常聊的那些东西，这些水手已经把你的故事加进了他们脑海中的随身小书库——你的传说成了一个有关诅咒的故事，行医者遭到诅咒，只能一直经受精神折磨，无药可救。那位外科医生的病如此严重，再也没有船肯收留他。传说越离谱，你也就越遥远。最后，我感觉自己在追寻的不是一个人，而是一个幽灵的影子，无处不在，却无处可寻。"被诅咒的外科医生"的传说愈演愈烈，随着时间的流逝愈发鲜活，愈发丰富。到蒙得维的亚时，我听到的故事已经变成：一名拥有神奇治愈能力的侏儒医生具备恶魔的力量，这力量太大，将他所在的船带进了一个巨大的复仇漩涡，船上所有人都死了——除了医生自己和讲述这个故事的人。短短几个月后，在桑给巴尔，另一名水手（这次是个摩尔人）说起了一个身高七英尺、满头马鬃毛一般红发的医生，他的恐怖之处在于，他给一艘开往锡兰的船下了诅咒，让它困在海上寸步难行好几个星期，等到另一艘船经过时，船上所有人都早已饥渴而死——所有人，除了医生自己和讲述这个故事的人。

就这样，在新世纪开启好几年后，我终于明白追寻一个人是一回事，追寻一个传说又是另一回事。而那个时候，法国早已不再是一个王国，甚至不是共和国，而是一个巨大的帝国，幅员辽阔，从欧洲大陆的这一头一直覆盖到另一头。于是我决定放弃对你的追寻，专注另一项目标。在接下来的那些年里，我登上过好几条船，往返于最遥远的海岸，怀抱着万一的期望，也许这些贩卖皮草、檀木或鲸油的船有那么一天会碰巧靠近我们的岛，也许我可以说服船长在那里停船靠岸。年复一年，我环绕地球少说也有十二圈了，可只有两次偶然靠近我们的岛，我猜距离绝不会超出几百里格远。第一次是在从利马到马尼拉港的途中，大概是 1805 年左右，可我们的船不久前刚在复活节岛补充过淡水，于是我们笔直往前，一刻也没有停留。第二次是 1811 年，在一条楠塔基特岛的捕鲸船上。当时瞭望哨大喊说在西北偏北的方向看到了陆地，我盯着站在尾楼甲板上的船长，看他有什么反应。又一次，什么也没有：船不会偏离它正北的航线，它要去寻找下一头鲸鱼。那一刻，再看一眼家乡的极度渴望突然变得无法遏制，我冲向左舷，想看一眼陆地，可在甲板上什么也看不到。我开始爬绳，希望能从瞭望台上看到它。水手长命令我回到甲板上，可我假装没听到。登上瞭望台，我给那位惊呆了的瞭望哨的解释是：我太渴望陆地了，想亲眼看看坚实的土地。这种突如其来的疯狂是每个水手都能理解的。他告诉我，刚才他以为是陆地的地方其实只是地平线上一团风暴云的黑色边缘。我绝望地回到甲板上，等待我的只有水手长，他宣布第二天中午换岗时将对我处以十二下鞭笞的惩罚。

两次我都感觉到了它就在不远处——我认得出那片海的模样，认得那里的风的感觉、天空的颜色、空气的味道、夜空的景象。可区区一名海员是左右不了船行航向的，就像一只跳蚤影响不了狗的行动。决定船往哪儿走的权力只掌握在船长一个人手里。我永远都不可能得到那种权力，因为我只是一名普通海员，我的未来和任何一名普通海员的一样。我在这个男性世界里的地位决定了我的命运。

许多年过去了。我走遍了这世上的每一片大洋、每一片海域。我渐渐老了，没法再在甲板上工作，只得转去厨房。到最后，我老到连这份工作也无法胜任了。1814 年春天，当法兰西帝国轰然坍塌，当它的皇帝第一次遭到流放，我发现自己被扔在了大西洋另一边的岛上，就像搁浅的鲸鱼。那是马萨诸塞，楠塔基特岛。青春的消逝总是悄无声息，叫我们无从察觉。在乘着捕鲸船"启明号"抵达这座大名鼎鼎的港口之前，我丝毫没有意识到那就是我的最后一次环球航行。整个夏天，我在楠塔基特岛上寻找登上捕鲸船的机会，每一次都会有某个拉长了脸的贵格派教徒回答说他船上的编制已经满了。

我在别的船上找到了些工作，它们的航线比较短，往来于大西洋和加勒比海的港口之间。我陷入了哀伤。我比其他水手更卖力。不干活的时候我就喝酒。"若无回归，便无交替。"这句话日夜在我耳边缭绕。可我已经太老了，没法登上远洋船了，我该怎么办？我要怎样才能在死前回到我的岛上，而不必再进行一次——第二次的灵魂交替？我被困住了。要清偿第一次的罪，我就必须犯下第二次的罪。也许这一场灵魂交替注定无法回归，我最好接受这一点，毕竟我们的背叛并没有让这个世界毁灭。我开始对"法则"产生怀疑，也许它一直都是错的。也许它压根儿就是族人编出来的，并不是神明传达的旨意，为的只是规范灵魂的来去，维护身份秩序，防止胡乱交替带来的混乱。我渐渐沉浸在这样的想法中：不回归本体的灵魂交替没有问题，不会带来恶果。只是这种想法带来的痛苦并不比之前少。如果这是真的，这就意味着我为了寻找你，为了带你回去所做出的一切努力都毫无意义。说来说去，我倒不如跳进海里把自己淹死。

如此几番反复，我对"法则"的信念渐渐减弱，再次实施灵魂交替的诱惑挥之不去。只要一个祈求的眼神，也许来自某处妓院里某个可怜的女孩，也许来自巴尔的摩往返新奥尔良之间的奴隶船底舱里某个镣铐加身的男孩，就能让我感到灵魂开始悸动。如果要用年老换青春，换取这样一个女孩或绝望俘虏的身体一点也不难，但这没有用，因为那并不会让我更接近我的目标。只有找到一个船长实施交替才有帮助。我依然渴望回家乡，但要做到这点，我首先要成为一个有权决定轮船航向的人。这事说来容易做来难，你能有多少机会和这样一个人对视呢？能成为船长的必然是冷酷强硬的人，哪怕跟他的妻子也不会长久对视，更别说手下了。要一眨不眨地盯着另一个人的眼睛看上好几分钟，要么是出于最深的爱，要么是因为刻骨的恨。赢得船长的爱是每个水手的天职，而不付出爱是每个船长的利益所指。我从未跟哪个船长有过超过一眨眼时间的眼神交流，毕竟这样做毫无益处，只会给我带来麻烦。

年纪大了，找工作愈发困难。有时我会突然意识到自己在某个港口——楠塔基特、巴尔的摩、加拉加斯、哈瓦那、太子港已经停留了好几个星期甚至好几个月。每当这时，我就会泡在酒馆、咖啡馆、赌坊或妓院里，一待就是几个小时，故意在面前放一副扑克牌，等待哪位船长在我面前坐下，拿起牌，无声地玩上一轮惠斯特——就像球蛛在夜晚展开它的网，耐心地趴在网的正中心，等待自投罗网的昆虫，天一亮就将网拆掉。但蜘蛛一次也没能逮住它要的苍蝇。

我这一段生命最后的日子是在路易斯安那州的新奥尔良港度过的。那时我几乎已经放弃了再次灵魂交替的希望，手头刚好也攒够了一笔钱可以买一艘小船，做些小差使，赚几个零钱打发日子。我沿着内河上下，从城镇到种植园，或者从种植园到城镇，从船到岸，从岸到船，要不就是摆渡过河，把人或货从河岸这边送到那边。入夜之后，我就去喝酒、打牌，照例铺开我的午夜猎网，只是并不太在意，我把更多兴趣放在了酒、女人和赌博上。

1825 年 7 月的一个星期一下午，我正在一家旅馆的里屋和另外两个船老板玩寡妇惠斯特牌赌点小钱。那时已经临近傍晚，夏日的暴雨将外面的街道冲刷得空空荡荡，隆隆的雷声像是要把天空炸开一样。这是一场热带的大雷雨，沉重的雨点敲在铁皮屋顶上噼啪作响，像剧场里观众的掌声一样。聊天是做不到了，满屋都在漏雨，闪亮的水滴穿过我们头顶上生锈的铁皮落下，滴滴答答地落在锯木地板上。

嘈杂的雨声中门开了，有人走了进来。他穿着不合时宜的羊毛外套，浑身上下都湿透了，看着就像刚在河里泡过一样。我不认识他，看样子我的两个同伴也不认识。他在门口站了一会儿，让眼睛适应室内的黑暗，细细的水流顺着他的袖子和外套下摆流下。他两手各拎着一个皮包，看起来很重，一副跟着主人走南闯北过的样子，说明这个人收入一般，因为但凡稍微有点钱的人都会雇脚夫帮忙搬东西，行李也会更多些。

这陌生人就那么站在门口，毫不在意投向他的目光，只自顾自望向空荡荡的黑暗，好像在里面看到了幽灵的影子。他的举动不像个罪人，倒像个长期饱受罪恶损害的人。他身材瘦削，上唇上留着一抹一字小胡子，下巴上则是一撮山羊胡。他亚麻色的头发从宽檐帽下露出来，一直垂到领口。虽然满身泥污还湿透了，但很明显他的外套是上好的，裁剪合身，做工精细，只有在新奥尔良港上游那些种植园家的少爷或最近刚在这座城市里扎下根来的年轻美国有钱人身上才能见到。

惠斯特牌当然最好是四个人玩，看到有人能来补我们的三缺一我很高兴。我用英语打招呼，邀请他过来一起玩，可他还是那样站着，一动不动，望着暗处，注视着他那个强大、隐秘的魔鬼。我继续尝试，用西班牙语重复了一遍同样的话，第三遍换了法语。这一次他终于瑟缩了一下，像是被某个催眠唤起的片段吓了一跳。他开口了，问我们玩的是什么牌。他说的是最纯正的法语，在这一带很难听得到的那种。我告诉他我们玩的是寡妇惠斯特，如果他愿意加入，我们更乐意玩波士顿式的。

他没再多说，坐下就和我们玩了起来。他玩波士顿惠斯特的水平不怎么样，运气也不好，而且连一点想赢的样子也没有。他纯属死记硬背地玩，不像个玩家，倒像机器，根本就没在牌上花多少心思。他常常得被催着才记得出牌，一看就是心不在焉。几轮过后，我的同伴们要走了，他要求他们把他的钱还回来——总共也没打多久，他就输了少说一美元。我两个朋友的回答是哈哈大笑，认为他的要求只是开个玩笑。他们的反应让他越发消沉。

等到只剩下我们两个时，我决定满足自己对这个年轻人的好奇心，问他是不是看到幽灵了，因为他看起来就是那副样子。他向我担保说他没见过这种东西。让他开口没花多少工夫。一开始他还有些紧张，但等到一瓶朗姆酒下肚，他便渐渐有了信心，说起了他的事情，从早年的到最近的，一股脑儿地倒出来。下面就是他的故事。

新来的这个人叫让-弗朗索瓦·费耶。他告诉我，就在这天下午，他才穿戴整齐地走进了密西西比河浑浊的河水里，一心想着再也不要活着回到岸上了。可水刚没顶他就改了主意，经过一番艰难的挣扎，他终于成功摆脱水流的拉扯，拖着吃透了水的羊毛外套（他本就是为了防备这种情况才特意选的这件衣服）爬出了水面。他愁眉苦脸地对我说，这就实实在在地证明了他是个懦夫，而且还是双重认证：做了胆小鬼的行为，还不敢完成。这年轻人让我生出了一些兴趣，于是我问起了他的来历。

费耶出生在一个雄心勃勃的波尔多农场主家庭，家境富裕。他是家里的小儿子。我告诉他我来自土伦，这一丁点微不足道的同胞关系似乎多少提起了他的兴致。父亲为他规划的职业是成为一名神职人员，可费耶从小就对他那个教区教堂里的壁画着迷，父亲的反对不过是让他的叛逆之心愈发炽烈罢了。十六岁时，他不顾父母的反对去了巴黎，一心要成为一名画家。多亏一名熟识的贵族亲笔写了封介绍信，他得以跟从大师安－路易·吉罗代·德·鲁西－特里奥松学习。费耶自己也承认，他是个勤奋用功的学生，但算不上多有天分，等到学业结束之后，他又花了好几年时间在巴黎寻求立足之地，可惜徒劳无功，几乎没能靠自己拿下过什么委托。

当有法国肖像画家在美国获得成功的消息传回去时，费耶决定移民。他继承了父亲留下的一小笔遗产，又变卖了所有身家（也没多出多少钱来），买了一张到新奥尔良的船票，决心在新大陆从头来过。然而移民并没能改变他的命运——说不定还更糟了。他抱怨说他很痛苦，因为他天性太羞怯，这让他没法交朋友、拓展人脉，因此也就无法开展业务。更糟糕的是，在横渡大西洋的途中，他打牌输掉了不少遗产，就像今天这样。一上岸，他又发现一个叫让·约瑟夫·沃德尚的同胞刚好比他早一个月抵达，已经在这座城市的法国人聚居区里开起了一间画室。更重要的是，这位沃德尚和他不一样，前者亲切和气，而且资本雄厚，他在《奥尔良公报》上刊登广告，吹嘘自己是知名的欧洲皇室画家；他把画室装修成巴黎风格，有长沙发椅，朱红色的丝纹墙纸，复古家具，天鹅绒垂幔窗帘，墙上的金边相框里是一名女子的画像，年轻、丰腴，其实是他的姐姐，不过这位精明的沃德尚先生误导潜在客户以为那是一名令他饱受单相思之苦的贵族女子。

费耶到这里已经好几个星期了，几乎花光了父亲留下的所有财产，眼下正濒临破产。一切都完了，他说，包括他的名声，因为就算他有钱买票回法国，也无法掩盖这又是一场失败的事实。

在身为鲁贝尔的一生中，我见到过许多不幸的人，个个厄运缠身，命运悲惨至极，可没一个像他这样毫无风度地展现他们的不堪重负。我试探着说，也许并不是一切都完了，只要他愿意，也许就能在漫天乌云中看到地平线上的一线曙光。"不，"他断然否定，"完全相反，一切，一切都完了。"他将头埋在双手里，哭泣着说他该去死，他被诅咒了，他该死，他一天都不想再活下去了。

听着这位画家的悲惨故事，我感到心中涌起了一种最出乎意料的复杂感受，对此我只能形容为掺杂着轻蔑的嫉妒。我想换作是我，坐拥他这样的条件，能做出多么了不起的事情啊！拥有一具年轻帅气的身体，受过良好的教育，天生就有良好的社会地位。我脑子里立刻自然而然地冒出一个念头，虽说我努力驱逐，它却依旧迅速占据了我的全副心神，好像每一点尝试遏制的努力都不过是在进一步推动它迈向胜利。想想看吧，眼下就是这样一个场面：除了旅馆老板，屋里只有我们两个，坐在同一张桌子边，周围空荡荡，老板远在另一头，无聊地擦着玻璃杯。雷雨停了，灿烂的阳光透过旅馆唯一的小窗户照进来。

他不是船长，甚至不是水手。事实上他跟我说，在横渡大西洋的航程中，他从头晕船晕到尾，可我就是突然很想抓住他恨不得赶紧扔掉的那样东西。既然他不在意自己的生命，我想就该让我来代替他好好照料它。

有时候完美的计划会自己找上门来，就像上天赐予的礼物，眼下就是这样的时候。我告诉费耶，想改变命运其实很简单，只要他拿出全部功底画一幅肖像画就行。完成之后，他可以拿它当广告展示出来，吸引更多客人。这幅画像的主角应当拥有非同寻常的容貌，它精湛的画工应当能够吸引每一个路人的目光。我提议自己来当模特，因为我就要走到生命的尽头，希望自己的模样能够被记录下来。下一步嘛，他可以把它挂在自己的画室里，直到接到第一笔生意。一开始他拒绝了我，事实上他固执得叫人讨厌，我不得不反复要求了好几次，费尽口舌哄他接受——这一切都只是进一步证明了他的愚蠢，因为我的提议显然明智又慷慨。最后他终于同意了，虽说看神色还不无犹疑。我把先前在牌局上赢来的钱都给了他，大概三四美元吧，然后作为个人诚意的表达，又额外给了他二十美元，这样他就可以去买达成这笔交易所需的画具和原料。我们甚至约定了日期和时间，就在第二天下午两点。我把剩下的朗姆酒统统倒出来，刚好两杯，庆祝我们达成合作。

接下来就是发挥灵感的时刻了。他举起酒杯往嘴边送，透露出嗜酒的热切。我伸手按住他的胳膊，稍稍阻拦了一下。"眼睛是最重要的。"我倾身凑近他，说，"画好了，你就能表现出一个人的灵魂与神韵；画得不好，就完全不是那个人了。"

他点头表示认同。"无论在什么样的面孔上，眼睛都是最重要的特征，也是最难画的。"他说。我的手依然按着他的胳膊，我感觉到它努力想抬起来，只是被我压住了。我问他画肖像时对于眼睛的颜色有没有特别的偏好。比如说，他会不会特别擅长画蓝眼睛或者深色的眼睛？他想了想说，照他的经验，深色眼睛通常比蓝眼睛或绿眼睛好画一些，因为它们没有那么多层次变化，色彩比较好描绘。啊，我说，那我应该确保明天我的眼睛是褐色的。费耶迷惑地看了我一眼，问我刚刚说什么。

"这样的话，我应该确保明天我的眼睛是褐色的，"我说，"好方便你画它们。"

"可你的眼睛是蓝色的。"他回答。

"它们今天是蓝色的，但明天就会是褐色的了。"

"眼睛怎么可能一天之后就换个颜色呢？这是什么魔法？"

"没有魔法。"我说，"只要一点时间，我就可以让自己眼睛的颜色从蓝色变成褐色。"

这可怜人显然是震惊了。"你是在拿我逗乐吗？"

"绝对不是。这只是我生来就有的一点小小的能力，就像有些柔术演员天生就能反弓着把身体对折，或是有人能说好几种语言一样。"

"那要怎么做到？"

"我只要集中精力冥想三四分钟，颜色就会变了。"

"你这么做时要闭上眼睛吗？"

"恰恰相反，必须睁大眼睛才行。"

"你能为我演示一下吗？"

"当然。"我回答，"我不能说微不足道，但的确没什么了不得的。它所需要的只不过是最大限度地集中注意力。你一定要盯紧我的眼睛，一秒也不要移开。我们可以开始了吗？"他激动地点点头。"很好，"我说，"留神看好了。"

P071

Jean-François Feuille
让-弗朗索瓦·费耶

出生 1797年

第一次灵魂交替 1825年

第二次灵魂交替 1838年

死亡时间 不明

　　除了脾气坏一点，鲁贝尔身上有很多坚毅果决的东西：他顽强的天性，他强壮的身体，他那老水手的行事之道，他对工作和目标的不屈不挠。这些都是费耶所没有的。费耶是个意志薄弱却胃口很大的家伙，他贪图口腹之欲，挥霍无度，放荡酒色。如果说他不像鲁贝尔那样心怀怨恨，那也只是因为他挥霍放浪。灵魂交替前我就已经在他身上察觉到了这种放纵，不料交替后我也不能自拔地陷入了这个泥潭。现在我年轻，有好看的外表，受过教育，有天赋，甚至还有那么点社会地位，可除此以外，如今这个我方方面面都比不上之前我曾经是的那个人。在鲁贝尔能够迅速振作的时候，费耶会轻易地灰心丧气；

鲁贝尔生气勃勃时，费耶闷闷不乐；鲁贝尔交友时，费耶树敌；鲁贝尔机智多谋时，费耶笨拙无能，行事举措毫无章法。从此我陷入了没完没了的自我交战，就好像交替过来的那部分我和这具身体里本来就有的那部分我在无休止地争斗撕扯。我发现自己成了冲动的囚徒，而这些冲动基本上是我无法凭借自己的力量克制的。

借助灵魂交替，一个人进入另一具躯体，继承它原有的能力与弱点，它的品味与喜好，同时也继承它的头脑。当我交替成费耶，我便带来了自己在前两世积攒下的所有记忆，也接下了一大堆新的记忆，这个全新的"我"的记忆，这具身体一切的喜乐和悲忧，这个人的优点和缺陷。鲁贝尔从没像我的新身体的主人那样恐惧痛苦！也从没像他那样贪图享乐！

这次灵魂交替虽然顺利完成了，却终究只是一时冲动的产物。刚交替过来，我的一部分就开始后悔了。如今在我面前的是鲁贝尔，脸上露出了我曾在阿茹拉脸上见过的表情，那是灵魂遭伏击后的慌乱迷惑——这个灵魂知道发生了些事情，但不清楚那究竟是什么。因为灵魂交替一旦启动，就能给人带来一种极度奇特又愉悦的感受，很少有人能抗拒。毕竟抗拒很简单：要阻止灵魂交替，唯一要做的不过是转开视线。可几乎没人能在交替开始后扛住它那诱人的愉悦。看着片刻前还是我自己的那个人是件叫人悲伤的事。我在那具身体里度过了三十多年的时光，如今他却坐在我面前，带着那样一种震惊的表情。我拿走了他所有的钱——他还深陷在混乱麻木里没回过神来，只含含糊糊地嘟哝了一两个表示反对的音节。然后我祝他好运，转身离开。我很清楚，他还有更多身家，都藏在他住的那艘小艇上。我径直去河边，找到他的船，拿走了剩下的钱。

刚刚离开新奥尔良的那家旅馆，我就意识到哪里出错了。我犯了错，也许甚至是犯了罪。从此以后，无论怎么努力，我都不可能摆脱这份罪恶的阴影了。我的第一次灵魂交替是出于我对你的爱，而这第二次的动机却模糊得多。没花多少时间，我所犯错误的严重性就昭然若揭了。在我还是鲁贝尔的时候，虽然希望渺茫，但终究还是有可能弥补我对"法则"的破坏。现在我是费耶了，这种可能性已不复存在。从现在开始，再也不可能反向交替回去了。我彻底放弃了维护"法则"的机会，现在它遭到了彻底的亵渎，不可挽回，而我就是那个亵渎它的人。可是，我这样说服自己，每样东西都只能被破坏一次。一旦有过一次，就可以再二再三，结果没什么不同。

我也把你忘了，寇阿胡。或者更确切地说，是我竭尽全力把你从我的脑海中抹去了。我把我的罪过归结为对自我利益的追求。我告诉自己，所谓"法则"只是未开化人类的迷信，灵魂交替既不会也无法让世界灭亡。"法则"只是人们编造的，是想掌握力量、掌控他人的人发明出来的。"法则"唯一的用处就是限制自由。我抛弃了自己对它的信仰，沉浸于一切能够得到的自由中，可这样一来，事情就变得可怕起来。可怕之处是显而易见的：一个迷人的诱导者，可他所追求的只是对自身最低级欲望的满足。

我开始在美国南部各个城市间游走，吹嘘自己是法国最好的肖像画家，能够借助涂抹在帆布上的油彩给人们带来获得永生的机会。我的笔下有种植园主、商人、官员，偶尔也有达官显贵、他们的家人、他们的房舍、动物，甚至只要他们愿意，还可以有他们的奴隶。无论走到哪里，都有富有的男人傻乎乎地掏出大笔钱财来让我和他们还有他们的妻子女儿在某个房间里一连坐上好几个小时，甚至好几天。到了晚上，我就把这些钱花在女人、纸牌、酒和烤肉上。

依照惯例，肖像画家到客户家里时会带上已经大体完成的半成品，只留出人脸的部分。如果对象是女性，画面就是一个位于正中心的女子，只在她的脸部留出足够的空白。如果只收取标准费用，背景通常就是一幅世外桃源式的风景画。如果客人愿意额外付费，就可以指定一些画面内容和细节。他，也许是她，可能会要求古典风格或田园风情的背景，或要求在主人腿上画上一只小狗，或展现某个特定元素：一双优雅的手，一件珠宝，一件衣服。这些都是可以商量的，对画家来说，每一项要求都意味着一笔额外的收入。

我就是这样遇到了我后来的妻子奥丹西·米修，德西亚·米修的独生女儿。德西亚是名鳏夫，也是路易斯安那州大名鼎鼎的德西亚种植园的主人。一天，他溜溜达达地踱进我在拉斐特租下的画室，说："我想为我的女儿留下永生的纪念。"他解释说，她不方便出门，因此需要我亲自去一趟德西亚种植园，那地方大概在新奥尔良上游九十英里开外的圣詹姆斯教区。他跟我保证，等到了那里，我要什么有什么，还能拿到双倍报酬。

两天后，我和德西亚一起登上蒸汽船，从新奥尔良出发了。很快我就体会到了身为费耶的痛苦，我终究还是没能逃开陆地居民特有的这种痛苦：晕船。这具身体竟然能横渡大西洋，真是奇迹。为了帮我分散注意力，让我稍微好过一点，德西亚说起了他自己的故事——那也是他最爱说的话题。他出生在一个甘蔗种植园家庭，排行第三，娶了一个表妹，可她在生孩子时死了。他是个老酒鬼，喝了酒就自吹自擂，处处叫人讨厌，只除了一点：他爱他唯一的女儿胜过爱这世间的一切。

当我终于见到奥丹西时，她正坐在主宅门廊上。打动我的与其说是她的眉毛，倒不如说是那份天生的真挚善良。她身下那把椅子脚下装着四个轮子，椅背边缘有两个向后伸出的扶手。她小时候得过小儿麻痹症，不能走路。我展开事先准备好的画布，上面是个身穿珍珠母贝光泽丝绸晚礼服的女子，脸部空着，可奥丹西坚持要我把她的轮椅（她是这么叫它的）画进去，背景再换成种植园。我告诉德西亚，这得多花好些天，费用也要增加好几十美元，他说："不着急，孩子，不着急，慢慢画。"说完还拍了拍我的肩膀，跟着又用他蹩脚的阿卡迪亚式法语补了一句："Pronay votrah toe."。他对自己的法语能力很是骄傲，所以每当他说起法语时，我就只是面带微笑点点头，其实根本不明白他说的是什么。无所谓，这种时候一个点头、一个微笑就足够了，他要的也就只是这些。

德西亚种植园在这个教区里不算最大的，但也不小。这套主宅花了德西亚·米修四万八千美金，所以他很爱夸耀自家的房子。这是栋两层半的小楼，外面环绕着一圈回廊，回廊足有二十英尺宽，靠外侧竖着一圈凹槽柱。内部很是堂皇，用的都是老栎木和红木，屋里摆满了贵重的家具和古董肖像画。德西亚告诉我，奥丹西一心要把这房子变成艺术、雕像和图书的珍宝馆。到目前为止，他们已经有了一个图书室，收藏她从欧洲订购的最新出版物；一间音乐室，配了一架纽约制造的三角钢琴；一个酒窖，只存法国葡萄酒；还有一个地牢，惩罚奴隶专用。房子到河堤间的草地上种着木兰树、橙子树和栎树，栎树虬曲的枝干上披挂着西班牙长苔藓。主建筑周围分布着全套附属建筑：一个厨房，几个带厨卫的独立单间，鸽房，牲口栏，一个兰花温室，一个储冰的地窖，里面全是冬天在加拿大凿下的巨大冰块，从河上运下来的。照主人家的说法，德西亚种植园完全自给自足，什么都不缺。

一片柏树林隔开了主宅和奴隶区。奴隶区里整整齐齐地排着四排房子，每排六个小木屋，每个木屋有两间带窗户的房间，各住一户人家。在这个奴隶村的中心，巨大的悬铃木环绕着钟楼，钟楼每天早、中、晚三次敲钟，将一天的时间切割成规律的段落，时间久了，人们就会习惯这种流程化的生活，就像习惯自己的心跳一样。奴隶区过去是糖厂，糖厂过去是甘蔗地，再过去就是无法逾越的路易斯安那河口了。

主宅的画室是奥丹西和我每天早餐后见面的地方。画像时，我会给她讲故事。我跟她说因为大革命，我小时候如何家境贫寒；可事实上，我父亲在那个时代的混乱中获利颇丰。我跟她说百日王朝时我在拿破仑身边当副官，说我如何在滑铁卢亲眼见到普鲁士人攻入巴黎；可事实上借着打通关系装病，我压根儿就没服兵役。她对贵族特别感兴趣，我就给她讲自己如何白天为全欧洲最显赫的贵族画肖像，夜晚却和那片大陆上最臭名昭著的艺术家和密谋者喝酒寻欢；这都是假的，和我一起喝酒寻欢的艺术家和密谋者全都称得上籍籍无名、贫病交加。可奥丹西生性浪漫，多愁善感，对我的故事照单全收。就这样日复一日，夜复一夜，我们在画室里聊，在晚餐桌上聊。

有时候最简单的人也最勇敢。在画像的最后一天，也就是我离开的前夜，奥丹西给了我一封香气四溢的信表达她的心意，叮嘱我在回新奥尔良的路上再看。当然，一回房我就拆开了。那是一首有关花的诗，题目叫《爱的花束》。里面提到了三色堇、栀子花、苹果花、矢车菊和勿忘我。她将欧石楠与冬青作比，用喇叭花和西番莲衬托常春藤和紫罗兰，最后以万年青伯利恒之星结束。我不得不从新奥尔良的图书馆里借了一本书来对照着解读。这姑娘是给我写了一封加密的情书，而我很乐意配合她做出两情相悦的样子。不知怎么，这从小没了母亲的姑娘一点也没受到父亲粗鲁天性的影响，反倒长成了温柔多情的性子。她雅致、单纯，认识我的时候已经是中年的年纪，可内心还像个孩子一样。奥丹西对我的感情热烈又固执，叫她那溺爱女儿的父亲完全说不出反对的话，哪怕他讨厌除了他女儿以外的所有人——特别是搞艺术的。老德西亚是个执着于法国旧王朝做派的固执老头儿，到现在还穿扣带鞋和丝袜。虽说他挺蠢，倒也不好愚弄。在他眼里，我就是一个卑劣到根本不值得探究的秘密，他肯容忍我也全是为了奥丹西。婚礼的前一天晚上，我们坐在一起抽雪茄，喝红葡萄酒，他对我说，他的女儿从小就是个郁郁寡欢的孩子，从来没有幸福快乐的时候。他伸出大手拍一拍我那时还很单薄的肩膀，说："只要我的女儿幸福，德西亚就欢迎你。"

在德西亚种植园，庄园主家大小姐的一切愿望都要无条件满足。她的大部分奇思异想都出自她对美的热爱。奥丹西对艺术的爱远胜过我。她自己也画画，画种植园的风景和周遭景观，所有画都装裱得金碧辉煌，挂满了主屋的每一面墙。她的画是那种早熟孩子的风格：一点点技巧，加上全然的天真烂漫。她也弹钢琴，但因为太怕出错，以至于遇到任何稍有难度的段落，速度就会慢到几乎停滞。她也唱歌，只是主要精力都花在了努力把调唱准上。她还订阅文学期刊，当它们经过邮政系统送到时，多半都已经滞后好几个月，而她会把上面那些名声最糟的法国和英国诗人的作品大段大段地背下来。晚餐后，她喜欢背诵拉马丁或拜伦这些热门诗人的诗句，要是这天她感觉特别有勇气，也可能会念一点自己的诗，她为了它们呕心沥血，投注了无穷无尽的耐心。她喜欢描绘欧洲风景名胜的诗，那是她自己永远无缘亲见的景致。她的背诵风格在呆板木讷与花枝招展之间来回摇摆：时不时地，她会在某个关键字眼上卡住，或是干脆漏掉，然后就会羞红了脸，拿起书来，飞快翻到正确的页面，好立刻纠正错误。她的客人们对主人的招待甘之如饴，却对抒情诗句的魅力毫无兴趣，只是摆出专注的样子，礼貌地放空思绪，等到明确察觉到朗诵结束时，就抬手鼓掌，大肆夸奖红了脸的奥丹西，对她的天赋和那些欧洲最知名的诗人啧啧称奇，赞叹不已，结果就是所有人都同一副腔调，分不清谁是谁。虽然我不爱奥丹西，可要说我讨厌她却也不是。我的态度更多是一种善意的利己主义。最重要的是，我很高兴能从此摆脱流浪画师的生活。

众所周知，青春的花朵终究要凋萎，可美丽在某些面庞上总会停留得更久一些。交替过来不过短短十年，我就不再是年轻时那个风度翩翩的浪漫男主人公了。那些年里，我成日无所事事，完全是个懒汉，只一门心思沉溺在种植园生活所能提供的一切享受中，概括说来就是吃、喝和对仆人作威作福。结果可想而知，我发福了。我的头发开始一撮一撮地掉，我的皮肤被杜松子酒浸染得斑驳不堪，我的牙齿一颗接着一颗地掉，又一一换上金牙；更糟糕的是我得了痛风，几乎没法离开椅子。奥丹西坐在她的藤条轮椅里整日为我操心，一刻不停，我却只想躲开她。两顿饭之间的空闲时间里，我喜欢坐在门廊上，晒着斑斑点点洒落下来的阳光，一口一口喝下大量加了薄荷和柠檬汁的朗姆酒，看着种植园生活的熙来攘往，让自己被带毒的思绪淹没，直到下一顿饭。

时间一年年过去，我的思绪开始越来越多地围绕着一个特定的主题打转——下一次交替。我已经两次亵渎"法则"了，第二次就已经走到了无法回头的地步。我是无可救药了，可世界并没有毁灭，相反它看起来依旧完好，和从前没什么不同。唯一阻止我再次交替的就是还没找到合适的对象。我坐在门廊上不断推敲这个问题，观察，研究，筹谋我的逃脱计划，这监牢中的监牢困住了我。我打定了主意，下次交替一定不能像上次那样冲动了。现在我唯一要做的就是找到一具合适的身体，再找到一个合适的方法，将灵魂送过去。

第一次见到那女孩时，她才不过十二三岁的模样，正跟着母亲穿过院子，她的母亲是帮厨女佣贝特。我坐在我的老位子上，啜着加了冰的薄荷柠檬汁朗姆酒。我留意到她的矜持和她慵懒的优雅。她是多么安然镇静啊，那样从容，叫人禁不住生出一种感觉，好像她活在一个随时可能破灭的肥皂泡里，只是它永远都不会破。这样一来，她身上就总是带着些不可思议的感觉。我之前从没见过她，于是稍微打听了一下。她叫珍妮，好些年前就被出借给隔壁种植园了。她的肤色比地里干活的奴隶浅一些，大家猜测她的父亲是德西亚，也有传言说贝特是最得他欢心的。混血奴隶不下地，只负责屋子里的工作。

那次之后我就开始常常见到她了。虽说她从来没分出哪怕一丝一毫的注意力在我身上，我还是将她列为我幻想的对象。我研究她的一举一动。她看起来既远且近，好像什么都知道，却什么都不在意。

奥丹西很快就察觉了我对珍妮的兴趣，于是对她鄙夷起来。哪怕我如今早已面目可憎，奥丹西对我的爱却始终炽烈，也许是因为她从来没能得到满足吧。她要求她的父亲把这姑娘赶出去，却少见的没能得到德西亚的同意。他甚至为我辩护，称这恰恰证明了我还是个有活力的法国男人，他很高兴看到这一点，毕竟他常常对我的男子气概抱有怀疑。自然我全盘否认，说真的奥丹西完全有理由嫉妒，只是她弄错了我这份欲望的性质。那姑娘拥有散发着古铜色光泽的肌肤，拥有她的自矜和年轻。可看到她我感受到的不是性欲——因为我臃肿的身体已经没有爆发这种激情的能力了，而是认同感。她让我想起了自己，几世之前我曾经是的那个姑娘。

在德西亚种植园，晚餐总是郑重其事，一年有八个月的时间都是在门廊上吃晚餐。米修父女很以他们的法国血统为荣，晚餐向来秉承欧陆习惯，菜是一道吃完再上下一道，而不是一股脑儿全端上桌。他们用利摩日餐具，配装在水晶玻璃杯里的波尔多葡萄酒。德西亚·米修坐在长桌上首，另一头是奥丹西，珍妮和其他仆人在旁边来回穿梭。这个时候的德西亚总是兴致高昂。他很享受有观众的感觉，我们也总是很捧场——奥丹西和我，加上管家杰姆比，时常还会有几个访客，有时是隔壁庄园携家带口过来小住一两天的农场主，有时是从下游远道而来长住上好几天甚至几个星期的客人。

几杯酒下肚，德西亚就会开始发表他的长篇大论，主题不外乎那么几个，只他一个人说，不发起讨论。他自诩业余哲学家，尤其在有关人种的问题上——黑人、黑人的缺陷、将黑人放在受奴役地位的好处等。对于纯血奴隶，德西亚没什么可说的：有含的诅咒在前，纯种黑人不是人类可以救赎的，但他们仍然有机会得到上天的救赎，只是那不取决于人类，而是取决于上帝的慈悲。可混血黑人呢？仍然受制于同样的诅咒吗？他承认的确，路易斯安那州有许多混血儿以自由身取得了不错的成绩，这证明了他们在某些情形下能够拥有一些接近白人的品质。可这是否意味着混血黑人可以得到人类的救赎？他能一连好几晚大谈这个话题，常常随口就拿在场的某个混血黑人举例，包括珍妮，而他们全都训练有素，能对主人的发言充耳不闻。这类演说通常都以同样的结论收尾：对黑人来说，与其让他们背负白人生活里无所事事的重担，还是保持野蛮状态更好。

在这样年复一年无休止的重复下，任谁都能用最少的心思跟上他演说的节奏，同时享受完美的独处时刻。要是遇上德西亚喝醉了，最好的做法就是把注意力死死锁定在自己面前的盘子上，就好像盘子里的东西是我人生最大的快乐，我只是太高兴了一时顾不上回应。我只对他的种族理论提出过一次疑问，当场就后悔了。他把我的话视为对他不容动摇的权威的挑衅。他的反驳实在太有攻击性，要不是奥丹西突然哭了出来他根本不会停。那是最不愉快的经历。我打定主意绝不再做这样的事情，但蔑视的种子从此在我心中埋下，在德西亚每天晚上的独角戏的浇灌下慢慢生长。

与此同时，我继续着我自己悲惨的变形记，变得日益可憎、可怕。我几乎无法忍受镜子里的自己，可这房子里到处都是镜子。我对甜食的嗜好永无止境，对这样的人来说，甘蔗园可不是个好地方。暴饮暴食加上懒惰闲散，结果是致命的——我的身体越来越臃肿，牙齿也越来越糟。每一次牙痛就意味着要忍受一场恶心的旅程，顺流而下，到新奥尔良去看牙医；就意味着要挥别泪水涟涟的奥丹西，带着一众仆佣，拖着我庞大畸形的身躯，跨进外部世界的重重危险之中。到最后，为了省些事，我一次性拔掉了仅剩无几的牙齿。那一次被架出牙医诊所时，我的下巴已经抵得上好几个奴隶的身价了。

一年年过去，我眼看着那姑娘慢慢蜕变成了一个骄傲、尊严的年轻女人，和我曾经是的那个年轻女人更像了，未来还会越来越像。我看着珍妮长成了另一个我，长成我的样子，我的姐妹。当然，她从不在意我。对于我的存在，她只保有完成工作所必需的最低认知。我开始在脑海里悄悄琢磨和这个侍奉我一日三餐的奴隶女孩进行灵魂交替的可能。如果要再次交替，我希望能避免重蹈覆辙。这一世我迷失了，困在了这个路易斯安那州的种植园里浑浑噩噩。如今我渴望的是一个新的开始，无论是精神道德上的，还是身体生理上的，珍妮象征着我所渴求的新起点。可我也不希望顶着奴隶的身份生活，因此在交替到她身上之前，我得先帮她谋得自由。

　　要帮助一个奴隶得到自由不是件容易事。我可以自己掏钱把她买下来放她自由，也可以安排她逃跑，让她置身被追捕、被惩罚的风险之下。每天晚上，我们围坐在一起大快朵颐，可就在同一栋房子的地牢里，不够驯服的奴隶却在遭受非人的可怕折磨。我决心要避免这样的命运。可我自己没有钱，没法出手买下那姑娘；而就算我能，这样的举动也只会带来更多麻烦。要知道无论什么时候，只要珍妮在附近，奥丹西就会立刻目光灼灼地朝我望过来，嫉妒我对那女孩的关注，毕竟奥丹西在我这里得到的从来都只是客客气气。有时要是看到我满怀渴望地盯着珍妮，她就会失控暴怒，哭着求她父亲把那姑娘送走。德西亚会说没地方可送，除非把她送去奴隶市场。"那就送她去奴隶市场，爸爸！"她会求他，心里清楚这是在求他驱逐他自己的女儿，她同父异母的妹妹。

　　1838年秋天的一个傍晚，我们在门廊上吃晚餐，萤火虫在我们脚下的花园里飞舞，闪烁着温柔的光亮，整个世界柔软又温和，在奥丹西的又一次怒火之后，德西亚终于松口了。珍妮和往常一样面无表情地在一旁照顾我们。"如果这能让你高兴些，我就打发那姑娘走。"他说出这话时她就站在几步开外，完全能听得一清二楚。

　　奥丹西抬起头，眼睛因为意外的欢喜而睁大。"你说什么，爸爸？"

　　"珍妮，如果这样能让你高兴，我就打发她走。"

　　这消息让我陷入了恐慌。我极力掩饰，可还是第一时间望向了珍妮的方向。她没有颤抖，没有惊愕，连眼都没眨一下。她完全没有流露出任何情绪，仿佛德西亚说的是个遥远的陌生人，我们在讨论的是钟塔要修了，糖的价格涨了跌了。

相比之下，奥丹西就很高兴。她什么也没说，也不想显得幸灾乐祸，可依然因为心满意足而容光焕发。终于，她胜利在望了，说服父亲卖掉他的亲生混血女儿花了她这么多年的时间，现在她如愿以偿了。在她看来，自己要做的就是尽可能优雅地接受胜利。她的幸福表现得很微妙：眼睛灵动了，嗓音活泼了，举止轻盈了。判决已下，没有讨论的余地。

和往常一样，当马德拉白葡萄酒斟上，雪茄点起，奥丹西拿起她每晚为我们朗读的那本书。她跟我们担保，说这是一本在整个欧洲都很受欢迎的书。她开始读，从前一晚结束的地方开始，场景是维克多·弗兰肯斯坦爬上蒙坦弗特冰川：

"'天哪！'"她读道，"'人类为什么会吹嘘自己的性情感受比野蛮的生灵更优越？这只会让他们受到更多额外的绑缚。如果我们的冲动只在于饥饿、干渴和欲望，也许我们会更自由。可如今，任何一阵风、一个偶然的字眼或这字眼令我们想起的画面，都能叫我们动摇。'"

她接着念：

> 我们躺下，一个梦便能毒害一夜安眠。
> 我们起床，一个恍惚便能毁了一天。
> 我们感受，思考，寻找理由；我们欢笑，或是哭泣，
> 拥抱迷人的痛苦，或是抛开我们的忧愁；
> 全都一样。因为，无论欢喜还是哀伤，
> 送别它们的路总是通畅。

人类的明天也许永远不会和昨天一样，

永不改变的，也许只有无常。

那天夜里晚些时候，当我拖着步子经过德西亚的房间时，我发现房门开着一道小缝。我听到屋里有低低的说话声，于是小心翼翼地凑过去窥了一眼。我看到珍妮的母亲贝特跪在德西亚膝前，泪水涟涟地哀求他不要把珍妮送走。他温柔地抚摸着她的头发。"瞧瞧，瞧瞧，"他说，"瞧瞧，瞧瞧。"

第二天晚餐时，珍妮和贝特都在一旁服侍我们，德西亚宣布他决定把贝特和珍妮一起卖掉。这一次，年轻的珍妮同样没流露出任何情绪，倒是她的母亲撩起裙边，抽泣着快步跑开了。她伤心欲绝地哭了好几个小时，直到半夜，德西亚低沉的大嗓门响起，命令将她拖进地牢里铐起来，好让他能安安静静地睡一觉。

我知道，在珍妮离开前，奥丹西一定会杜绝一切我能接近她的机会。要完成这次灵魂交替，我最大的机会就是想出一个法子，能顺理成章地和他们一起出门。照计划是管家杰姆比带她们去新奥尔良，于是在他们出发的前一晚，我鼓足这具身体里能调动的所有微小的勇气，将我的计划付诸行动：我无可奈何地拖着身体爬上大楼梯的最高一级台阶，犹豫了好几分钟之后，终于咬牙放弃与残酷地心引力的对抗，用一种能够磕掉门牙的方式把自己摔了下去。血从我的嘴里涌出来，我的金牙被紧紧抓在了手心里。事情搞定，我将代替杰姆比去新奥尔良，先去补我的牙，然后亲自把珍妮和贝特送到奴隶市场卖掉，总共要去一个星期。我永远不会忘记奥丹西亲吻我脸颊时眼里的煎熬，也许她不知从哪里感觉到这就是我们的永别了。

等到我带着那两个女人坐上送我们去码头的双轮马车时，德西亚走上前来，把珍妮和贝特的身契交给我，悄声叮嘱我要是价格好的话，就把她两个分开卖掉。他转身离开，没有跟他的女儿（同往常一样，她丝毫没有流露出自己的想法或感受）或他女儿的母亲（她的悲痛明明白白地挂在脸上）说一声再见。

去新奥尔良要花去这一天和接下来大半天的时间，是一段足以叫人头晕恶心、骨头散架的旅程。那艘蒸汽船"凤凰号"的动力太强劲了，脆弱的船架几乎招架不住，全程我们都被颠得够呛。船在吱嘎吱嘎的声响中顺流直下，经过燃烧的甘蔗地，一头扎进冲天的滚滚浓烟里。为了缓解嘴里的疼痛，我喝了些鸦片酊，一路上都晕晕乎乎的，晕船晕得更厉害了。

踏上新奥尔良码头，我立刻找到一家临河的酒店，订下两个房间，下一步便直奔船务中心，打算买两张最近一班去法国的船票。我打听到有一趟蒸汽船将在三天后启程去马赛，于是当场买下了两张头等舱的船票。回到酒店，我发现珍妮和贝特还在我先前出去时吩咐她们待着的房间里，房门锁着。我向她们保证说不会把她们卖掉，还给她们看了我刚刚买的船票。

接下来两天，我们一直忙着为接下来的旅行做准备。我去了牙医诊所，为之前撞掉的牙换了颗新金牙，账记在德西亚种植园名下。然后我典当了一堆从德西亚种植园里偷出来的贵重物品，陪着她们母女去各色法国移民后裔开的服装店置办衣服、行李和旅途中可能需要的一切，账都记在德西亚种植园名下。我还买了一柄小榔头。出发那天清晨，吃过早餐，回到房间后，我告诉这两个女人，她们逃离这里争取自由的时候到了。我把德西亚给我的钱统统拿出来，放在靠窗的桌子上；又摘下结婚戒指、图章戒指和怀表，放在同一张桌子上；再把以前的旧金牙也拿出来添上去：所有值钱的东西统统堆在一起。我说这些都是她们的了，她们高兴极了。

"在我放你们自由之前，"我说，"还有一件小事需要解决，之后你们就可以离开了。"我转向那位母亲。"贝特，"我说，"我希望你让我和你女儿单独待一会儿。"

贝特哀求地望着我，眼泪盈满了眼眶。

"我坚持这点。"我回应她，"除非你让我和你女儿独处一个小时，否则我不能放你们离开。我向你保证，绝不会有任何不幸发生。"

贝特啜泣了一声，然后就努力恢复了镇静。她悲伤地看向她的女儿，后者回望着她，眼里是同样的悲伤。

"去吧妈妈，"珍妮说，声音颤抖，"照先生说的做。"两个女人拥抱了一下，贝特长叹一声，流着泪离开。珍妮站在房子中央面无表情，我拿起我的最后一瓶鸦片酊，仰头灌了下去。

"现在，珍妮，"我一边说一边在事先面对面放好的两把扶手椅中拣了一把坐下，"我要你做这个。"我拉起她的手腕，拽向我，把我头一天买好的榔头递给她："我要你用这个把我的牙全部敲下来，一定要全部收好，别让哪颗滑进我的喉咙里去。"一丝惊慌闪过她的面庞。"是的，会很疼，但那不是你要考虑的。我不会生你的气，不会惩罚你，是我要你这么做的。事实上是我坚持这样的。来吧。"我伸长脖子，仰起脸，把嘴张得大大的，就像两天前在牙医那里一样。无论珍妮是否有过犹豫，至少她完全没有显露出来，她只是紧张地轻轻抽了一口气便动手了。我动静太大，以至于贝特忍不住把门推开一条小缝来看究竟怎么回事。我摆手叫她走，嗓子眼里咕哝一声，然后又再咕哝一声催促珍妮继续。敲完后，珍妮一言不发地把金牙全部放在一个玻璃杯里洗干净，和那堆财物放在一起——感谢德西亚·米修先生不知情的慷慨。

我筋疲力尽，感觉不比挨了一顿鞭子轻松。我弓着身子蜷了好一会儿，血一直从嘴里往下流。当然，我可以先跟珍妮交替，之后再自己动手，从费耶的嘴里把这些金牙凿下来。可我想过不要让这姑娘承受任何不必要的痛苦，毕竟我接下来要做的事已经够残酷了。这将会是一次盲交，她将得到一副破败的身体。可我宽慰自己的良心说，至少那是一个自由人的身体，是个白人，有钱人。很显然，他会被认定为一场野蛮抢劫的受害者。

我能听到贝特在外面的响动。我流血的嘴在抽痛，完全肿了起来，说不了话，只能用手势和含混的咕哝指示珍妮在我对面的椅子上坐下，然后，锁上了房门。

P023

Jeanne Duval
珍妮·杜瓦尔

{
出生 1822年
第一次灵魂交替 1838年
第二次灵魂交替 1864年
死亡时间 不明
}

　　1864 年，圣诞节前不久一个寒冷的日子里，大概中午前后，有人敲响了我的房门。我和一个捡破烂的合住在巴提诺尔区的一个小单间里，那是一个死气沉沉的工人聚居区，在巴黎城墙外。不过那天只有我一个人在家。到了我这把年纪，又被梅毒掏空了身子，大多数时间也就只能靠在床上或屋角的长沙发上耗日子了，更别说从好几个月前开始我的左边身子就麻痹了，连应门这样简单的事也做不了。

　　门开了，我看到昏暗的楼梯转角处有两个女人的纤细身影。她们穿着大摆裙走进门来，像两束倒放的花束，走在前面的是鸢尾紫，另一个是百合的纯白。一时间，整个房间都明亮了起来。我指了指长沙发，请她们坐下，她们迟疑了一会儿才走过去，接受了这份邀请。这屋子只有一扇脏兮兮的窗能透进来些泛着珍珠灰的光，全靠了这点光亮，我才发现她们的裙子有多考究。天气很冷，她们披了狐裘和貂裘的披风，进屋也没脱下，因为这屋里虽然有壁炉，却也不比外面更暖和。穿淡紫色裙子的女人戴着面纱，一直没揭开。另一个面容年轻，是个少见的美人，肌肤胜雪，眉眼十分开阔，生了一对松石绿色的大眼睛。她摘掉头上的小帽子，露出一头发亮的栗色头发，长发贴着后颈绾成两个髻，两侧鬓发盖过了耳朵。另一位的头发和脸一样，都藏在面纱下面，听到我请她摘掉，她非常礼貌地回答如果我不介意的话，她更愿意就这样留着。

我的来访者做了自我介绍。穿紫裙子、不摘面纱的是埃德蒙小姐，漂亮的那个自我介绍是阿德莱德小姐。她们轮流开口，羞涩，迟疑，声音轻得简直就是在说悄悄话，好像是来到了什么了不起的场合怯场了似的。她们没告诉我各自的家族姓氏，但无论从举止、衣着还是从礼仪、谈吐来看，很显然她们来自屈指可数的那几个最显赫的家族。像我住的这种屋子，对她们来说绝对是生平罕见。两位贵族小姐说，终于找到我可是让她们大大松了一口气，因为很多人都认定我已经死了，另一些人则声称我已离开巴黎，去了和我出生地一样的热带地区。

"你们也看到了，我如今也就只是活着罢了。"我说，"恐怕我只有椴树茶可以招待你们。"阿德莱德小姐看到我起床都难，便主动提出去烧水备茶。她起身去忙，我便转向埃德蒙小姐，问她们为什么而来。她解释说她们都是夏尔·波德莱尔的读者，想见见他的缪斯，见见那位激发他灵感、让他创作出那些最伟大的诗句的女人。她们非常喜欢夏尔，事实上她们甚至专门为他创建了一个学会，名叫"波德莱尔学会"。她说她们给夏尔写了信，表达对他诗作的崇敬之情，拜托他在布鲁塞尔的出版商转交，可从来没能收到回复。于是她们开始联系他的朋友库尔贝、马奈、尚弗勒里、萨巴缇夫人等，为的就是找到我，她们甚至为此雇了私家侦探。

埃德蒙小姐说完时，阿德莱德小姐刚好也端着一壶茶水和三个杯子走了过来。我有些发窘——这屋里连两个模样差不多的杯子都找不出来，也没有放杯子的托碟。不过看两位年轻女士脸上的笑容，她们对我的杯子没有兴趣。她们没再说话，只是那样看着我，像在看博物馆里的展品，等待我的回答。我端着那饮料细细地啜了好几口。"这么说，"最后我开口道，"夏尔是有读者的？"

"是的。"埃德蒙小姐在她的面纱后回答，"但我们不只是读者，我们是他忠实的拥趸，是他的追随者，他的信徒。虽说人数不多，但我们的热爱是无限的。我们下定了决心，一定要让他的作品发扬光大，永远流传下去。我们认为波德莱尔先生是伟大的天才。"

"比雨果还伟大？"

"毫无疑问。"

"这么说来，夏尔是对的。"我吃力地探出身子，想拿一块糖。

"我来帮您吧。"埃德蒙小姐说着接过我的杯子，往里面加了点糖，搅了搅。

"你们想要我做什么？"我问。

两个年轻女人相互看了看，笑了。"只是想见见您，我们希望了解您。"埃德蒙小姐回答，"除了那些诗，人们对您一无所知。"

"那就已经够多了。"

"拜托了。"阿德莱德小姐用她绿色的大眼睛忧伤地看了我一眼，说，"我们费尽了周折才找到您。跟我们说说您自己吧，跟我们说说您的故事。我们不会辜负您的信任，也许我们还能提供些帮助，让您余下的日子过得舒服些。"

我想了一会儿。"你们知道库尔贝那幅叫《画家工作室》的油画吗？"埃德蒙小姐回答说她小时候被带去卢浮宫时看过，上面的许多人物都是她父母的朋友。"我可以跟你们说些你们多半不知道的事。我本来也在那上面。我，珍妮·杜瓦尔，一个几乎目不识丁的小小女奴，也被画进了画里，和全法国最杰出的人物站在一起，尚弗勒里、蒲鲁东等。夏尔也在里面，在画的右边，坐着读一本书。库尔贝刚画好时我是站在夏尔旁边的。我凭什么能配得上这样大的荣耀呢？我是他的缪斯，他'高贵沉默的女人'，他的'黑色维纳斯'。"一直以来被我努力压下的记忆开始浮上水面，我禁不住叹了口气："可夏尔跟我说起这幅画时我大发脾气，所以第二天他就去找了库尔贝，让他把我从画上去掉，抹掉，盖住。库尔贝照夏尔说的做了。可如果你们看得足够仔细，还是能看出一点点我的痕迹，就像个幽灵一样，飘在夏尔的右肩上方，守着正在读书的他。"我正眼看向两位女士："那就是我希望被记住的方式，像个幽魂。"

"您不期望得到您所应得的吗？"埃德蒙小姐的声音从面纱后面传出来。

"应得的？那是什么呢？"

"永存不朽。"

"永存不朽是一种诅咒。"

我的两位来访者沉默了一会儿。然后，阿德莱德小姐用一种我从未听过的甜美语调恳求道："求您了，夫人，跟我们说说您的故事吧。"

我从没对你之外的任何人提起过哪怕一丝半点有关我生平的事情，寇阿胡。可现在，死亡的阴影已经笼罩我，我禁不住这诱惑，想要卸下身上的重负了。"好吧。"我说，"不过我要警告你们，这一说就得花上一整天时间。这是个充满不可思议的故事，其中有许多东西也许你们根本不会相信，会觉得我疯了。不过我可以肯定地告诉你们，你们的想法对我来说无足轻重。如果我说的有什么让你们想要反驳，那拜托你们把这些愤怒压在心里。此外你们必须严肃地发个誓，说永远不会把我今天说的东西传出去，无论是说出去、写下来还是公开发表评论都不行。"两位女士同意了我的条件。她们打发车夫出去买些蛋糕和咖啡，我则跟她们讲起了《信天翁的故事》。

我从我们俩——阿茹拉和寇阿胡的故事，从我们在岛上的生活讲起。我讲到了我们同鲁贝尔和翁布列特的灵魂交替，讲到了后来的失散。我讲述了我对费耶的灵魂交替，讲了费耶在德西亚种植园的生活。最后我把跟奴隶女孩珍妮的交替故事也告诉了她们。那两个女人肩并肩坐着，静静聆听，彼此紧握的手一刻也没有松开。

讲到这里我要求暂停一下，我不习惯一口气说这么多话，觉得有些头晕。这时下午已经过去了一半，再有一两个小时天就要黑了。女士们沉默恭敬地等着，彬彬有礼地吃着蛋糕，小口地喝咖啡，唯恐我会突然收回已经赐予她们的特权。不过既然开了头，我就不会停了。那些故事倾泻而出，一个牵出一个，就像串在项链上的珍珠。

紧接着费耶的灵魂交替之后，我说起了眼下这个我的故事。当一个人的灵魂进入一具新的身体，我解释道，总需要一段熟悉适应的时间——熟悉这具身体的过去和个性偏好。灵魂与新肉体结合的方式永远不会完全一样，除此以外，肉体的记忆也不是一下子就能全部交付给灵魂。确切地说，在最初的几个小时里，它们会像潮水一样铺天盖地而来，外界数不尽的景象、气味和声音都会引发它们的潮涌。接着在随后的几天里，记忆的洪流渐渐和缓下来，差不多到第三天之后就会变成涓涓细流。还有一些记忆埋藏得太深，要在灵魂交替之后再花上几个星期、几个月甚至好些年的时间才能慢慢浮出水面。

在新奥尔良那个酒店房间里，我的灵魂进入了那个奴隶女孩的身体，那时我最后看了一眼我的前一具身体——费耶的身体。他就坐在我正对面，模样很可怕，嘴边挂满了已经开始凝结的道道血痂，那是灵魂交替前敲掉金牙的结果。在他蓝灰色的眼睛里，一个茫然的新灵魂正眨着眼睛，完全不知道刚刚发生了什么。偷窃的罪恶感逼我立刻行动起来。我收拾起我们所有的财产，包括能让我们开启下一段生命的钱和金子，拉开房门，走到门厅，妈妈正在那里焦急地等待。一看到我，她的眼泪就迸了出来，张开双手紧紧抱住我。她的面容和拥抱引发了我内心的记忆洪流，那么汹涌，那么生动，差点让我晕了过去。我努力镇定下来，告诉她不要哭，要高兴，因为从这一刻开始，我们自由了。

我趁着去马赛的这段旅程适应自己的新头脑和新身体，高兴地发现自己一下子甩掉了身为费耶时的两大困扰：贪利和晕船。我甚至还找到了这具身体里深藏的非凡力量，那是有抱负的年轻女人所特有的。大概是因为船上男人比女人多得多，许多男人都试图接近我。他们关注着我，不厌其烦，热情洋溢。要跟其中某个再来一次交替吗？这念头不只一次划过我的脑海。毕竟对我来说，身为白种男人的好处要比当个黑皮肤女人多得多。可既然有机会再次成为女人，我就不会被男性身份吸引了。有了费耶的经历，成为珍妮似乎是一种救赎。虽说她常常难免陷入忧郁，可终究还是坚韧镇定的。在此前那么短的人生中就见证过那么多的残酷，这赋予了她一种冷傲的气质，就像一层保护壳。因此，身为珍妮的我对那些送上门来的殷勤始终无动于衷。这些在蒸汽轮船上爱上我的男人只是第一拨，在之后的漫长岁月里，爱上我却得不到回报的男人还会更多。我自己只有一次爱情，那是和你，寇阿胡。我大多数时候都待在我们的舱房里照顾妈妈，她这一路都难受得厉害，又因为种植园的事憔悴不堪。我想找个保护者是个稳妥的法子，可以在我偶尔走出房间时保护我不受那些过分热情的爱慕者骚扰。为此我选择了路易斯·梅耶贝尔，一个住在里昂的实业家。他是个中年父亲，有一个七岁的孩子，有些唠叨，但人很精明，非常绅士有礼。他每顿饭都坐在我身边，就我刚刚获得的自由生活提供各种实用的建议。他建议我去巴黎，说那是全世界最非凡的城市，在那里我将充分挖掘我的天赋，发挥我的美丽，因为对一个有才华的美丽女人来说，巴黎能够提供的未来比这世上任何地方都更好。我发现路易斯非常有说服力——我身体里的那个年轻女人正渴望见识社会和人生，至于我，早就放弃了回到奥依提岛或是找回你的希望。因此我决定听他的。

抵达马赛后，我看着码头，发现它还是我最后一次离开时的样子，还是那么肮脏破败，而那已是二十多年前，那时我还是鲁贝尔。就这样，在路易斯的陪护下，我们在马赛待了几天便逆流而上前往里昂。在里昂我们告别路易斯，换乘公共驿车继续去巴黎，这段旅程要花上一个多星期。虽然我们买的是车厢里的票，但车里好几个乘客都拒绝在这么近的距离内跟我们同行，妈妈和我不得不换到外面司机旁的车座上。每到一个地方我都发现自己是别人好奇的对象，单凭肤色和自由的身份我就能吸引大量目光，毕竟这个地方还没废除奴隶制度。

在巴黎也没什么不同，只要我进门就能让整个房间瞬间安静。我们所到的巴黎还不是那座有着宽阔林荫大道、火车站和煤气灯的现代城市，而是个阴沉、潮湿的哥特式地方。那是老巴黎，法国最后一个国王的巴黎，一个更加封闭的巴黎。那里穷人依附富人，赤脚的孩子挤满每个角落，老鼠满街乱窜，下水道的脏水流淌在每一条曲曲弯弯的小巷。夜晚照明的是蜡烛和头顶的群星与月亮。苦难司空见惯，富足隐藏在深宅高墙之内。遇到下雨天，街上就积水泛滥，巴黎人躲进廊街下，盯着商店橱窗看。星期天的礼拜结束后，满城都能见到有人围着一把吉他唱歌跳舞，每到那时我就很快乐，因为那会让我想起在德西亚种植园时我们的人总在星期天下午围着班卓琴唱我们的歌，跳我们的舞，这能让我感觉还和他们在一起，尽管已然相距遥遥。

我是个漂亮的十六岁年轻女人，身边很快就围满了男人。他们中最有才华的那些，无论雄心勃勃的野心家和阴谋家，专业和不专业的策划者，还是文字和思想的吞噬者，都是听着拿破仑的冒险故事长大的，不承想在成年后却只能进入一个并不鼓励新鲜事物的社会。他们将对帝国荣耀的怀念投射到了追逐黑皮肤美人的风尚上。他们不想和我结婚，只将我看作他们共享的理想情人。我的爱慕者帮我们在一栋体面的公寓里安顿下来，为我支付女裁缝、女帽店和鞋店的费用，承担我学习仪态、歌唱和表演的费用。我在各项艺术上都有长进，只除了一项：我永远学不会读和写，这些技能是无法随着灵魂交替从一个身体带到另一个身体里的。无论我如何努力，那些黑色的符号总是在纸页上飞舞，从不肯稍稍停驻片刻，让我认清它们。

到巴黎的第四年，我第一次遇到了夏尔，那时我们都处在各自的巅峰时期。身为加斯帕德·图尔纳雄的情人，我过着优渥的生活——他后来更为人所知的名字是纳达尔，以摄影师和热气球狂热爱好者的双重身份而闻名。他是我所认识的最不安稳也最迷人的男人之一，单一个女人是不可能让他满足的。抛开这个贵族式的缺点不论，他倒是拥有无尽的魅力，永远那么彬彬有礼。不过短短几个月他就厌倦了我，而我也早有准备，开始寻找下一个资助人。

我加入一个剧团，在圣安东尼门附近的一家剧院演出，我用"贝特"的名字登台，以致敬我可怜的妈妈——她终究没从我们的出走中恢复过来，孤寂而死。我在一幕闹剧中扮演一个逗乐的女奴，幕布一合就会被人忘得干干净净。演出结束后加斯帕德来后台看我，夏尔就像一朵雨云似的坠在他身后。我们三个去了朗普斯街的一个酒馆。我没怎么开口，只是心不在焉地听他们聊天。我发现夏尔在设法引起我的注意。他有着高高的脑门、单薄的下巴和两泓咖啡一般的眼睛，只是这张脸上就算有那么一点英俊之处，也被他嘴角和眼睛里流出的愁苦伤痛消磨掉了。他的脸上总有各种苦相闪过，他的步态细碎摇摆。他在衣饰上花费不赀，样样都是最上等的品质：锃亮的靴子，黑色长裤，时兴的女式蓝色工装上衣，鲜亮的颜色，不上浆的亚麻，红色领巾，玫瑰色手套，外加一条鲜红的、工人阶级女性都喜欢的绒线围巾。他拒绝戴帽子，即使那个时候所有男人都认为戴帽子理所当然。他一头黑色长发，上唇蓄了淡淡的小胡子，下巴上留着一小束胡须。既要好看，又要惊人，这就是他的目标，也是每个花花公子的目标，而夏尔就是全巴黎最精致、最惊人的花花公子。

　　我留意到他在用一种近乎无礼的迷恋眼光看我。终于在和加斯帕德聊了好一阵之后，他转向我，问我是从哪里来的。

　　"问了也没用，"加斯帕德说，"她不会告诉你的。她从不说任何有关她自己的事。"

　　"一个有秘密的女人。"夏尔说，嘴角挂上了一丝微笑。他眯起眼睛，将目光投在我身上。我的胃悸动了一下。"您不是这片大陆的人，对吗？我能从您的口音里听出来。"

"不是，"我承认，"我不是这片大陆的人。"

"那么您是从哪儿来的？"他问。我从没告诉过任何一个活人我究竟是谁或我究竟从哪儿来，让他们尽情发挥想象更好。"嘿，说吧，"他在诱哄，"为什么这么神秘？还是说你更喜欢让我来猜？我很擅长猜这类事情，从不出错。"

"这样吗？"我问，假装被引起了兴趣，"那请猜吧。"

"小心下注，"加斯帕德说，"夏尔可是个旅行家。"

"真的吗？"我说。

"真的。"他转向夏尔，接着说，"你该从你那些精彩的故事里挑一个给她讲讲。"

夏尔没在听，他的注意力完全锁定在了我身上。"且容我猜猜看。"

"悉听尊便。"我回答。

"不过我要是猜中了，你可一定要承认。"我笑了，点点头。他眯缝起眼睛打量我，琢磨了一会儿，"有不少可能性，阿拉伯半岛、苏门答腊、海地、印度本地治里，硬要说的话甚至有可能是墨西哥，只不过墨西哥人一般没有这么卷的头发。"

"我见过一些卷头发的墨西哥人。"加斯帕德插了一句。

"也是有的，"夏尔说，"不过我不认为是这几个地方。我想我知道你是从哪儿来的了。"

"请说。"

"你是从毛里求斯来的。"

"那是什么地方？"

"那是非洲东海岸附近的一个岛，就在不久前它还被称为

'法兰西岛'。"想起那个地方我露出了哀伤的微笑，那是我最后见到你的地方，我都不知道它连名字都改了。"你暴露了！"他宣布，"惊讶吗？"

"不能比这更惊讶了，你是怎么猜到的？"

"我最近刚到过那里。"他说，"一看到你我就想起了那个海岛殖民地。你在那里是多久以前的事？"

"噢，我很小就离开了，差不多什么都不记得了。"

"跟她说说你在皮莫丹公馆那个印度大麻烟草俱乐部里说的故事。"加斯帕德说。他转头冲我挤了挤眼，仿佛我接下来要听到的内容是一项难得的优待。

"那可相当长了。"夏尔说。

"说吧。"我说，他的注意力总算被引开了，让我好是松了口气，"如果真像加斯帕德说的那样是个好故事，我也很高兴听一听。"

"那好吧。"他清了清嗓子，像是准备发表一场精心排练过的演说，"我的继父是个军人，他有心让我从事法律方面的工作，或是像他一样涉足外事领域。"他开始了："可我是个阴沉的孩子，过分喜爱孤独，还会妒忌我母亲分给他的爱。我在阅读上可谓贪得无厌，只要是能找到的书，我都会狼吞虎咽地读下去，尤其偏爱文学，长篇小说、短篇故事、诗歌、散文，一切。大概十二岁的时候，我开始读一本雨果的书，那是学校里一个朋友借给我的，我想应该是《死囚的最后一天》。很快，我就读完了一系列他的著作：《东方诗集》《巴黎圣母院》《卢克雷齐娅·博尔贾》。只要是雨果写的东西，能读的我都读了。突然间我确定了自己的志愿：除了写作，这一生我什么也不想做。只是我还不太确定自己想写的究竟是什么。

"我相信，要是我亲爱的父亲还活着，一定会为我的志向骄傲，可我的继父反对它。他预言说：你到头来会变成个穷光蛋，吃尽苦头，最后疯掉。为了让我不要那么愚蠢，他决定把我送去印度。这个安排有两大好处：一方面他可以摆脱我，从此赢得我亲爱的母亲全心全意的关注；另一方面能锻炼我，让我长成一个真正的男人。他多半就是这么打算的。他买了一张去本地治里的船票，船长是他朋友。他又在殖民地当局为我安排了一个办事员的职位，好让我到岸就能立刻上任，全然不顾我压根儿没接受过任何相关培训，在这类工作上也毫无才干可言。我还太年轻，依然想让我的继父高兴，便听从了他的安排。

"我一路都在晕船。绕过好望角的时候，我们遭遇了一场特别大的风暴，我难受得厉害，痛苦极了，想着不如干脆就让自己被甩出去，掉进汹涌的海浪里算了。可转念我就想到了我的继父，意识到我的死只会让他高兴，这毋庸置疑。于是我死命抓紧了船舷，熬过了那场风暴。

"我们到路易港时正赶上雨季，加上我们的船也因为那场风暴落得伤痕累累，需要维修，我被告知我们要在毛里求斯停留大概两三个星期。一开始我在海边一家小破旅馆里找了间房住下，出入那里的都是印度人、广东人和克里奥尔人。可天气太潮闷，太热，那家旅馆的条件也实在太差，所以很快我就决定进山透透气。我把行李留在旅馆，打包了些面包和葡萄酒，再带上一本拉马丁的《东方游记》便出发了。我沿着一条看起来像是通往内陆山地的路走，那个季节天空中永远阴云密布，雾蒙蒙的。

"半路上下起了雨。我很快就湿透了，我的书也一样。我开始重新考虑我走进大自然的初体验，毕竟不管从哪个方面说，我对这事其实都没那么大兴趣。不久之后我就被一辆驴车超过了，当它停下来时我不禁满心感激。车夫坐在一块防水帆布下，整个人干爽得还能抽烟斗。他问我冒着雨走在这路上是要做什么。我震惊地发现，尽管那老人晒得跟克里奥尔人一样黑，传进我耳朵里的却竟是最地道的法语，还带着些淡淡的普罗旺斯口音，只是那语言太老，夹杂着一些如今在法国会被认为很可笑的老式发音。我告诉他我被困在了岛上，城里太热，所以想到山里避避暑。他跟我说他刚好要进山，邀请我搭他的车一起走。

"我爬上驴车，挨着老人坐下。他面容憔悴，老态龙钟，看起来就像传说里那种能活七千年的老海龟，一缕长长的白发盖在他差不多已全秃的头顶上，一把长长的灰胡子从他的下巴一直垂到肚脐眼。路易港本地人都穿得比他斯文一些：他的破裤子从膝盖往下就被撕掉了，衬衫也没了袖子。在他裸露出来的肩膀上，我看到一个蓝绿色的老文身，是一只大睁着的眼睛，年深日久，已经模糊。虽然模样野蛮，可这老人表露出的全是好意和温厚。我永远不会忘记他眼睛里的光芒。他告诉我他叫翁布列特，马赛人。我问他多大年纪，他说不知道眼下是哪一年，可他记得他是 1762 年出生的。我告诉他已经1841 年了，这样算来他该是七十九岁。他难以置信地摇了摇头：'这么说已经半个世纪了。'他说那话的样子更像是在自言自语，而不是对我说。"

幸好夏尔讲得太专心没留意我，因为这意外的发展一定让我露出了震惊的神情，哪怕我掩饰感受的能力已经远远超过了平常人。我没说话，但也从来没有这样专注地听过别人说话。

　　"刚开始我们俩几乎是沉默着往山里走，我的同伴抽着烟斗，吞云吐雾，烟草很好闻，他跟我说里面掺了印度大麻。后来他问我怎么会被困在这座岛上，我跟他说了我的事：我十九岁，心不甘情不愿地被送去法属东印度。然后我问翁布列特他是怎么会在这个热带岛上住下来的。"

　　"'我的朋友，'他说，'我的故事很难叫人相信，要是说出来，你一定会觉得我是个疯子。'我不认可他这说法，跟他保证我是最能感同身受的那种听众。那老人顿了顿，斜眼打量了我好一会儿，像是在对我做出评估。终于，当驴子拉着车和车上的我们走上一条崎岖不平的进山小路后，他开口讲起了他的故事。'年轻人，'他说，'你看起来读过相当多的书，相当有文化，对于知识相当渴求，也许你知道"轮回转世"这类说法？'我回答说我认为那是东方的一种信仰，有关人死后灵魂重生的。他顿了顿，望着前方不知哪里（其实也没有哪里），像是陷入了沉思，过了好一会儿才说：'是的，那是东方人的观点，但接下来呈现在你面前的是有别于东方圣贤所描述的那种转世。这是活着的转世。我经历过一次。你刚才说了我才知道，竟然已经整整五十年了。我是一名专业的外科医生，年轻时在商船上执业。我下面要说的事就发生在一次航行中，画地图的人把那里标成了太平洋，可无论如何那绝对不是。我们的船叫"索尼德号"，我们发现了一座从前无人知晓的岛，岛上的土著管它叫"奥依提"。他们懂得一种奇特的活人转世的方法，他们称为"灵魂交替"，如果你想知道的话。这种交替做起来非常简单，只要两个人注视彼此的眼睛，保持几分钟就可以。在那座岛上时，出于好奇我想亲身体验下这种生平难得一见的奇迹，就和一个男孩这样对视了，他那会儿大概比你现在还要年轻一点。后来的事我就不记得了，除了在梦里——但那都是什么梦啊！我宁愿称它们为噩梦。就是它们所带来的恐惧让我成了船上的贱民。但我走得太远，回不了法国了。于是我决定在这里住下来，为本地土著和克里奥尔人的福祉服务。'

"'如果你都不记得转世的经历了，'我追问道，'那又怎么能确认它真的发生过呢？'

"'当时还有一个水手，叫鲁贝尔，他也有同样的经历。他后来尝试跟我解释事情的来龙去脉，但我不相信他。这个就是鲁贝尔文的。'翁布列特指了指他肩膀上的眼睛文身，'就是文这个的时候他告诉我发生了什么。当然了，我是在启蒙运动时代长大的孩子，是个科学理性的人，只相信可度量、可验证的东西。我觉得那可怜人疯了便一直避着他。之后不久我们就分开了，就在这里，这座岛上。我很高兴再也不用见到他，也不用再为他的消息烦心。直到后来饱受多年噩梦折磨之后，当初被我认为是鲁贝尔的疯言疯语而嗤之以鼻的东西渐渐开始呈现出另一种可能性，那就是：虽说难以置信，但他说的都是真的。就这样，这么多年来，我每次去路易港采购都要找找鲁贝尔，我相信他一定也在找我。我会去查来往船只的登记名单，每个星期两次，有时是三次。如今我老了，他当然也是，不太

可能还在越洋海轮上工作了。可我还是会去船务办公室查看名单，耐心地等。'

"'等什么？'我问。

"'等他来找我。'

"听到这个老人的话，一阵兴奋的战栗沿着我的脊柱蹿上来，就像你读到一部好小说时那种感觉——就是说你不必相信，只需感受。我问翁布列特试没试过再来一次那种灵魂交替。'噢，我试过。'他说，'但我从来没法说服别人盯住我的眼睛，哪怕只是一小会儿，一个也没有。'我说他的故事激起了我的好奇心。我告诉他如果他对这个想法还有兴趣，我很愿意尝试。当然，我不信他说的。但这么说吧，我始终认为自己在追逐一只美丽的云雀。翁布列特看起来很高兴。他拍了拍我的肩膀，仿佛我们突然变成了知交挚友。他说沿着这条路再往下走一两个小时就到他的小屋了，如果我愿意继续和他一起走，那我们到那里之后可以尝试一下。'那地方完全谈不上舒适，不是巴黎来的绅士能适应的，但很干净，有片瓦遮头，能挡风避雨。'

"不久之后，在落日的余晖下，我们来到了岛上最高的火山脚下，那儿立着一座简陋的茅草屋。拉车的驴子在屋外停下脚步。雨还在下，环抱着我们的青翠丛林被灰色的浓雾笼罩，除了雨声，万籁俱寂。那位老医生起身下车，把他在路易港买回来的几箱补给往屋子里搬，一边招呼我跟上。他点了蜡烛，燃起一堆火，趁着他忙活的工夫，我在泥地上找了个地方，盘腿坐下。翁布列特也盘腿坐在我正对面。他倒了两杯朗姆酒，我们为转世碰了个杯。'你准备好了吗？'他问。我点点头，又是紧张又是期待。他跟我说，我要做的就是盯住他的眼睛，不要转开去看别的地方，而他也会盯着我的眼睛。

"我们开始了。起初有点不自在，就是任何人盯着别人眼睛看时都会有的那种不自在，更何况还是个陌生人，或者说基本上陌生。但这并没持续多久，很快我就忘却了周围的一切，只剩下那对眼睛，距离我区区一臂之遥的眼睛成了我眼中唯一的存在。紧接着一种无与伦比的愉悦感袭来，就好像我这副皮囊下包裹的不再是血肉，而是一杯刚刚斟上的香槟，充盈着气泡，那些气泡徐徐上升，从我的头顶逸出，向着天空飞去，越来越轻盈，越来越愉悦，比我所知道的一切麻醉剂都更叫人沉醉。酒、印度大麻、鸦片酊，甚至鸦片都不能与之相比。"

夏尔停下叙述，垂下头，看着他的双手，它们相互绞缠着，搁在我们之间的桌子上。

"再次睁开双眼时我已经在地上躺了不知多久。翁布列特也躺在地上，离我不远，但我一开始没想起来他是谁，也没想起我自己在哪里，怎么到了那里。我爬过去看那陌生人是不是睡着了，却看到他在急促地呼吸，眼睛睁着，直愣愣地望着屋顶，眼神里透出惊恐。'怎么回事？'我问，可翁布列特没有回答，只是嘴巴一张一合，像是想说什么却说不出来。

"我慢慢腾腾、摇摇晃晃地站起来，朝小屋唯一的窗户看了一眼。外面的世界像个调色盘，涂抹着黎明将至的蓝，地面上有淡淡的薄雾在盘旋。我的平衡感已抛弃了我，我走起路来像喝醉了一样。我找到一个罐子，灌下几口水。那老人眨着眼睛，喘得很急。我跪下来，半搂半抱地把他拖到旁边的床上，又去倒了一杯水，慢慢喂进他嘴里。我看火也快熄了，就从炉子边的柴堆上拣了几根木柴架到残烬上，拨一拨，吹一吹，很快火就重新燃了起来。我在炉火前的摇椅上坐下，闭上眼睛，可没多久就浑身是汗地醒了过来，脑子里还残留着一个噩梦的模糊记忆。翁布列特还是先前被安顿下的样子，没有任何改变，就那么仰面躺在床垫上，瞪着屋顶，眼睛大张，眨着，重重地喘气。他嘴唇翕张，说着我听不懂的话。我又喂他喝了点水，再把水壶放到他的床边，确认过的确再没什么能为他做的，我才满意地出门，走进清晨的山野。我也不知道该做什么，便沿着头一天来的路往回走。

"我恍恍惚惚地一直走，穿过郁郁葱葱的绿色山坡，朝着路易港一路下山，脑子里回想这一天一夜发生的事。那感觉很怪，不能说我彻底变了个人，可也不能说我依然还是短短一天前离开路易港的那个人。

"随着道路渐渐深入山林，周围的大树也越来越密，越来越高，我只觉得但凡我双眼能看到的地方，无不藏着另外的眼睛。比如说我正在穿过的森林，在一天前的我眼里不过是一堆绿色的、乏味的朽木败叶，可现在却成了一座充满意象的丛林，亲切地看着我，就像一座活的神殿，一根根柱子不时在我耳边低述着某些我无法理解的话语。气味、颜色和声音相互应和，仿佛遥远的回响交汇成了一体，幽暗深远，如夜一般广阔无垠。回到路易港已经是好几个小时之后，我终于想明白，我的身体里的确有什么不一样了。我不会继续去印度，相反，我要回巴黎，将一生都奉献给诗歌。"

夏尔的故事结束了。"那么，"我问，一想到有可能再找到你，我就抑制不住地颤抖，说不清缘由，却仍不得不竭力掩饰我的兴奋，"你怎么看待那个老人的故事？"

"我觉得那老人是个疯子，我只是一时被他迷惑了才会跟他一起疯。"

"你没有发现自己在那之后有什么变化吗？"

"要说变化，我能说得出的只有一个，刚好就是翁布列特那时抱怨过的：噩梦。它们总会在半夜出现，吓得我尖叫，然后惊醒过来。但谁知道呢？也许是那次出海的后遗症，或者什么神秘的热带疾病，再或者就是那个老人对我下了诅咒，让他的烦恼也缠上了我。"

没坐太久我们就离开了酒馆，三人一起走了一段后，夏尔便独自返回他圣路易岛上的公寓去了。

第二天我收到一封没有署名的信，里面是一首赞颂我美貌的诗。我让加斯帕德读给我听。"只可能是夏尔了。"他说。我笑了。"看来这个猜测没有让你不高兴。"他说。我又笑了笑。"你爱上他了吗？"

"我没有爱的能力，无论是对谁。"

"那我就放心了。被诗人爱上是一回事——说真的，这是好事，但爱上诗人就完全是另一回事了。如果你爱上了他，那我就要禁止你跟他再见面。可如果只是他爱上你，那就去吧，我亲爱的，带着我的祝福一起。"

就这样，在相隔差不多五十年后，我们重新找到了彼此，我们的故事也展开了一个全新的篇章：十七年的相伴。夏尔那时候还有钱。成年后，他继承了亲生父亲的一半遗产，而他喜欢毫无节制地花它们。他的财产数目属于比较尴尬的那类：不够一个年轻人大手大脚过一辈子，却也不至于让他的长辈担心它们很快被挥霍一空。他花钱很冲动，绝大部分都花在了艺术品、古董和我身上，尤其是我。我是他来自异域的鸟儿，他用来炫耀的生物，是他最珍贵的珠宝。追求我时他为我在圣路易岛上单独租下了一套公寓，离他自己住的皮莫丹公馆只有短短的一段步行距离。皮莫丹公馆是安茹码头路上一栋低调的 17 世纪大厦，后来被改造成了公寓。它俯临塞纳河和整个右岸，里面住的都是年轻的花花公子和有钱的怪人。夏尔在顶楼租了一套三房的公寓，然后开始往里面塞各种奇奇怪怪的东西、可疑的古玩和几乎比他的房间还要大的画。最后他的继父不得不插手，阻止他继续这样挥霍遗产。剩下的遗产被交给了信托基金，夏尔每个月可以领到一笔不大不小的生活费。换了其他任何人，那样一笔钱都绰绰有余了。可对夏尔来说，节制是不可想象的。至于像正常人那样去赚钱，这种念头从来没在他的脑海里出现过——虽说他的大部分朋友都已经一个接着一个开始这样做了。可他已经有职业了：写作，翻译，读书。

　　为了省钱，我搬进了夏尔的公寓。对恋人来说，再没有什么比绑在一起更致命、更能消磨激情的了。受制于有限的生活费，他开始变卖之前肆意放纵时积攒下的东西，结果却只是发现其中许多一文不值。很快无力承担皮莫丹的租金这一事实就明晃晃地摆在了他的眼前，于是我们搬去了另一家公寓。

　　靠着他几乎每天一封给母亲的讨钱信获得的资金，加上我的爱慕者们给我的资助，以及他越垒越高但压根儿没想过要还的借贷款项，我们总算能填补每个月津贴发放之间的亏空。就这样我们又过了好几年，只是不断从一个公寓搬到另一个更逼仄简陋的公寓。夏尔总在梦想着有机会重新变得富有，可事实上无论赚钱还是省钱，他都毫无天赋。他花钱的地方很多，衣服、葡萄酒、印度大麻、鸦片酊……还有最重要的，他最大头的开销——书。

我已经失去过你一次，不想再有第二次。这么多年过去了，至今想起当初船上翁布列特对灵魂交替的反应，我依然五内俱焚。因此面对夏尔，我决定要慢慢来，不要把我知道的东西一股脑儿强加给他，不要让他再因此被推开。我要引导他一点点接受我想告诉他的东西。我选择在他深夜惊醒时给他讲故事，安抚他长久以来的惊惶与恐惧。他爱我的故事，还给了我许多昵称：他的"黑色维纳斯"，他的"黑天鹅"，他的"巨人一般的姑娘"，他的"高贵沉默的女人"……有时还会称我作"他的山鲁佐德"。他说他认识那么多会说故事的人，我是最有天赋的。他说如果我生来是个男人或有继承权的富家女儿，一定能成为一个出色的作家。我不懂阅读，因此对书也没兴趣。我身怀秘密，以行事谨慎为美德，对我来说写作是一种病态，作家都是可鄙且不可信的，因为他们不懂为他们的故事保密。

讲故事是我们的夜间活动，既是安抚宽慰，也是教育。每当夏尔尖叫着醒来，浑身汗湿，我就会问他梦到了什么，然后扮演解梦者的角色。年复一年，我将寇阿胡和翁布列特、阿茹拉和鲁贝尔的故事一点点讲给他听。很长一段时间里，我都避免提到我就是阿茹拉和鲁贝尔，他就是寇阿胡和翁布列特。我希望他自己意识到这点。他怀着感激听我的故事——对他来说，它们是镇痛香膏，舒缓了他疲惫不堪的神经，但他从不当真。他觉得它们是绝妙的即兴创作，是充满异域风情的想象，仅此而已。至于他自己那个有关翁布列特的故事，他再也不曾说起。事实上受到我的启发，他开始自己发挥。在那些编造的故事中，他没有第一时间从毛里求斯回法国，而是继续在东方漫游。他虚构了各种故事，海上生活的、热带的、旅行的、流亡的、探险的，各种用来在巴黎那些多愁善感的沙龙里博取关注的故事，许多沙龙客人一辈子都没出过首都的大圈子。他津津有味地编造他在印度、锡兰、苏门答腊和中国、大溪地和三明治群岛的旅行故事，声称自己行走多年，经历过各种危险和困苦。总有人为他的编造热心捧场，他的听众如饥似渴地囫囵吞下他吐出的每个荒谬的词语。我的故事也以它们各自的方式渗入了他的诗作，信天翁、罗望子树、风急浪高的狂暴大海……可我怎么忍心阻止他呢？在我眼里他是个悲剧人物：一个忘了自己的过去，又因为忘却而迷失其间的人。这让我原谅了他的一切坏处：他的谎言，他的虚荣，他的反复无常，他的狡猾，他的易怒，他的自私与自我。

十七年就这样过去了。十七年的磨合、感动、吵闹、和解、分手、复合，反反复复，每次都不一样，也永远都一样。我们的人生交织在一起，磕磕绊绊，一季又一季，一年又一年，越来越飘摇，越来越绝望。夏尔以文成名的梦想一个接一个地破灭，每次失败都将他怨愤刻薄的刀锋磨得越发锋利。他处处树敌。他的诗卖得很差，他唯一出版过的书化作了纸浆，他的新闻工作报酬少得可怜，他有关戏剧和长篇小说的设想永远只是本子上潦草的笔记。这段时间里，我们从一个自带家具的房间搬进另一个自带家具的房间，从一家膳宿公寓搬去另一家膳宿公寓，每一个都比上一个更逼仄、更破败。每当现任房东开始追讨欠款，我们就开始寻找下一个落脚处。每过几个星期或几个月，我们就会发现自己又换了个地方，顶着新的名字，或是老名字的拆分组合。我们永远在挪动，指望能比债主或执行官快一步，在债务和困窘的泥潭中越陷越深。

我们挣扎在自己的战斗中，身边的巴黎也没有停止改变。我们年轻时那个老巴黎在皮肤黝黑的南部工人的鹤嘴锄下，一个街区一个街区、一块石头一块石头地被拆掉。这座城市成了一个奇怪的、不招人喜爱的新奇玩意儿的嘉年华。就连夜晚也被侵占了，无论大小，每条街边都竖起了煤气街灯，天黑以后，这座新的城市灯火通明，依旧亮如白昼。

这些故事代表着我们的爱情。可随着时间的流逝，夏尔厌倦了我的故事。它们带给他的不再是安慰，而是恼怒。到最后，当我试图安抚午夜惊醒的他时，他会恼怒起来。很多东西甚至很多词语都成了禁忌：岛、船、灵魂、交替。一开始，因为害怕失去他，我会遵从他的意愿。可后来，当我意识到自己已经失去他后，我便不再收敛。我开始变得尖锐：你是寇阿胡，我是阿茹拉。我一次又一次地对他说：我可以证明给你看。我提出和他尝试灵魂交替，可他不理不睬，就像父亲对孩子的异想天开一样。面对我的挑衅，他的回应是越来越恶毒的轻蔑。我们俩都染上了梅毒，病痛让他愈发愤怒，他用大量的鸦片酊来止痛。

随之而来的就是分离。他开始默不作声地消失，一开始是几天，后来是几个星期、几个月。他会不声不响地搬去新的地方，我并不知道他去了哪里。我会到处找他，向他的朋友们打听他的行踪，去他喜欢的咖啡馆和酒馆，再不然就满大街搜寻。哪怕面对他最决绝的抛弃，我还是忍不住要对他死心塌地。我觉得自己对他负有责任，就好像我是他的监护人一样。

如今看来，最终由我的某个故事来终结这段关系也是理所当然的。那是我们无数个身无分文的夜晚中的一个，他没喝酒，也没用鸦片酊，脾气非常暴躁。一个噩梦惊醒了他，我问他梦到了什么，他不想告诉我。我又追问了一次，他让我闭嘴。"你是梦到一座岛了吗？"我问。

他转头看着我，憎恨地眯起眼睛，说："再说一遍那个词，我就让你知道什么叫后悔。"

"你是梦到一艘帆船了吗？"认识这么久，第一次，他扇了我一记耳光。我被打得脑袋里嗡嗡直响，但我不会示弱。"你梦到岛了？"又是一记耳光。"你梦到看进另外一个人的眼睛了？"一记耳光。"你梦到帆船了？"这时夏尔暴怒了，他从裤子上抽出皮带，开始抽打我。我倒在他面前，瑟缩着，蜷在地板上，胳膊抱着头。可我不会就此停止。他从背后撕开我的裙子，抽打我，一边打一边咒骂，管我叫奴隶。等他停下时，温热的血从我后背上红肿的伤处细细地流下，夏尔颓然倒在长沙发上。我又一次问起他的梦，可他已经精疲力竭。这是他唯——次打我。我从地上爬起，摇摇晃晃地走进隔壁房间，倒在床上晕了过去。当我第二天早上醒来时他已经走了，这一次我没有找他。

我发现自己一无所有了。一个黑女人，孤身在巴黎，不再是青春初放的年纪，连第二春都算不上。我开始在小教堂区一家钟点旅馆工作，在那里我遇到了一个海地男人，他坚信自己是我的哥哥。我告诉他那不可能，可他坚持说他就是，他以兄长的感情爱我，想要照顾我。他以捡破烂为生，邀请我搬来巴提诺尔和他一起住，没多久我就搬了过来。夏尔去了布鲁塞尔躲避他的债主，还有监察官员和敌人。他给我写过一封信，说他打算把他被禁的那些诗都印出来，再偷渡回法国。不过当然，并没有任何后续。

现在，我告诉埃德蒙小姐和阿德莱德小姐，我的健康状况越来越糟。我的左半身体已基本上瘫痪，左眼视力也越来越差。我没有收入，全靠我的兄长养活，而我只能躺在这里，在这张床垫上回忆过往，听天由命，不再有下一次灵魂交替；听天由命，永远回不去我的岛；听天由命，无论最终等待我的是怎样的命运。

终于，我的故事说完了，天也黑透了。在我与她们之间的矮桌上，一盏小小的油灯带来了屋里唯一的光亮。两位年轻女士从一整个下午的沉醉中回过神来，感谢我愿意讲出自己的故事。她们站起来，准备离开。阿德莱德小姐拨了拨炉子里的火，往里加了好几块木炭。埃德蒙小姐打开手提袋，取出几张一百法郎的钞票，不顾我软弱的反对放在油灯旁。我谢过她们，为我没法起身送客道歉。她们转身要走，可阿德莱德小姐迟疑了一下，又回过身来，认真地看着我。片刻后她走上前来，挨着床垫边缘坐下，紧贴着我。她俯身凑近，我能感觉到她在端详我的脸，几乎是沉醉地。她抬起一只手，伸出一根手指，轻柔地描摹我的轮廓，鼻子、脸颊、双唇。埃德蒙小姐站在她身后，半侧着身子，一动不动。阿德莱德小姐一点一点地缓缓伏下身子，直到她的双唇触碰到我的，给了我一个和缓、温柔的吻。"你依旧是个美丽的女人。"她轻声说，"非常漂亮。"说完她直起身子，回到她的同伴身边。她们拉开门，在丝绸裙摆的窸窣声中离开了。

好几天后，又有人敲响了我的房门，是埃德蒙小姐的马车夫。他送来了一封封口的信，可我告诉他我不识字，于是他拆开信大声读给我听。那是一份邀请，请我赏光于第二天下午四点前往洛雷特一带某个地址做客，届时会有一辆马车来接我，并在事后送我返回，落款是埃德蒙·德·布雷西小姐。

第二天我如约到了一栋大宅子前。车夫搀扶着我下了车，把我安顿在一把带轮子的椅子上，一名男管家推着椅子，带我穿过大门进入一个门厅。那宅子里的装潢与家具之显赫，是我从小到大都不曾见过的。我静静地等着，顺便四下打量，每一处都精心修饰过，每一面墙上都挂着一件艺术品，每样东西都光彩照人。很快，埃德蒙小姐和阿德莱德小姐出现了。她们并肩走来，丝裙伴随着她们的脚步窃窃私语。和上次一样，埃德蒙小姐用面纱遮着脸。寻常的寒暄过后，她们邀请我参观这处宅邸。

阿德莱德小姐推着椅子，带我从一楼开始，一个一个房间看，每一间都有自己的风格，每一间都那么富丽堂皇。一边走埃德蒙小姐一边解释我们看到的都是什么，描述我们楼上的房间是什么样，里面有什么，就连她在其他地方的产业如何都巨细无遗地说了一遍。我们看完刚好绕了一个整圈（这房子是围绕着一个中庭花园修建的），没重复经过任何一个房间。我已经得到了一大笔财富的概念，其中包括另外好几处和这里差不多的房产，分散在巴黎和其他省份。埃德蒙小姐的母亲在生她的时候死了，父亲继承了一笔银行业的产业，额外还有铁路业方面的收益添补进来，而就在前一年他也过世了，埃德蒙小姐是唯一的继承人。她的财富庞大到需要三个人来专门运营管理，因此埃德蒙小姐大可以随心所欲地选择她想要的生活。

"珍妮夫人，"她说，"您一定很好奇我们为什么要邀请您来做客，我又为什么要这样巨细无遗地把我的事讲给您听。您上次讲的故事深深打动了阿德莱德小姐和我。事实上，更准确地说，自那天以后，我们几乎没谈过其他话题。我们想向您提出一项提议，但在那之前，有些东西您应该先看一看。"

她伸手挽起自己的面纱，藏在面纱下的面容终于显露出来。我被眼前的景象吓到了，她的脸完全不成人形。只容我看了一眼，她就重新放下面纱。"您现在能明白我为什么要把它藏起来了。"她说，"在我小时候，卧室里一支蜡烛引发了一场意外，这就是后果。不过要不是这样，我也不会遇到阿德莱德，不会有现在的快乐了。"两个女人看着彼此，十指交握："我们不是随便做出这个决定的。之前这一个星期，我们把绝大多数时间都花在了这个问题的讨论上，不过现在已经达成了共识。今天我们俩在这里对您说话，两人如同一人。一直以来，这就像一个梦，不，一个我自己的妄想，我想拥有另一具躯体，最重要的是另一张脸。这也解释了我为什么会对绘画和文学如此痴迷。莎士比亚说：性格决定命运。然而我们的外表特别是容貌，是如此直接地影响着其他人对我们的看法，对女人来说尤其如此，它对我们的命运有着同样强大的影响力。我们的容貌影响着他人对我们的看法，这些看法反过来又塑造我们的性格。财富也能塑造我们的人生，社会地位同样如此。然而就像性格是可塑的，一个人所拥有的财富和社会地位也可能改善或变糟，只有身体是不可改变的。人必须接受它的局限，必须随着它一起变老，你无法把这具身体换成另一具，至少正常情况下做不到。

"珍妮夫人，您外在的美已经在诗句和绘画中得到了永恒。您曾是许多伟大艺术作品的缪斯。时至今日，知晓您大名的男人仍然对您心驰神往。虽然这具身体时日无多，可它依然保留着同样的魅力，历经岁月风霜的珍宝只会更加珍贵。您依然拥有一张绝美的脸，依然是一个有着非凡人生历练的美丽女人。我的提议很简单，也许您已经猜到了：我愿意向您提供我的身体，加上我半数的财富，用来交换您的身体与身份。如果有选择，毫无疑问，我会更愿意选择一具年轻一些、健康一些的，可我没有选择。通过灵魂交替进入您的身体是我这一生唯一可能实现的交替。我想要抓住这个机会，哪怕这意味着我活不了太久。我并不热爱生活本身，我不渴望长命百岁，我宁愿活得短暂而绚烂，享受感官的快乐。我很乐意放弃这具身体和我半数的财产，换来阿德莱德小姐像上个星期吻您那样来吻我，哪怕只有短短几年也好。"

我几乎不敢相信自己的耳朵。"你想和我进行灵魂交替？"

"是的，但有一个条件：我不希望这是一次盲交。我必须记得自己之前的身体，必须带上我所有的记忆。交替之后，我必须能够记得我是谁，我们是谁。您能确保这点吗？"

我向她保证这完全可以做到，即便其中一方此前从没有过灵魂交替的经验。

　　马车离开已经是好几个小时之后的事了。车上载满了行李，车厢里坐着两个女人：珍妮夫人和阿德莱德小姐。

P031 👉

Édmonde de Bressy
埃德蒙·德·布雷西

出生 1845年
第一次灵魂交替 1864年
第二次灵魂交替 1900年
死亡 1900年

"您相信轮回转世吗？"

那是1900年3月末一个晴朗的日子，下午三四点，我正坐在联合太平洋陆路有限公司的豪华车厢里，随它疾驰着穿过美国中西部大陆。窗外，白雪覆盖的草原在冬日午后的阳光下闪亮。我靠在一把皮扶手椅里，腿上放着随手从车厢书架上抽出的书，陷入了一场白日梦中。这时我听到这句话又用法语重复了一次，那声音低沉醉人："夫人，您相信轮回转世吗？"

我抬起头，看见对面的扶手椅里坐着一个橄榄色肌肤的英俊男子，他蓄着一把相对他而言未免过于老气的海象胡子，身穿紫色晚便服，戴着深红色头巾，正用一对日本漆器般的眼睛专注地望着我。我心想，真奇怪，他竟知道要跟我说法语。

"什么？"我说。

"轮回转世——您相信有这种东西吗？"

"人死后的灵魂转世？年轻人，我想这不是你该关心的。"

"恰恰相反，没有比这个更值得我关心的了，这就是我的生活！您看，我的名字是希波吕忒·巴尔塔扎尔。"他说着，隔着过道伸出手来，保持着那样的姿势等了好几秒，直到我终于忍不下去，跟他握了握手，"很高兴认识您。"

"埃德蒙·迪纳歇·德·布雷西夫人。"说完我就后悔了。

"我是名东方学者。"他说。

"那是什么？"

"嗯……就是研究东方民族的学者！我对轮回转世的问题特别感兴趣，最近刚在美国和加拿大完成了巡回演讲，就是对这个主题进行深入的探讨。"我内心的某个部分立刻对巴尔塔扎尔先生感到了不喜，可另一部分已经被他抓住了。直觉告诉我现在就该立刻站起来离开餐车阅览室，可在火车或渡轮这类封闭空间旅途中和同行旅客保持外交式往来是必要的，仅仅因为一个眼神或一句冒犯的言辞就要在长途旅行中全程避开某个乘客，这绝不是件简单的事。"德·布雷西夫人，"他接着说，"身为一名正在修习东方冥想术的学生，我已经能熟练地看到人的光环了。夫人，您相信这些吗？"

"先生，您一直在问一些我从来没想过的问题。"

他从椅子上跳起来，换到我身边坐下。

"夫人，"他说，"您的光环一下子就引起了我的注意。看啊！它是最独特的那种，也许比我见过的所有光环都要独特，甚至比威廉·麦金莱总统的还要不同凡响——几个月前我刚刚跟他共进晚餐，他的光环真的非常华美壮丽。"他就这么一个劲儿地说了好半天，想要解读我的光环，当然是免费的。我拒绝了。与其说是客气，倒不如说是坚持。可他不顾我的恳求，依然不依不饶。终于，我决定离开餐车阅览室，可就在我起身的前一秒，他的一句话把我拦了下来。

"夫人，"他说，"您被困在了一个布满镜子的宫殿中，不过这个镜宫是有出路的。"

我坐在椅子上，看着那年轻人，说不出话来。过了好一会儿，我掀起面纱，把声音压低到确保只有他能听见，一个字一个字地说："巴尔塔扎尔先生，如您所见，镜子对我来说毫无用处。如果您再这样对我说话，我保证会让您被赶下这趟列车。"我站起来，撑着从容果断的架子离开车厢，朝我的包厢走去。回到包厢后，我度过了心神不宁的一天一夜。"镜宫是有出路的"，这句话一直在我的脑海里萦绕。

第二天早晨，我没有冒险走出包厢，而是叫了份早餐送进来。早餐过后，一名乘务员来到我的门前，手里托着个银桶，里面放着一瓶香槟和一个香槟杯。

"来自巴尔塔扎尔先生的问候，他邀请您赏光到餐车与他共进午餐。"

我打发乘务员把香槟和杯子都原样拿走，可对于是否接受巴尔塔扎尔的邀请，我还是犹豫了整整一个上午。到中午时，我的坚持开始动摇。这个奇怪的年轻人有一种同样奇怪的力量，能迫使我做自己并不想做的事情。中午一点，我起身去了餐车，发现巴尔塔扎尔先生坐在一张双人餐桌旁，丰厚的唇上挂着一丝满意的微笑。

"看呀！"他大声招呼，高兴得容光焕发。他站起来迎接我，吻我的手，帮我拉开椅子入座，然后才回到自己的座位边坐下。"您能接受邀请，真是我的荣幸，夫人。"

"我的好奇心占了上风。你似乎能让我做一些其他人没法说服我的事，那是怎么回事？"

"我跟随一名开罗的苏菲派托钵僧学过麦斯麦催眠术。夫人，就这方面而言我是专家。我催眠过的大人物和名人遍布全世界，更不用说欧洲那些最显赫的皇室成员了。"

"我明白了。"不被这样一个人吸引是不可能的，"所以你就是这样利用催眠术让别人做他们不乐意做的事？"

"这世上没有任何催眠术能做到这点，夫人。一个人被催眠不是因为催眠术，关键在于他愿意被催眠。"

"你是说我本来就想来跟您吃饭？"

"当然是您想来。您自己也说了，您的好奇心占了上风，也许还有其他驱动因素，埋藏在您内心更深处的某些东西。我们每个人都是矛盾的生物。总有些我们想要的东西是我们并不希望自己去要的。但归根结底，想要的终究还是想要。"

"那我想从你这里得到什么呢？"

"安慰。这只是我的猜测，毕竟大多数人都想要这个。"

"如果我和大多数人一样，你又为什么对我特别感兴趣？"

"您和大多数人并不一样，恰恰相反，夫人，"他说，"您非常有趣，您是独一无二的，您身上有着源自古老灵魂的高贵与优雅。"

"我猜你一定觉得自己是这方面的专家吧？"

"毫无疑问！我的职业生涯都献给了它，我已经选定它作为我的终身事业了。"

我承认听这么年轻的人这样谈论他的"终身事业"真的很好笑。可哪怕隔着面纱，他如炬的目光还是让我有了前所未有的暴露感。"那么请容我问个问题，"我终于冒险开口，"真有这样的事吗？"

"以灵魂的形式？我可以说答案毋庸置疑。"

"有位英国人的著作并不认同这个结论。"

"达尔文先生？我完全赞同他的所有观点，这个男人是个天才。但在灵魂的课题上，他没有发言权。"

"那么你对这个课题有什么要说的？"

他抚着他的海象胡子，思考该如何作答。"我本人对这个课题的现有认知体系没有任何补充，但我同意那位波斯诗人说的：'灵魂不只包括一切智力与情感，也不只包括一切经验与体验，尽管它就像闪亮的金属血管，将三者贯通。'"他探过身子凑近我，竖起一根食指表示强调，"'它是内在的天赋能力，能够洞察这世界生命力的奥妙，因为它与它们系出同源。'"

就这样，巴尔塔扎尔开始跟我聊起了他的人生经历。他年纪虽轻，经历倒着实丰富。听他讲故事非常愉快，故事一个接一个，就像色彩明亮的旋转木马。论及这方面的天赋，全世界的说书人加起来也赶不上他——那个年代还有这个行当，从旧金山到北京，从咖啡馆到酒馆，到处都能看到他们的身影。

总之，他复杂却并不长的人生可以概述如下：他的母亲是一名匈牙利女公爵，是个著名的美人，却爱上了一个亚美尼亚的航海画家。在他八岁时母亲难产过世，他在童年时得到了最好的教育（用他的话说），包括苏菲派诗歌、《天方夜谭》、古希腊语写作和伟大的穆斯林数学家们教授的代数。他是个学识广博的人，他说眼下他正在为一部芭蕾舞剧作曲，他的学说将在这部作品中得到全面展示。他能说七种语言：法语、俄语、马扎尔语、英语、意大利语、亚美尼亚语和古希腊语。他跟随法国神经学家和东方奥秘派大师学习当代催眠疗法和麦斯麦催眠术，还号称自己是瑜伽和密宗艺术的大师。你没法说他究竟是个独辟蹊径的骗子还是真的相信他自己说的这些。

至于现在，巴尔塔扎尔说，他正要返回欧洲，然后去亚历山大港，沿尼罗河逆流而上到喀土穆，他会在那里参加他姐姐和一位埃塞俄比亚王子的婚礼。在那之后，他声称打算到巴黎安顿下来，他已经决定要在那里成为一名催眠师。他说他要将帮助他人作为毕生的事业。

"说到这里，夫人，我能为您做些什么？"他探身向前，棕色的大眼睛睁得愈发大，问这话时嘴里还嚼着蜜饯栗子布丁。

"给我平静。"我说，再次发现自己败给了无法自抑的无名欲望，"给我安宁，卸下我背负的重担，我祈求你。"

"什么样的重担？"

"它的名字叫心碎。"

那天晚上，我和我的旅伴吕西安共进晚餐，他自己另外有一间包厢。对我来说，这顿饭可谓亦苦亦甜，因为我觉得这大概是我最后一次见到他了，而我真的非常喜欢他。

　　第二天早晨，我依旧独自在包厢里用早餐。早餐过后，我的房门被敲响，来的是巴尔塔扎尔。他微笑着走进我的包厢，锁上门，在扶手椅里坐下。我半躺在火车包厢窄小的床上，倚着一堆靠垫。

　　"我们可以开始了吗？"寒暄过后他问我。我点点头。"我会从十数到一，"他说，"等我数完您就会睡着。到时候我会问您一个问题，而您会睁开眼睛，看着我的眼睛，您会尽您所能诚实作答。"他直视着我的眼睛，开始慢慢地数数。数完之后，他用人类能想象到的最轻柔的声音说："跟我说说你生命中最幸福的那一天。"

　　"我生命中最幸福的那一天是 1881 年 3 月 22 日，到现在差不多有十九年了，那天我终于能回家了。"

　　"您的家在哪里？"

　　"奥依提岛，那是东太平洋上的一座小岛，在三明治群岛和马克萨斯群岛之间。"

　　"那是您出生的地方吗？"

　　"在某种意义上来说，是的。"

　　"您是年轻时就离开了那里吗？"

　　"是的，那时我还不知道将来要花多久才能回家。"

　　"那花了您多久时间？"

　　"好几世。"

　　巴尔塔扎尔犹豫了一下。"多少世？"

　　"这已经是我第五世的尾声了。"

他往后一靠。"我们不是在玩猜谜游戏，埃德蒙夫人。"他说，面上露出了掩饰不住的恼火，"催眠术不是可以随便拿来开玩笑的。"

"我没在开玩笑。"我回答，"我非常认真。我花了足足九十年才回到我的岛上。"

他眯起那对棕色的眼睛，左右歪了歪脑袋，又咂一咂舌头，陷入了沉思。"这是什么怪事？昨天您还跟我说您既不相信轮回转世也不相信灵魂的存在。"

"轮回转世是人死之后灵魂的迁徙。依照这个定义，我说的不算轮回转世，因为不涉及死亡，我称之为'灵魂交替'。"

他琢磨了一会儿我的话，突然整张脸都被恍然大悟的欣喜点亮了。他凑到我身边跪下，双手执起我的手。"看啊！"他说，"我就知道，您的灵魂是非凡的！这就是证据！"他欣喜若狂地亲吻我的手指："拜托，夫人，请给我这份荣幸，把您的前几世都告诉我，全都告诉我！"

我知道我已经进入狩猎范围，但也知道面对骗子要智取并不容易，我得哄他放下防备。想要哄一个职业的江湖骗子，没有比假装诚实更好的办法了。"那好吧。"我说，"但这故事讲起来得花上一整天，中途不能被打断。"我开始了，从一切的开端，从阿茹拉和寇阿胡讲起。

1881年3月22日那天，我站在"赤道号"的甲板上，那是一艘纵帆船，往来于大溪地、马库赛斯群岛和奥依提之间做生意。那时我真的相信，我这数世以来的漫长人生旅程终于要走到终点了。因为这是我回家的日子，回到当年我那样草率地离开了的地方，那个多少年来叫我魂萦梦绕的地方。我在人前总戴着面纱，掩藏的不只是这张变形的脸，更是一个世纪的记忆。三十六岁却始终未嫁，我已经是人们心中的老女人了，幸好有可观的财富让我免于被排斥，毕竟只需要一丝丝财富的气息就能神奇地将缺点变成个性，将冒失无礼变成无伤大雅的小怪癖。但金钱并不能消解所有的压力。

早在瞭望哨喊出"陆地，啊嗬咿！"的好几个小时之前，我就已经感觉到家乡在望了——我认得出这些云朵的形状，分辨得出这些风的味道，晚星、微风、水面上波浪起伏的样子……一切都在提醒我归期将近。我认识这些胭脂红的飞鱼，它们舒展双鳍，在水天之间雀跃穿梭，只为着单纯的生的喜悦。终于，当岛屿映入眼帘，虽然不过是天际线上一道模糊的蓝色影子，我的心却早已禁不住狂跳起来。待到看见燕鸥高翔，一次又一次扎入海面捕食，这颗心更是几乎要整个儿从胸腔里跳出来。越靠近我就越能分辨它的轮廓：岛屿南端那块方尖碑模样的岩石叫"黑鹤"；那一挂瀑布叫"白银眼泪"；丛林之下是数不尽的山谷丘陵；钟楼模样的是壁柱；而高耸于整个岛屿之上的是大山。

我且喜且忧。这一路走来，我看过了太多岛的命运，实在害怕我的岛、我们的人民遭遇的是最坏的情形。我已知道这座岛的国王叫麦哈维，但那是法国人任命的，徒有"王"的称号而已。奥依提归属法兰西帝国已经很久，占我离开的半数时间。

船终于靠岸，码头从海滩向外伸展探入大海，背后就是我多年前离开的那片沙滩。那一刻我很庆幸自己戴着面纱，因为我不希望任何人察觉到这薄纱下有泪水缓缓滑下我毁了容的面颊。

刚上岸我就被一大群半大孩子和小孩子包围了，显然这些孩子没怎么见过穿黑色骑装、戴帽子、遮面纱的女人。我暗恨自己没准备些太妃糖来分给他们。一名官员把孩子们扒拉到一边，领我进了海关大楼，所谓大楼不过是码头边几个铁皮棚子中的一个。屋里热得叫人受不了，那名官员在一张摇摇晃晃的桌子后坐下，自我介绍说他是佩罗上尉。他汗流浃背地低头翻看一个硕大的记录本，嘴里嘀嘀咕咕地低声念叨着自己潦草写下的东西。他询问我的来历和到这里的意图。我照实回答，说我是个富有的女人，致力于为原住民孩子提供教育方面的帮助，来这里是打算建一所学校。这让他吃了一惊，他往后一靠，像是听到了什么坏消息。他的眉头蹙成一团，不认同的态度直接凝固在前额上。我从手袋里取出好几封介绍信，全都出自新喀里多尼亚殖民地的达官显要之手，向麦哈维国王和特派专员引荐我。这位官员也有殖民地公职人员普遍具备的自我保护的完美本能，他没接这些信，而是建议我先去岛上唯一的酒店木槿花酒店落脚，安顿下来等进一步的消息。在此期间，他提醒我，无论如何不要走出路易斯镇的范围。"未婚女人在这座岛上没有保障，"他补充道，"无论什么年纪、什么身份。"

我走出海关办公室，穿过一大片荒芜的空地，走进路易斯镇，一个中国搬运工用手推车推着行李跟在我身后。把这个地方称作"镇"实在有些过誉，在1881年那个时候它只能勉强算个村子：一片不见人迹的铁皮棚屋，几栋刷成白色的木头小屋，再有几条小土路将它们连接起来。或许更恰切的描述是另一个概念比较含糊的名词："聚居点"。虽说这里更常聚居的是旱季里覆盖万物的细尘。路易斯镇背后矗立着一座小山丘，正是九十年前我第一次看到马尔尚那艘船的地方。山丘背后便是笼罩在紫色阴影下的大山了。

路易斯镇号称有将近一百名外国居民，大多是法国人，有士兵、宪兵、公职人员、神职人员、商人、几位妻子、十来个孩子、两三个探险寻宝者和几个农民。再加上几个英国人、德国人和美国人，他们就包揽了本就没多少的商店和生意。除此以外就是寥寥可数的中国劳工和商人了。至于岛上的原住民，他们皈依了基督教，被安置在路易斯镇外靠近海滩的传教区。

我沿着主街往下走，两边是不起眼的商业设施：一家杂货店、一个邮局、一间酒馆和一家银行，银行隔壁就是木槿花酒店。酒店后面是一所学校和一座带尖顶塔的土砖小教堂。远处的山坡上立着一些白色木墙的住宅，有着人字形的露兜树叶屋顶和灰扑扑的小花园，外面围着一圈白色的木头篱笆。木槿花酒店本身是一座毫不招摇的两层楼小旅馆，楼上是对外出租的客房。

那天夜里我没睡着，不只因为年轻时的记忆像潮水一般涌起，也因为走廊和隔壁的声音太吵。男人们踏着重重的脚步上楼下楼没完没了，从隔壁传来的动静判断，是在拜访住在旁边几个房间里的女士。等我终于沉沉入睡，东方的天边已开始发亮。大概只睡了两三个小时，我就被一阵响亮的敲门声吵醒，是佩罗上尉送信来了，信头上写的是"奥依提国王，麦哈维陛下"。麦哈维邀请我当天下午去皇宫，上尉将陪我一同前往。

那天上午我在路易斯镇逛了逛，短暂地散了个步，走遍所有街道也没能花掉一刻钟。午餐后，佩罗带我坐上一辆双轮马车去皇宫。我问他本地岛民在哪里，怎么在街上没看到。他回答说原住民只有得到许可才能进入路易斯镇，日落后更是有严格的宵禁令。我们经过一座朴素的教堂，旁边的小屋既是神父宅邸也是一所有着十二名欧洲学童的学校。至于奥依提小孩，佩罗告诉我，他们上的是教会学校。我询问能否参观传教区，他回答说那在镇外，只有得到国王的特许才能进入。

皇宫坐落在俯临路易斯镇的小山上，很难谈得上什么宫殿气象。确切地说，那只是一座两层的木结构建筑，不比木槿花酒店大多少，同样刷成白色，唯一的身份标志是外围的一圈柱子。这座皇宫就在聚居区上方的山头上，有一座大花园，有修剪得整整齐齐的草坪，草坪上点缀着面包果树、含羞草、番石榴树和纤秀的凤仙花。站在皇宫能看到更高一点的山坡上立着另一座同样风格的建筑，规模稍小，只在正面立了柱子，那是特派专员府，里面住着代表法兰西帝国驻守这座岛的首脑。

我们下了马车，一个仆人打开通往内殿的雕花大门，将我们领到了接待室。待我坐下后，佩罗上尉便让我取下面纱，说是为了表示对国王陛下的尊重。我拒绝了。

"国王会认为这是一种冒犯。"佩罗说。但也没再坚持，转身便离开了。

这间接待室里还有五六个岛民，都和我一样，在等待国王接见，好提出请求。不一会儿佩罗回来了，请我进大殿。我指了指那些比我等得更久的请愿者，可上尉只是摇摇头。"他们等惯了。"他说。柚木门打开，我跟着他走进一个雪白的长条形房间，天花板很高，窗户很大，敞开着，有皇家花园里植物纤长的卷须探进来。大殿尽头坐着三个男人，中间的座位比两边的高一些。我走上前去，丝裙窸窣作响，皮鞋底敲在拼花木板上铿然有声。

坐在中间的是麦哈维国王。国王陛下的军装制服笔挺板正，绣着刺绣，装饰着金色饰带，衬托出他宽厚有力的胸膛。在他心脏跳动的地方骄傲地排列着各式丝带、绶带和勋章。他的脖子看着比头还粗点，剃短的头发藏在一顶宽大的船形帽下面，孔雀翎羽在帽子上轻轻摆动。一个巨大的文身从两眼下缘伸展开去，覆盖了他的整张面孔，蓝色的墨线衬得那对眼睛愈发白亮。他身下的王座镶金嵌银，金碧辉煌，镌着《圣经》里的句子。坐在麦哈维右手边的是特派专员米哈贝勒上校，他蓄一把灰白络腮胡，穿着鲜艳闪亮的法国海军高级军官制服。国王左手边是个光头圆肩的男人，佩白色硬领，穿一袭黑色教士长袍，戴一顶紫色便帽。佩罗介绍说，他就是奥依提岛的大主教法比安大人。

米哈贝勒上校问我为什么来这个岛，我详细阐述了我向异教原住民传播福音的事业。法比安大人问起我在教育方面有什么经验，我讲了自己多年来在新喀里多尼亚教育原住民男孩的经历。米哈贝勒上校问我是怎么到新喀里多尼亚的，我回答说虽然不是激进分子，但我也曾卷进巴黎公社的活动，正是流放的经历让我明白了只有基督的救赎能带来真正的喜乐。我拿出推荐信，在国王的首肯下，佩罗上尉（他一直站在我身边）将它们接了过去。法比安大人问我是否知道传教士们的行动，我说他们的使命世人皆知，我并不想插手他们的工作，只想为那些依然生活在原始状态中的孩子提供教导。米哈贝勒上校问我身为一个女人打算如何和这些异教野蛮人沟通，毕竟他们还固执地抱着他们野蛮原始的语言、行事规矩和风俗习惯不放，哪怕是基督最虔诚的仆人也没法将他们带入文明的怀抱。我回答说我在新喀里多尼亚已经学会了岛民的语言，也熟悉了原住民的行事规矩和风俗习惯。听到这里，之前一直没开口的麦哈维国王发出了一声不以为然的轻哼。米哈贝勒上校问我如何保障这项事业的经济来源，我回答说我继承了一大笔财富，想要把它们用在传播基督福音上，将基督的讯息带到全世界每一个最偏僻的角落。

问询终于结束，专员和大主教都沉默下来，麦哈维国王依旧一言不发。最后他开口了，那是我从未听过的最甜蜜醉人的嗓音，一口法语纯正得仿佛出自巴黎任何一个沙龙："夫人，你为什么在国王面前还戴着面纱？没人告诉你这是不被允许的吗？"

"陛下，"我回答，"我戴着面纱不是有意要冒犯您，相反，这是对您的保护。"

"怎么说？"

"它掩藏的是一份最好不要见人的畸形。"

"关于什么该看什么不该看，无疑我自己才是最好的评判。"

"换成其他情况我都完全认同您，陛下。"

"这次也一样，立刻取掉那个东西。"

"好吧，陛下。"我挽起面纱，看到专员和主教都嫌恶地皱起了面孔，而国王的脸上毫无波动。他坐在王座上，居高临下地看着我，表情莫测高深。然后我听到一声轻笑从他华丽的喉咙深处升起，越来越响亮，直到变成残忍的大笑，一种毫不掩饰的放肆的嘲笑，不像寻常大笑那样适可而止，而是在整个大殿里回荡不休，一直冲到外面的花园里。他左右看了看他的同伴，仿佛希望他们一同加入他的狂欢。无疑他们收到了他的暗示，也开始笑，一开始有点迟疑，很快就肆意起来。当笑声终于停歇，国王的表情回到了他惯常的冷淡。

"放下您的面纱吧，夫人。"米哈贝勒上校说，"以后在我们面前也请一直戴好它。"

麦哈维微微俯身，轻声对米哈贝勒上校说了些什么，后者也同样轻声答了句什么。他依样对法比安主教说话，得到了同样的回应。都说完了，米哈贝勒上校这才对我开口："尊贵的麦哈维国王陛下，奥依提的君主，会考虑您的请求。您要继续留在路易斯镇的范围内静候御准。祝您拥有美好的一天，夫人。"听到这里我行了个屈膝礼，退出房间，直接离开皇宫。没人再跟我说一个字，我也没再跟任何人说话，独自步行回到了木槿花酒店。

就这样我开始等国王的判决。一天又一天，我不是待在房间里看着粗糙的白墙发呆，就是在那片小小的居民区里散散步——我走不远，因为还没得到走出那片区域的许可。楼梯上沉重的脚步声没日没夜地响个不停，我听着男人们上上下下——从楼下的酒馆出来，走进左右四个本岛姑娘的房间。一天早晨，我在走廊上遇到其中一个姑娘，对她笑了笑，冒险开口聊了几句。她的名字是蕾哈玛。我很快发现她几乎不懂法语，于是在确认不会被其他人听到后，我开始说本地语言。听到她的回应我才意识到，和我九十年前最后一次说母语时比起来，这种语言已经有了很大变化，但还不至于大到我听不明白。发现这个新来的法国女人不知怎么竟然会说他们的本地语言，隔壁房间里工作的几个女人都聚了过来。她们问我怎么会说她们的话，我重复了在皇宫里说的谎言：我是在新喀里多尼亚学会的，那里的语言和这里的略微有些不同。

日子过得像蜗牛爬一样慢。我渴望挣脱加在我身上的束缚，赤脚行走在我的土地上，抛开白人女子的服饰拘束，跳进水里游泳，和我的族人们在一起，了解他们的境遇和"法则"的变迁。但这份内心的满足在一开始就被戴上了镣铐。虽然脚上没有锁链，可我依然是个囚徒。皇宫方面音信全无，但我不认为这意味着我被遗忘了，相反，我认为他们一直在观察我，审视我。我猜国王、专员和那位主教大人都在犹豫该拿我怎么办。我知道我必须证明自己可信，因此没有冒险越界。

这样踱来踱去消磨时光的日子过了好几天。这天我坐下来，打算给马蒂尔德写封信，可刚写下"我亲爱的马蒂尔德"几个字，回忆就如潮水一般涌上来淹没了我，让我一个字也写不下去了。

十六年前，在比利时和夏尔完成灵魂交替后，马蒂尔德就跟着我回到了我们圣路易岛河岸边的家。我继续照管自己的产业和波德莱尔学会的事务。一开始新环境让马蒂尔德很高兴，她总是对我笑脸相迎，摆出爱我的样子。但这样的情形只持续了很短一段时间。现在我们终于又在一起了，我觉得时候到了，便开始找机会提回奥依提的事。尽管知道我们对"法则"的亵渎早已无法弥补，但我觉得就算不顾感情上对家乡的渴望，我们也应当回去，这是一份责任，哪怕只是看看我们的行为带来了怎样的破坏，看看还有什么可以弥补。可只要提起"回家"，马蒂尔德的笑容就会瞬间消失，变回她从前阴郁的模样。如果我试探着问她的意见，她就会说自己完全不记得灵魂交替，也不记得之前夏尔的任何事。不管她怎样否认，在我看来他们完成了灵魂交替，这是毋庸置疑的，理由很充分：交替之后她就开始做噩梦，每晚都做，和之前的夏尔一样。

　　几个月后马蒂尔德生下了一个儿子，她为他起名吕西安。我又等了好几个月才再次提起回去的事。"吕西安太小了，吃不消这种长途旅行。"马蒂尔德回答。我也一直没能说服她接受灵魂交替的概念。尽管我一再担保，可她的头脑太务实，无法接受这样的可能性。随着日子一天天过去，她开始觉得我和我的故事都是疯了——夏尔从前也这样。我给她看夏尔在灵魂交替前写下的故事，他将它命名为《恶魔的育成》，可她阅读能力实在有限，又不肯让我读给她听。我提出和她亲身尝试灵魂交替然后再换回来，好证明我说的是真的。可同之前的夏尔一样，她也不肯接受。毕竟你总不能强迫别人盯着你的眼睛不挪开——在这个问题上，我花了很多工夫也没找出解决办法。眼球太滑了，就算用两根手指去夹也夹不稳。很快再提这个话题换来的就只有一个轻蔑的表情。于是我也开始回避。我想我该对她更有耐心一点。可她的脸变得和我的面纱一样，上面只有一片空白，将她的生活小心翼翼地藏起来，不让我看见。

　　至于夏尔，他始终没能从灵魂交替中恢复过来。医生诊断说他的神经痛是梅毒恶化导致的，可我知道那是灵魂交替的后遗症，有时新灵魂带来的冲击是年迈体衰的病弱身体所不能承受的。他母亲带着他回到巴黎，把他送进一家诊所，在那里他在一把大扶手椅里度过了最后的日子，皮肤苍白，双眼总在寻觅，然后突然定住。他走不了路，连坐在写字桌前都不行，脾气也更坏了，常常突然大发雷霆。不知怎么回事，他在那一次灵魂交替中失去了语言能力，他的词汇量只剩下了一个不断重复又重复的词："天爷！天爷！"无论他自己如何努力，无论求助了多少医生和专家，他的表达能力始终局限于此。"天爷。"如今他呻吟是它，冷笑是它，一切需要和想法的表达都是它，至多再加上一点生气或高兴的嘟囔。

　　他这样又熬了一年多，情况越来越糟，到最后只剩下一只眼睛还能睁开一条细缝，脖颈已支撑不起头颅的重量，只能让它歪在肩膀上。而在那只眼睛里，回忆仿佛渐渐熄灭的光，注视着一切。他最后的日子很痛苦，那是 1867 年的夏天。他被葬在了蒙帕纳斯公墓的家族墓地里，和他的继父躺在一起。待到多年以后，他的母亲也加入了进去。

　　我一边等马蒂尔德确定吕西安长大到能旅行的年纪，一边继续投身于波德莱尔学会的事务。如今学会担负了双重使命：一是妥善保存夏尔的著作，一是为有需要的年轻诗人提供慈善帮助。我买下了皮莫丹公馆，那个当初我还是珍妮时曾和夏尔共住的地方，将学会总部安在里面。我们三个住在楼上。与此同时，我也没忘了继续为我们三个将来前往南太平洋的旅行做准备。我成了第一个加入地理学会的女性会员。在圣日耳曼大街那间小小阅览室里，我读遍了能找到的一切涉及奥依提岛和它周边一带南太平洋诸岛的图书和期刊文章。我如饥似渴地吞下每一段对当地岛民及其风俗习惯的描述，细细研究每一张插画，翻来覆去地研读传教士的记录和相关新闻报道。

就这样，我们过起了互不干涉的平行生活——马蒂尔德和我，生活在一起却各行其是，两个人都一样固执。她全心全意地抚养吕西安长大，而我以同样的全心全意准备我们最终的回归。每当我提起航海，马蒂尔德就会回避。她总说吕西安还太小，我们至少得等他学会走路，等他学会说话，然后是学会识字、读书……而在这期间，我已经在脑海中完整勾勒出了远行的全套规划，包括如何租船，如何招聘海员团队，如何带上能维持好几年的食水补给。

吕西安是维系我们俩关系的桥梁。我站在礼貌的距离外，确保他衣食无忧。从一开始他就把我们认作他的两个母亲。他叫马蒂尔德"妈妈"，这很自然；可不知为什么，他会称呼我为"母亲"。最初我们接受了这点，当作小孩子天然的混乱。每次他这样马蒂尔德都会纠正他，告诉他我是他的姨妈，不是母亲。但在这个问题上这男孩纠正不过来，就算挨了马蒂尔德的骂也不行。只要马蒂尔德转身离开，去了别的房间，他就会跑过来要我抱，最后总会用上那个神奇的词："母亲"。而我从来无法抗拒。于是我会抱起他，轻轻摇晃，看着他吮吸他的大拇指。

这样的天伦之乐是最接近我心目中亲子相伴、平和温馨的画面的，只可惜没能持续太久。1870年夏天，吕西安刚刚三岁，在一心想摆脱古老神圣罗马帝国影子建立现代德国的普鲁士人的诱导下，那位自称拿破仑三世的法国国王拿破仑二世发起了战争。国王蒙羞，帝国败亡，一个新的共和国——法兰西第三共和国建立了。普鲁士人继续向巴黎挺进，在1870年的冬天向这座城市发起了进攻。那是我记忆中最寒冷的日子，我从没见过这样可怕的困境，就连在往返地理学会的路上都得小心绕开水沟里颤抖着垂死的人，或是眼睁睁看着饥饿的孩子搜寻老鼠抓回来吃。于是马蒂尔德和我向所有需要庇护的人敞开了大门。一开始我们家还只是临时的食堂，很快就变成了医疗站、托儿所和学校。

　　最后政府决定向普鲁士人投降。巴黎人拒绝投降，愤而起义，受困之城变成了巴黎公社。风云变幻间，我们的大门始终敞开，临时食堂、医疗站、学校、托儿所如今又接纳了受伤的公社社员和他们的家人。到那个春天结束，樱花再度盛放时，第三共和国的士兵终究还是攻破了巴黎城墙，只是他们作战的对象已不再是普鲁士人而是公社。接下来的一个星期，巴黎城里最好的历史遗迹都陷入了熊熊烈火，城墙被反抗者的鲜血染红。数以万计的公社社员被杀死，更多的被投入监狱，我也在其中。

　　和其他许多人一样，我被判处二十年苦役，流放新喀里多尼亚岛，只剩下马蒂尔德留在巴黎照管我的产业。踏上流放之路时，我相信自己再也见不到她，见不到吕西安，见不到巴黎和奥依提岛了。在新喀里多尼亚的流放地，我挨过了多年困顿艰难的流放生涯。但苦厄之地也有意想不到的仁慈：曾受过教育的女性被委任为教师教导原住民孩子读书、写字、算术。为了忘却痛苦，我一头扎进了工作。

流放满三年后，我们获允可以把家人带到新喀里多尼亚来与我们一同生活。我给马蒂尔德写了一封信邀她前来。我在信里说，我们说不定可以从这里出海去奥依提岛，不必再返回法国启程。她的回信隔了好几个月才到。她谢绝了我的邀请，说要继续留在巴黎，替我照管我的产业。她始终没学会流畅地读写，但这么多年过去了，她照样凭借着非凡的精力将我的产业管理得井井有条。再往后，等吕西安长到足够的年纪，就能给她当秘书了。

十年流放生涯过去，当年的巴黎公社成员得到了特赦，我可以自由地回法国了。可我觉得，既然离奥依提岛都这么近了，实在没理由不继续前进。于是我再次写信催马蒂尔德来与我会合，可她再次托词拒绝。我只得独自一人出发，从努美阿启程，首先到悉尼，然后前往奥克兰，再从奥克兰出发前往我最终的目的地。看来我注定是孤独的，从来如此。

在木槿花酒店自我禁闭了一个星期后，我再也无法忍受国王的禁足令了。1881年4月3日，一个星期天的上午，我终于鼓起勇气，打算违抗国王陛下的命令。我知道传教区就在小镇的步行范围之内，决定去那里看看。我挑了个大多数人都在教堂的时间，从工作人员专用的酒店后门溜出木槿花酒店，很快便进入了一片破败的荒野，只能看到一点稀稀落落的椰子树、面包果树、山羊、猪，顶多偶尔有一两头野牛出没。我走过一座矮墩墩的土砖房子，我猜多半是监狱，那房子没什么窗户，有伤心的呻吟传出来。接下来是一座木头小教堂，我听到神父在里面诵经，信众的歌声在应和，那歌声是那么醇和，那么抚慰人心，我停下脚步侧耳聆听，禁不住流下泪来。

很快我就跨过传教区的大门，开始环顾四周。这处传教区不偏不倚就建在当年的墓地上，一百年前我们的大长老们就葬在这里。即便是当年的我，踏足这片圣地的次数也屈指可数，每次都是得到法图的准许来参加某项仪式。我们最神圣、最隐秘的仪式都在这片密林深处举行。但这曾经林深叶茂的地方如今却只竖着四排房子，每排六座小屋，每座木屋分成两个房间，都有窗户。传教区的正中心矗立着一座钟楼，钟楼周围生长着巨大的面包果树，除了树荫下趴着的几只脏兮兮的癞皮狗，看不到一丝人气。

我朝最近的小屋走去。这些屋子的墙是竹子做的，屋顶上铺着露兜树叶。我透过敞开的窗户往里看。习惯了室外耀眼的阳光，一开始眼前只有一片黑暗。我撩起面纱，想看得清楚些，一股令人窒息的闷热扑面而来。小屋里的泥地上铺着草席，一块块摊开的树皮布标出了小屋居民夜里睡觉的地方。我一间间地看过去，直到来到一座似乎没什么不同的小屋前，只是隔着窗户就能闻到一股恶臭，应该是很久没洗澡的人散发出的那种味道。等到眼睛适应了黑暗后，我留意到屋角里有什么。那是个人形轮廓，侧身躺在地上，背对着我，身上搭着一块布。我绕到门口，走了进去。

我走到那人身边，跪下来。那是个年纪很大的老人，但我看不见他的脸。鉴于他没什么动静，我想他大概是睡着了。

他的手脚从树皮布下伸出来，是他整个人唯一露在外面的部分。我轻轻掀起布单，发现他的状况很不好，非常虚弱，肌肉都没了，关节肿胀，皮肤上长满了疮，看起来他已经走到了死亡的边缘。他像是在喃喃地念叨着什么，我不知道他说什么，便低下头，凑近他嘴边，希望能听得清楚些，这才发现他一直在重复同样的话，就像念咒语一样："欢迎你啊，幽灵，请引导我去灵的世界吧。"

"我不是幽灵。"我用岛上的土话回答，也不知道他是在对我说话还是对某个想象中的生物说，"我是这个真实世界里的人。"

老人的眼皮动了动，睁开了眼睛。他的眼白已经变黄，曾经是棕褐色的瞳孔上像是覆上了一层灰蒙蒙的颜色。"我看不见你。"过了一会儿，他开口说道，我这才意识到他失明了，"不过我能听到你，我知道你是个幽灵。"

"可我有身体，和你一样。"我拉起他的手放在我的手掌上，向他证明。

"那么你就是个乔装的幽灵。你顶着肉身的模样，但不属于这个世界。"

"你为什么认定我是假冒的？"

"因为你说的是祖先的语言。"

我面前这位垂死的老人认出了我的语言，那是他年轻时听过的。"的确，"我说，"我说的是我们祖先的语言。"

"你从哪里来？"他问。

我犹豫了好一会儿，不知该怎么回答。我从哪里来？"就像您说的，"最后我选择回答，"来自幽灵的世界。"

"哈！"他几不可察地轻轻笑出了声，"我就知道，在这种事上我从没出过错。"他爆发出一阵咳嗽。平复下来后，他又悄声说了句什么，声音比之前还轻，轻到我不得不撩起面纱，把耳朵贴到他的嘴边。他重复了一遍他的问题："你是来为我们复仇的吗？"

"为谁复仇？"

"我的族人——你的族人，信天翁的族人。"

"向那些外国人复仇？"我揣摩着他的心意给出答案。"是的。"我说，拉起他的手，握了握，"是的，我会的。"

"你叫什么？"他问。

我顿住了。"我的名字是，阿茹拉。"

老人惊讶得瞪大了眼睛，嘴大大地裂开，露出一个震惊的笑容。"这么说，你回来了！"他下一刻便回过神来，说，"法图到底还是对的！"

"他是对的。"我回答，眼里盈满了泪水，"你叫什么？"

"我叫寇罗里。"

"寇罗里，娜尼的儿子？"

"是的，那是我妈妈的名字。"

我此刻握着的这只手从前我也曾握过，那时候这个干瘪的男人还是个刚刚出生的婴儿，那是在九十年前了。

就在这时，附近钟楼的钟声响起打断了我们。很快，获得解放的孩子们的笑声就响彻整个传教区，教众从教堂里涌出，弥撒结束了。

"走。"寇罗里嘘声说，"快走，不要让人看到你在这里，这里到处都是我们的敌人。"

"可我必须再跟你聊聊。"

"是的，"他说，"我们要再聊，但不是现在。今晚再来，晚一点，天黑以后，我会等你，我们那时再聊。但现在快走，趁还走得掉，小心不要被人看见。"

我离开殖民地朝路易斯镇的方向走去，路上遇到的人都死死盯着我，像是这辈子都不曾见过这样的情形。除了神父是一袭黑色教士袍，其他人的装扮全都一模一样——女人穿白色棉布宽松上衣，男人穿白色棉布衬衣和长裤。

这一天余下的时间我都待在木槿花酒店的房间里，走来走去，坐立难安。好不容易等到天黑透了，我才重新回到传教区。传教区大门已经关了，但有个男孩在那儿等着我。他指点我走到一丛合欢木旁，那灌木背后的围墙下有个洞。我刚钻过去，那男孩就抓起我的手，领我穿过伸手不见五指的黑暗，直奔那老人的小屋，走进屋旁一片小小的面包树林中间的空地。周遭一片黑暗寂静，只有一座座小屋透出微弱的烛光，远远飘来忧伤却优美的歌声。

老人在月光下等着我。和上午一样，他还是躺在那块毯子上，但不知怎么，跟我早些时候看到的垂死状态比起来似乎恢复了些生命力。为了让人把他搬出来，他找了个借口，说他进入灵魂世界的时候到了，希望能在天空诸灵的注视下独自死去。我告诉他就在我离开前不久的日子里我还抱过他，他回答说虽然不记得我，但他记得小时候老人们是如何说起我，如何等我回来的。

"你为什么等了这么久？"他问，"所有老人都过世了。"我告诉他当年那场灵魂交替究竟是怎么回事，告诉他当时有两场交替，阿茹拉成了鲁贝尔，而寇阿胡的灵魂交替到了翁布列特身上。他对此毫不惊讶，还解释说法图大长老早就猜到必定是这样。接着我说了自己身为鲁贝尔时发生的一切，寇阿胡与那位外科医生翁布列特的灵魂交替如何出了岔子，我如何跟翁布列特分开。我跟他说了让－弗朗索瓦·费耶和珍妮·杜瓦尔，最后我跟他说了我的故事，说了夏尔和马蒂尔德。听完我的整个故事，寇罗里震惊不已地摇着头。"你经历了太多，吃了太多苦。接下来让我告诉你当年你离开后我们遭遇了什么吧。"他开始了，用他轻柔却嘶哑的嗓音向我讲述他这一生的故事。

"你离开之后的好长一段时间里，长者们都没意识到当时发生过灵魂交替，更不用说两次了。寇阿胡伤得很重，这就是他们所知道的，没人注意到阿茹拉不见了。直到第二天，有人发现她一个人在海滩上游荡，失魂落魄，糊里糊涂。她被带到法图面前，法图跟她关在小屋里谈了整整一下午，最后他出来了，宣布之前发生了两次灵魂交替。你犯下了违背'法则'的重罪，他说，寇阿胡也是。但对他们实施惩罚毫无意义，因为这两具身体里的灵魂并没有犯罪。他要所有人都像从前那样对待新的阿茹拉，就当什么都没发生过。我们别无选择，只能期望并等待灵魂交替的人回来。'他们知道"法则"。'法图说，'等他们认识到错误就会回来的，对于这点我毫不怀疑。'你的辜负让法图很伤心，因为你一直都是他最爱的学生，可他还是决定要好好照顾这个新的阿茹拉，照护她恢复健康，教导她我们的生存之道，向她解释她身上发生了什么。同时耐心地等你们归来，到那个时候世界就能步入正轨了。

"可惜啊！寇阿胡的身体没能熬过枪伤。那场晚宴之后又过了几天，寇阿胡就伤重去世了。这让我们大家都非常悲痛，因为我们明白他的死意味着不可能有回归的交替了，'法则'遭到的破坏无可补救了。

"可我们依然在等待你们归来。那些年有许多船来过，但都没有你们。有的只是经过没有停岸，有的会跟我们交易。很快就只有小孩才会对这些船感到新奇了。那些陌生人登上海岸，也带着步枪。我们已经知道了这些步枪的威力，会加倍小心，避免吓到他们。他们跟我们交易：用钉子、锤子、镜子和玻璃珠子跟我们换水、肉和水果。他们比手画脚地告诉我们他们在捕猎海豹，问我们哪里能找到它们。

"那场杀了寇阿胡的意外很快就被遗忘了，大家欢迎每一艘船的到来，新世界渐渐在我们眼前展开。看起来似乎一切都有可能，一切新鲜的东西都那么令人向往。我们的人渐渐大胆起来。女人开始罔顾奥塔胡的命令，无所顾忌地直接游泳到船上去换镜子、珠子和衣服。男人们用独木舟载着猪、鸟、面包果和椰子划船过去交易。那些水手教他们抽烟草、喝朗姆酒，但在他们带来的所有东西中，没有什么比这些陌生人的步枪更让大家珍视的了。它们比任何长枪和矛都更有杀伤力，攻击范围也远得多。相比之下，灵魂交替是一门课程，需要从很小就开始学习，还得经过多年修习才能掌握；而这些外国人的魔法要的只是一个物件。

"第一个换回这东西的是一个女人，她举着它就像举着一件战利品，单臂划水回到岸边。所有人都想要它，长者们都研究它，可无论他们模仿那些陌生人模仿得有多像，它就是不会炸出响声和火光。他们不知道怎样才能让魔法生效，于是法图交替到阿茹拉的身体里搜寻鲁贝尔的记忆，这才知道要让步枪的魔法起作用还必须有步枪子弹和火药。从那天起，每当有船到来，法图就派女人们去交易，只是带回来的不再只是那些用来装扮她们自己的小玩意儿了，她们要换的是军火。

"有一个女人上了船再也没回来。又有一个男人加入船队跟着他们出海离开。每一艘船都在削弱奥塔胡、法图乃至'法则'的权威。新出生的孩子跟其他孩子再也不是血脉相通的兄弟姊妹。很快，就像瀑布下的石头，'法则'溃散成了散沙。到最后，就连散沙也被冲走了。

"接着形势开始逆转。首先是外来者把海豹全杀光了，一只不剩；然后是疾病开始找上我们。人们发现皮肤上有了创口，而且怎么都长不好。法图每天为病人涂抹药膏和药酒，但疮还是越长越大，像开花一样，然后开始流水，越长越多。到最后死亡成了病人唯一的解脱，这意味着他们不必再受苦了。

"还有人发现咳嗽怎么也好不了，还会慢慢变得越来越厉害，咳得越来越深，越来越急，呼哧呼哧地响，肺里好像被水一点点填满，到最后他们就被自己身体里的水给活活淹死。法图竭尽全力救治生病的人，心里的想法一个字也没说，但一切都写在他眉头紧锁的脸上：这就是我们亵渎'法则'招致的惩罚。

"法图活了很久，比大多数人都久。每当有船出现，他都对上岛的每个人表示欢迎，只期望中间有一个会是他一直等待的人。但他终究还是没等到你们的回归。最后他在一个早晨死了，身边只有阿茹拉陪着。她哭着回到村子里，告诉我们法图死了，也是死于一种新的神秘疾病，他们没能来得及完成灵魂交替。传承就此永远断绝。作为法图最心爱的学生，阿茹拉自命为新的大长老。

"那时我还很年轻，才刚刚踏入成年的门槛。之前的若干年里，我一直在学习灵魂交替。法图教得很尽心，他死时我正在准备我的第一次独立的灵魂交替。阿茹拉说，为了表达对法图的敬意，在十二次月圆内不许进行灵魂交替。这不符合我们的习俗，但既然她是新的大长老，人们还是尊重她的决定。阿茹拉的脾气渐渐开始让大家感到害怕，任何一点微不足道的轻视就能让她一连好多天大发雷霆。等到十二次月圆过后，年轻人已经不再习惯严格的要求，不愿再继续他们的学习。就这样灵魂交替的教学没有了，我再也没得到机会独立完成一次灵魂交替。

"海豹之后是来寻找鲸油和檀木的船。有时他们忙着赶路，只停一两天。有时他们需要休整，修补船只，就会停上几个星期。他们跟女人寻欢作乐，跟我们交易。有时他们喝醉了，偶尔会有一杆步枪开火，就为我们带来一场心碎。每隔一段时间就会有人跟着船离开，一直到许多年后才会回来，或者从此不再回来。有时我们中的某个人会跟一个陌生人交换灵魂好离开这座岛，每当有这样的事发生，阿茹拉的态度都和法图不一样。她坚持说经过这样的灵魂交替，原来那具身体要被献祭。献祭结束后她会驱逐交替者全家，只允许他们生活在岛的另一头，那里面包树很少。于是我们渐渐学会了只跟自己人进行灵魂交替。

"接下来又一场灾难降临到了我们头上：奥塔胡死了。和我们许多人一样，他的肺里也开始灌水，到最后也从身体里被淹死了。临终前，依照惯例，奥塔胡指定了他最钟爱的孩子——他的女儿法亚瓦娅作为继承人。

"第一次有外国人留下和我们一起生活时，我已经是一个父亲，有了自己的小家庭。和水手生涯相比，岛上的生活简单轻松得多。于是那人在他们的船起航时跳进水里，游上了岸。我们欢迎他，把他当成我们的族人。他结了婚，有了孩子，但几年后他加入另一条船的队伍，回他自己那个遥远的地方去了。后来也有其他人来，他们向我们介绍他们的生活方式，我们也渐渐开始习惯。

"再后来来的就是传教士了，差不多有十来个法国神父，那时我已经是当爷爷的人了。他们占了这个地方，就是这里，我们的圣地，把原来立在坟墓上的那些古老的圣像推倒、毁掉。他们在原址上建起了这个传教点，还筑了墙把它围起来。他们教我们怎么穿衣服，怎么种蔬菜，怎么读他们的圣书。他们一次又一次怂恿我们丢弃我们的'法则'，许诺用他们的天堂做交换。我们中有好些人被说服了，特别是染上了外国人那些古怪病的。他们搬去了传教区。但在那里，他们被要求穿奇怪的衣服，那衣服磨得身上难受。他们种的菜都死了，那些人的圣书说的都不知道是些什么。更过分的是，在传教区里不能唱我们的歌，也不能跳我们的舞。于是这些人又回到我们的族人中间，大家都在等，等这些传教士离开。

"那时阿茹拉已经是个非常老的女人了。这些年来，她一直向我们宣讲她和鲁贝尔的灵魂交替，讲寇阿胡和翁布列特的灵魂交替。每一次训诫她的愤怒都比前一次更强烈，她把我们遭遇的所有不幸都归咎于你们的莽撞。与此同时，我们的族人越来越虚弱，不断有人死于那些奇怪的新病，我们拿它们毫无办法。

"随着老人一个个死去，灵魂交替的知识渐渐失传，到后来阿茹拉也只能整天躺着了。所有人都知道，一旦她死去，灵魂交替的最后一个传授者也就消失了。大家恳求阿茹拉在死前再进行一次交替。终于，她用微弱的声音下令挑选一个孩子，选整个岛上最强壮、最健康的孩子。当时麦哈维只有五岁，是个霸道粗鲁的男孩，但他很强壮，从不生病。他被带到阿茹拉面前，阿茹拉指了指一个包着树皮布的圣物。麦哈维在里面找到一把鲸骨刀，上面有着精美的雕刻，画的是我们神明的古老传说。在阿茹拉的命令下，我们所有人都离开了她的小屋，只留下麦哈维一个。等到麦哈维从小屋里出来回到天光下时，他的两手都滑腻鲜红。他的脸上带着可怕的胜利的表情，我一辈子都忘不掉那模样。他一手拿着那把刀，刀上还往下滴着鲜血；另一手握着阿茹拉的两颗眼球，他遵照惯例把它们挖了出来。新首领法亚瓦娅走上前去，跪下来向他致敬，在场的所有人也都跟着做。就这样，麦哈维成了我们的新长老。

"'法则'遭到了无可挽回的破坏，这已是所有人公认的。于是人们自然分成了两个阵营。一方依旧敬畏'法则'，坚持认为我们应当抵制外来者和他们的一切生活方式，努力回归'法则'，而且要比从前更加虔诚。他们记着长者们的预言，眼看这么多族人遭受病痛折磨，他们相信是预言应验了。可另一方却相信'法则'的时代已经过去，是时候改变旧生活踏上新道路了。外来者已经让我们认识到我们是如何封闭、如何落后，因此我们必须张开怀抱，拥抱他们带来的新生活，抛弃过去，怀着希望展望未来。

"后来法国海军也来了，三艘石头造的船喷着烟开到我们的海岸，那景象就像噩梦一样，和从前那些外来者的船完全不同。水手划着船登岸，舰长宣布这座岛是法国国王路易·菲利普的领土。巨大的步枪排列在船上，为庆祝这件事开火。后来我们才知道那些叫加农炮，不是步枪；那些法国士兵身上带着的武器也不叫步枪，叫来复枪。

"大群士兵上了岛，开始造码头、造兵营，还造了一座监狱。几个月后，船开走了，可还有一些士兵留在岛上。从那个时候开始，那些船来来去去，但总有士兵在。他们不停地建东西，永远在建：砍掉树木，挖出石头，打下地基。后来他们又造了一个医疗室、一座监狱、一个法庭、一栋海关大楼、人住的房子、存东西的棚子、种蔬菜的园子、卖东西的商店。最厉害的是他们还修了路。法国海军来了以后，更多外国人也来了：官员和工人，农民和商人，教师和商店店主，妻子们和孩子们。他们建了一个村子，起名叫'路易斯镇'，并在里面住下来。他们把低地占为己有，砍掉树木。他们用木头栅栏把那里围起来，要是有人翻过栅栏或是拿了他们的一两只动物，他们就会朝我们开枪，再不然就会有士兵来找我们，把我们抓进监狱里。面包果树、香蕉树和椰子树也都这样被圈了起来。外国人还种下新的植物，甘蔗、棉花、稻米之类的。法亚瓦娅首领为我们族人的遭遇去向法国人抗议，那些法国人辱骂她，威胁说要是再有动物被偷，有法国人的财产遭到破坏，就把她抓进监狱里。她回来告诉大家，那些被法国人宣称为他们所有的土地不再是大家共同拥有的了。我们的族人从来没想过还能这样，土地竟可以被分割成一小块一小块，每一块还能变成这个人或那个人的私有财产，他想在上面做什么都可以，包括不让其他人用那片土地。对我们来说这也太奇怪了。

"大家讨论了很久，花了好几个月讨论法国人带来的新生活方式，琢磨要怎样才能让法国人妥协甚至干脆离开。我们的人手里有六把生锈的老步枪和一点点珍贵的火药，可法国人有来复枪、手枪和加农炮，他们还能把我们关进没有窗户的牢房，那里安的是铁门，只有用钥匙才能打开。

"后来法国人听说了我们中一些人的谋划，便去找了麦哈维，那时他已经长成了一个莽撞的青年。麦哈维对外国人的生活方式很着迷。他头脑灵活，学会了他们的语言。他从来没有提起过阿茹拉或'法则'。法国人对麦哈维说，奥依提岛需要一个国王，一个了不起的强大武士。他们提出让他当王，为他建一座宫殿，奉他为整个岛以及岛上居民的主人。麦哈维答应了，还跟他们说其实他才是奥依提岛上真正的最高统治者，法亚瓦娅篡夺了他的王位。为了证明这些，他给他们看当初马尔尚留在岛上的板子，这么多年来我们一直保留着这个东西，阿茹拉传给了他，法图传给了阿茹拉。法国人很高兴，认为这就证明了他们的计划是正当且合理的。

"就这样，人们的分歧越来越大：重视'法则'、希望重建秩序的人聚集在法亚瓦娅周围；看重新生活方式、想要丢弃'法则'的人就围绕在麦哈维身边。又过了些年，法亚瓦娅的人离开低地，一部分退进山里，那里更高、更冷，生活更艰难；另一部分去了岛的另一头，在那里总算还能按从前的方式平静地生活。渐渐地，他们被称为'高地人'。其他那些想要过新生活的，则被称为'低地人'。他们的首领是麦哈维，他住在宫殿里，他的残忍和可怕的坏脾气渐渐出了名。

"除了麦哈维住在'皇宫'，传教区是法国人唯一允许低地人居住的地方。随着时间的推移，有人受不了山里的寒冷或远岛的饥饿加入了低地人，生病的人去了传教区的医院治病。传教区欢迎所有人，想待多久都行，教士还会为他们提供食物，但条件是要改变他们裸露身体的习惯，丢掉他们的歌曲和舞蹈，要他们每天在地里辛苦干活，从黎明干到黄昏，只有星期天不用干活，那是他们应该参加弥撒的日子。

"疾病仍然在我们中间蔓延，高地人越来越少。法国人总在抱怨他们，指控他们偷了田里的东西。他们如今也还在，法亚瓦娅依然是他们的女王，只是她也是个老妇人了。

"我自己和高地人一起生活了很多年。当初看其他人离开，我曾发誓绝不会成为他们中的一员，可我老了、病了，没法继续在山里生活，只好这样满怀羞愧来到了传教区。不过现在我知道你回来了，我的故事也告诉你了。我知道信天翁的族人要报仇了。既然如此，我就可以安心地死了。我厌倦了继续活着，已经准备好进入那片连空气都神圣的地方了。"

和寇罗里第二次见面后的那个早晨，我还在酒店房间里没出门，就听到三声急促的敲门声。我打开房门，来的是佩罗上尉，他手里拿着一个信封，是来自皇宫的传唤。

我又一次被引进大殿，只是这次只有国王麦哈维一个人坐在他的王座上。他唤我上前，我走过去，行了个屈膝礼。

"埃德蒙夫人。"他的声音里有安抚的味道。

"陛下。"我低头回道。

麦哈维笑了。"请把你的面纱揭开。"

"可是——"

"请吧，夫人，满足我的要求。"

我掀起那层薄薄的黑纱，搭在头上，抬头直视国王的眼睛，努力保持镇定，因为我感觉在他平静的外表下潜藏着一种随时可能爆发的紧绷情绪。他从王座上站起来，走下高台，双手交握在身后。"我得到可靠消息，你违背了我的命令。"

"这话怎么说，陛下？"

"昨天你去了传教区。"

"是的，我想这对我了解本地原住民的生活环境有帮助。"

"有帮助？"

"有助于我将来更好地开展教育工作。"

一阵阴郁的轻笑从他的胸腔里升起，好像他是在逗弄孩子。"这么有帮助，以至于你要去第二次，还专门等到天黑以后？"

看来我被跟踪了。"我睡不着，需要走走。"

"你还和那个愚蠢的老寇罗里进行了一番长谈。"

"是的。"

"他跟你说什么了？"

"我没听明白多少，他的口音很难听懂。"

"阿茹拉，我们还是不要演戏了。"我的惊讶是双重的，不光因为他叫出的这个名字，也因为他是用岛民的语言在跟我说话，"我知道你是谁，我知道你为什么来这里。"现在我明白他为什么要看我的脸了，是为了观察我的反应。我保持沉默。"你知道我是谁吗？"

"您是国王麦哈维。"我用法语回答。

"我是国王，没错，但我同时还是另一个人，你猜得出是谁吗？"

"不，我猜不出。"我们就这么用两种不同的语言对话。

"不，你可以的，想想看。"

"请原谅我，陛下。"

他沉默了一会儿，换了个方法，朝我露出一个假笑。"是我，鲁贝尔。"他说，"鲁贝尔，这个名字你非常熟悉，不是吗？"他的话里带着淡淡的威胁："再装下去没有任何意义，阿茹拉。今早我亲自跟寇罗里谈过，他什么都告诉我了——他跟你说了什么，你跟他说了什么。他相信你是回来为这些人复仇的。当然了，你不会蠢到相信这个，对吗？"

我告诉自己要尽可能保持冷静，不要轻举妄动，但我的脑子在跑马一样迅速估量着各种可能。他是在虚张声势吗？他是不是对每个新来的人都会用这一套来试探？阻止我袒露身份的不光有我的直觉，还有寇罗里对麦哈维的描述。

"我就奇怪了，你为什么要回来？你肯定也不相信'法则'能够得到修补，不是吗？"

"陛下，"最后我开口了，用的是奥依提语，说得很慢，犹豫不决，仿佛用这种语言表达对我来说很困难一样，为此还刻意带上了一点口音，"恕我冒昧，但我不明白您在说什么。"

他伸出一只手搭上我的肩头，用五指掐住我的脖子。"别再装了，我什么都知道，你也一样。"这一次他凑得这样近，我甚至能感觉到伴随他说出的每个字扑面而来的热气。

"那可怜人离死亡太近了，他出现幻觉了，"我换回法语说，"我只是尽我所能安慰他。"

"你为什么回来？"他低吼，手指收拢，紧紧掐着我的脖子。我大口吸气，一方面是惊讶，一方面是痛苦。他现在跟我贴得那么近，我都能看见他眼睛里的反光。一阵恐慌袭来，我意识到他是在搜寻我的目光。他是打算跟我灵魂交替吗？我把视线锁定在他的鼻梁上。"难道你族人的悲剧之源不正是你吗？不就是你鲁莽地破坏了'法则'吗？既然如此，你又为什么出现在这里？为了造成更大的破坏？为了毁掉他们仅存的一点点希望？你害他们害得还不够吗？"他顿了顿，等待我的回答。

他的手指收得更紧了，我大口喘气。"求您，"我啜泣着，"陛下……"

他的嘴拉扯出一个可怕的怪相。"你真以为躲在这张叫人作呕的脸后面就能隐藏身份？你真以为这就能保护你？"他扳着我的脸转来转去地端详，"你真是个丑陋东西，和我一样。"他把我拽得更近，想要抓住我的目光，可我死死盯住他两眼间的那个点。"看看你对你的族人做了什么，看看他们生活得多悲惨，这些难道不是你的所作所为给他们带来的吗？看看你对我做了什么！是啊，我是个怪物，那个老人跟你说的都是真的。我残忍，我睚眦必报。但我是你的怪物，是你一手创造了我！我的一切残忍都来自你的残忍！"我们的身体已经紧贴在一起，"你偷走了我的人生！这么久了，我一直在等你回来。

现在我们是不是该把你九十年前做的事纠正过来了？"我整个人都在发抖。"我该为你犯下的罪过忏悔吗？"他的嘴唇扭曲出了一个恶毒的笑，"这不是你的复仇——是我的！"

"陛下！"我被恐慌攫住了，挣扎着挤出声音。

"承认吧。"他整个人凌驾于我之上，悄声说，"你是阿茹拉。你不肯看我的眼睛恰恰证明了这点。只要点点头，我就立刻放你走。"我坚决地将视线锁定在他的两眼中间。"看着我！"他大吼，怒火带来的快感让他浑身震颤。我感觉到生命渐渐流逝，要不是大门上传来一声干脆有力的敲门声，我可能那个时候就死掉了。麦哈维猛地退回去，转身背对着我和大门的方向，拉开了一个看起来更妥当的距离。我放下面纱，抚平裙子。

从门外走进来的是殖民地特派专员米哈贝勒上校，腋下夹着他的木髓遮阳帽。麦哈维回到他的王座上坐下。"怎么回事，上校？"

"陛下召唤我？"

"我没这么说过，不过没关系。这个女人会跟下一艘出航的船离开这座岛。在那之前，她只能留在她的住处，不许外出。"他转头不再看我，满脸厌恶。我刚要开口抗议，他就大发雷霆。"没有我的允许，你怎么敢开口说话？"他冲米哈贝勒比了个手势，"马上把她带走，不要让我再看见她。"米哈贝勒带着我往外走，麦哈维开始用力摩挲他的前额，像是非常混乱。至于我自己，我捂着喉咙，整个人抖得几乎无法自抑。

门外，佩罗上尉还在马车上等着我，我们几乎是沉默着走完了回木槿花酒店的这段路。直到他终于开口，我一直在抖。"别太失望了。"这时已是将近九点，他说，"他对所有外来者都那样。"我瞥了他一眼，并不相信。"哦，是真的，每个第一次上岛的人都会经历同样的诘问：'我知道你是谁！我知道你从哪儿来！'诸如此类。"这名官员露出了一个浅浅的微笑："你也不是第一个被赶出岛的。上一任专员根本连岛上的土地都还没踩到就被麦哈维打发回去了，那人就是个疯子。"

他的话被一阵奇特而忧伤的声音打断了——有人在合唱，和我前一天在传教区听到的一样。在主街的那一头，一群穿着白色棉布衣服的岛民正慢慢走向路易斯镇那座简陋的小教堂。

"葬礼。"佩罗说。

"谁死了？"

"传教区的一个老人，一个叫寇罗里的老家伙，老一辈岛民里最后一个。他们今天早上发现了他的尸体。在热带地区，死人都是要尽快安葬的。"我们望着送葬队伍，他咂了咂舌。

从现在开始，我将被关押在酒店房间里，直到两周后一艘去瓦尔帕索莱的船起航。与麦哈维的会面让我很怀疑自己能不能活到那个时候，我害怕国王会在那之前就悄悄把我杀了。我一夜没合眼，试图找出一条生路。第二天上午，趁蕾哈玛来看我的机会，我塞给她一张纸条，让她带给法亚瓦娅。纸条上写着：阿茹拉终于回到岛上，现在被麦哈维关在木槿花酒店，她想逃出来加入你们的阵营。"尽快把这张纸条交给法亚瓦娅，这非常重要。"我说，"把她的答复带给我。最重要的是，一定不能让任何人知道。"

两个年轻宪兵守在酒店里，轮流坐在我房门外的一把木头椅子上看着我这间屋子，每十二小时轮一班，换着去打个盹儿，要不就找女人调调情。三天后，我收到了法亚瓦娅的回复，她敦促我立刻逃跑，并答应第二天在山里等着接应我。当晚夜深人静之后，我悄悄开始实施我的逃跑计划，从酒店后楼梯下去，那里没有人看守。蕾哈玛陪我一起走，两个人都只带了一点轻巧的随身物品。我们借着月光拼命跑，实在跑不动了就走，到太阳升起时，我们已经在半山腰了。

终于，我们来到了一条小溪旁的岩石水坑边，太阳已经爬上了它的最高点。法亚瓦娅带着她最信得过的高地人早早在这里等我们。奥塔胡的女儿如今也已是个徘徊在死亡门槛前的老妇人了。"现在我可以安心地迎接死亡了。"她向我迎来，说。我们相互拥抱。然后一个年轻女人走上来，在我面前跪下。法亚瓦娅介绍说她是斐曼娜，她的孙女，奥塔胡的重孙女。我面前的这个年轻女人将是高地人的下一任首领。斐曼娜跪在我面前欢迎我，称我为"仲·阿茹拉"，第二位阿茹拉。"族人一直在等您回来。"她说。当我被介绍给在场众人时，许多人都哭了。最后法亚瓦娅提醒说该继续走了，免得被法国人追上。我们怀着喜悦往更深更高的山里走。我终于回到我的族人中了，我将在这里和他们一同度过下一个九十年。

1900 年，一个晴朗的早晨，我正在山间瀑布下洗澡，突然觉得有人在窥看我。我环顾四周，发现水边站着一个白种男人，白得好像幽灵，三十岁出头，穿一身卡其布套装，戴木髓遮阳帽。他的脸上架着一副单片眼镜，留着两撇姜黄色胡子，胡子卷翘着，精心上过蜡。在他身后，一头骡子被巨大的包裹压得摇摇晃晃。我们眨着眼对视了一会儿，然后那男人吐出了一个我万万没想到的词。

"母亲。"

下一刻，他脸红了。

只有一个人会这样叫我。

"吕西安？"我认出来了。这张成年人的脸上渐渐透出了从前那张孩子脸的轮廓，最明显的就是那对浅绿色的眼睛，三十年的分别在这一瞬间消弭无踪。

那天晚上，丛林深处的空地上为欢迎吕西安燃起了熊熊篝火。我们坐在火边，身边都是我心爱的族人。我们俩一直聊到深夜，他们就在一旁看着，听着，惊讶得睁大了眼睛。一开始这一幕的独特之处只在于我们的重逢之喜。我跟吕西安说我这些年在高地的生活，我如何全心教导我的族人，传授"法则"，让孩子们重续灵魂交替的薪火。吕西安说他如今是一名作家，受地理学会委派周游世界。他写文章寄回法国，这些文章会被刊登在杂志和报纸上。他来奥依提就是为了找我。他说因为我的种种壮举，如今我在法国已经多少算得上是声名赫赫的可怕人物了。

"什么壮举？"我问。

"就是你成了野蛮人，跟警察作对，煽动叛乱。"我被这话惊呆了，"巴黎好些圈子都在传，说你现在是食人族的女王。"

听到这里我的族人都大笑起来。"可我没做这些。"我说，"我的族人也不是食人族。"我开始向他描述山间生活的艰辛与快乐。

"真相不重要。"他回答，"传奇才是大家想听的。在这些传奇故事里，你是整个帝国里最古老、最顽固的殖民地叛乱者的首领，就连老国王麦哈维也对你充满好奇。"

好奇不是我认识的那个国王拥有的品质。这些年他对我的族人发起了好几次惩罚性的远征搜捕，这给我们带来了巨大的苦难。这些周旋战斗加上疾病和自然资源的匮乏，已经让我们的人越来越少了。"这和麦哈维有什么关系？"

吕西安解释说，他刚上岛就得到了觐见国王的机会，依照惯例，这位君主问他来这里的意图。"我知道你为什么在这里。"国王说，"我知道你为什么来。"

"这么说您清楚德·布雷西夫人的事了？"吕西安答道。

就在这时，吕西安说，国王的态度变了。"当然，"麦哈维说，"我一清二楚。"

"您知道阿茹拉？还有寇阿胡？"

"是的！"国王大叫，"是的，我知道，我当然知道。但这个故事里还有东西让我困惑，年轻人，把你知道的全告诉我。"

吕西安说，他就那么把所有东西一股脑儿告诉了国王，说我和他妈妈是怎么认识的，说了夏尔、珍妮和波德莱尔学会，还说了我跟他讲过的寇阿胡和阿茹拉的那些故事。

"你全都告诉他了？"

"我不该这么做吗？"他看出了我的紧张，就连我脸上的疤都盖不住，"可你不会真的相信原始人的迷信吧，对吗？"我意识到他妈妈已经把他教育成了一个怀疑论者，就像她自己一样。

"这不是信不信的问题，而是事实，所有这些都真的发生过。"

"唔，"吕西安回答，"那您也不用担心麦哈维了，他得了重病。"他说。就在他们见面后的第二天，国王像是突然陷入了某种躁狂，躺在床上起不来了，医生也不知道他得的是什么病。国王生病的消息让岛上的人都很吃惊，因为他是出了名的强壮，但接下来的变故更是惊人：法国人立刻趁火打劫，宣布鉴于国王重病，无力履行管理的职责，依照多年前麦哈维亲自签署的协定，岛已全面归属法国。新总督也就是之前的特派专员占了从前的皇宫，现在那个地方叫"总督府"。国王则被移去了过去的专员宅邸，现在那里叫"皇宫"，他就在那里整天躺在他的王榻上，徒有"国王"之名。

"国王的病是怎么回事？"我问。吕西安说他像得了某种失魂症，陷在某种困境里醒不过来。麦哈维如今只会说一个词，是个感叹："亵渎！"就这么个词。他说了又说，让照料他的神父很不舒服。他一直嚷嚷这个词，不停地叫，叫得撕心裂肺，越发虚弱得快。国王现在还活着，躺在他舒适的皇家卧房里，只剩了一口气，还在叫着："亵渎！亵渎！"没日没夜，没完没了。

一阵战栗爬过我的全身。我想起了夏尔，那样不停地叫着："天爷！"直到死去。

"告诉我，"我对吕西安说，"你第一次见到国王时，他对你说的灵魂交替和有关我的话是什么反应？"

"他非常着迷，觉得这个故事很值得细细追究。"

"那——你先仔细回想一下再回答我，听你说完故事后，他的态度有什么变化吗？"

吕西安顿了顿，认真回忆当时的情形。"也许吧，"最后他回答，"要说有变化，倒是有个很小的。不是他说了什么，而是身体姿态。是的。如今想来，他的举动是有点变化，特别是他的眼睛。他的眼神变得很好奇，充满了探寻的意味，就好像他想看着我的眼睛，跟我对视，但我没法回应他的视线。"

"为什么？"

"那里有什么东西让我很紧张，某种可怕的东西。而且，"他补了一句，"妈妈一直告诉我绝对不能长时间注视陌生人的眼睛。"

我让吕西安郑重发誓，绝不将今天告诉我的事再转述给这世上的第二个生灵，一个字也不行。最后大家都回去睡觉了，可我几乎无法合眼。我翻身起床，在月光下散步，吕西安带来的消息让我很不安：想到这位有着鲁贝尔灵魂的麦哈维有可能回归世界，就由不得我不担心。我知道，麦哈维一定是和某个人完成了灵魂交换，某个习惯在说话时将"亵渎"两字作为口头禅的人。可他有什么目的？

当年回到这座岛上时，我就打定主意要在这里终老，再也不灵魂交替。我在岛上生活了将近二十年，这样的想法几乎从未动摇。我尝够了生活的苦果，造下了太多的孽，也失去了太多。可吕西安的出现将这一切都搅乱了。恐惧之外，我更能感觉到一场巨大的灾难即将降临这个世界。对于这样一场灾难，我是有责任的。要是"法则"说的都是真的怎么办？要是结果不是我所期望的怎么办？要是从一个多世纪以前我和鲁贝尔完成了灵魂交替的那一刻起，世界毁灭的种子就已种下，一切都如"法则"警告的那样怎么办？要是麦哈维真的是在我的罪孽上开出的恶之花，要是这样一个毫无良知、浸透了愤怒的灵魂偏巧精通灵魂交替的技艺，可以在世上自由穿梭，只依从它可怕的、无人知晓的欲望行事怎么办？要是我是这世上唯一能阻止他复仇的人怎么办？

在瀑布相会的几天后，我在一片悲伤中挥别族人，和吕西安一起下山前往低地。这是十九年来我第一次返回路易斯镇。途中我再次把话题拉回我最关心的事：麦哈维的交替。我要吕西安从他来岛的这一路开始回忆，不管在奥依提岛上还是在他搭乘的那艘船上，有没有谁经常把"亵渎"两字挂在嘴边？他想了好一会儿说："我能想到的就是我来时那艘船的船长。他的'亵渎'就是个笑话，不光船员知道，连乘客也知道。你整天都能听到他在大叫：'亵渎！亵渎！'"吕西安看着我，"你觉得这跟国王现在的情况有关？"

"有可能。"我回答，可显然我最坏的猜测被证实了，我很确定麦哈维的灵魂已交替到了那个人身上，"等我们回到路易斯镇，我一定会立刻遭到逮捕，被关起来，这是毫无疑问的。最终我多半会被驱逐出这座岛，在等待裁决结果期间，我希望你帮我跑个腿，看看能不能打听到我们能在哪里找到这位船长。"

我回来的消息立刻传开了。路易斯镇比二十年前我离开时扩大了很多，此时无论岛民还是外国人统统拥到了城外，夹道而立，等着亲眼见证"食人族女王"的投降。吕西安和我径直走向过去的皇宫，如今的总督府，最后一段路是在骑马的宪兵护卫下走完的。刚一到我就被戴上手铐，交给两名宪兵看守。理论上说我已经被捕了，但因为岛上没有为欧洲女性设立的监狱，到头来和十九年前一样，我被关押在了木槿花酒店，甚至连房间都还是同一个。这么多年过去了，酒店几乎没有变化，只是赚取小时报酬的女人换了。

第二天我本该被带去见总督，也就是岛上的治安执行官，不过当他的副官（已经不是佩罗上尉，他早就离开了，如今是蒂博上尉）敲开房门，看到我身上只披着一件岛上原住民女人穿的树皮衣服时，他就决定先陪我去服装店，路上还拐去银行走了一趟，那里还有一大笔钱存在我名下。我在服装店里买下了符合欧洲女士身份的全套服饰：一条宽松连衣短裙、几条灯笼短裤、一件束腰内衣、一件胸衣、一件束腰外罩、一条正装裙子、一副裙撑、一条衬裙、一套套装、一件外套加配饰、一双皮鞋、一顶帽子、一副手套、一把阳伞、一套睡裙、一副面纱，最后还有一个箱子，可以把上面这些东西都装在里面。

第三天上午我再次前往总督府。总督也不再是十九年前的米哈贝勒上校，变成了马里－乔治斯·杜哈梅尔上校。他告诉我，我将在吕西安的陪同下搭乘三天后从奥依提岛出发的纵帆船离岛，先到三明治群岛再到旧金山，费用自付。我要求见见前国王麦哈维，总督拒绝了。"奥依提岛国王，麦哈维陛下，不接见访客。"

我回到木槿花酒店，被锁在房间里度过了余下几天。旁边房间里的时薪女孩都被赶走，这一次没人诱惑守卫了。

失去自由，我成了动物园笼子里的野兽。在我被监禁的第二天，吕西安来了，他对我的处境感到很难过，安慰我说只要离开这座岛，我就能立刻恢复自由。

"有那位船长的消息吗？"

"他一个星期前就离开了，乘的还是我们来时的那条船。"

"那条船是去哪里的？"

"马赛。"

我最大的恐惧成真了。我不得不离开奥依提，我不得不再进行一次灵魂交替，我不得不回到法国，我不得不面对我自己造出的那头怪物。

我睁开眼睛，连眨了好几下。这是我的第六具身体。窗外是海洋般绵延的爱荷华大草原，火车沐浴在金色的夕阳下，鸣着笛穿行其间。埃德蒙夫人坐在我面前，身体随着火车的行进轻轻摇晃，脸上挂着我无比熟悉的表情：目瞪口呆，就像刚刚被拉出海面的鱼，不再扑腾挣扎，只是大张着眼睛大张着嘴，一副完全没办法消化这奇怪变故的模样。只是因为脸上的伤疤，她更像一条奇怪而畸形的鱼，来自最黑暗的深海。

没有人比催眠师更难被催眠。直到整个故事临近尾声时，我才捕捉到巴尔塔扎尔的防卫有了一丝松动，灵魂交替的大门终于有可能打开。这变化细微得几乎叫人无从察觉，但不管怎么说，终究是出现了——讲故事时，我全程直视着他的双眼，直到这时我感觉到了熟悉的欲望膨胀的感觉，那是灵魂想要逃脱囚牢去流浪的独特热望，我们每个人都多多少少有过这样的体验，尤其是被说书人深深吸引的时候。

现在，就在这里，她不再是我了，她得到了一个年轻人惊诧不已的灵魂。埃德蒙夫人的嘴缓缓地一张一合。我探身过去，想听听她说的是什么——如果她在说的话。花了好一会儿工夫我才听明白，不会错的。"看啊！"她喃喃地念叨着，"看啊！看啊！"

P103

Hippolyte Balthazar
希波吕忒·巴尔塔扎尔

出生 1876年

第一次灵魂交替 1900年

第二次灵魂交替 1917年

死亡 1917年

"他跟我说他爱我，想和我结婚。"

她声音嘶哑，但能说出这话来却堪称奇迹。这是将近三个星期来她第一次开口，我们这次治疗的第一阶段已过去了二十三分钟，她足足花了这么长时间来回答我在治疗一开始时提出的那个问题："哪里不对劲？"问完这个我就一直在耐心等她的回答。她垂着头，盯着自己的双手，它们搁在她的大腿上，焦躁不安。两滴眼泪猝不及防地从她脸上滚落，无声地跌落在她羊毛裙子的下摆上。除此以外，她方方面面看来都冷静极了。

她清了清喉咙。"在我见过的伤员里他算是伤势最严重的。"她用清爽了一些的声音接着说，"整个人都一团糟，非常可怕。"又一次停顿。"他是严重烧伤，全身起满了水疱，很明显活不了，医生和其他护士都已经放弃他了。"一旦开了头，再往下就顺畅多了，"有时候，如果病人注定救不过来，唯一的选择就是给他用止痛药，然后把精力集中到还有机会治好的病人身上。但我还是尽可能照料他。他在病房住了两天，用了很大剂量的吗啡，但仍然非常痛苦。然而无论情况多糟，每次我去他床边帮他清理伤口，他都会说话。他遭遇了迫击炮的攻击，嘴唇的皮肤都焦了、碎了，可不管多痛，他还是会努力说话，虽然声音很轻，我必须把耳朵贴到他嘴边才能听清他说的是什么。他只是需要和人说话，谁都行，说他遭遇了什么。不光说他是怎么受伤的，还有他是谁，来自哪里。他是澳大利亚人，还是个孩子，真的。他一定是在应征志愿兵时谎报了年龄，我不明白为什么远在世界另一边的人会志愿来到这样的地狱。我甚至还记得他家乡那个地方的名字：巴拉腊特。有时夜里睡不着，我会试着想象巴拉腊特是个怎样的地方。我想那一定是个广阔的大平原，阳光明媚，宁静极了，有高大的树木在微风中轻轻摇摆。"

"你会说英语？"

"我会说四种语言，我父亲以前是外交官。"

我低头看了看面前的档案记录，上面写着：马德莲·贝纳蒂，1916 年 5 月志愿入伍，战地护士。1898 年出生于印度支那，西贡。父亲，法国人，殖民地官员，已过世；母亲，印度支那人，已过世。临床症状表现为弹震症及神经痛。1971 年 2 月 10 日确诊。

"你说了什么，他向你表白的时候？"

"我说，'他们都是这么说的，在他们……'后面的话我不得不吞了回去，可还是晚了，他猜出了我本来要说的是什么。"

"你本来要说的是什么？"

"'在他们临死前'，可他帮我补上了。"

她人就斜倚在我面前的长沙发上，心神却完全不在。她回到了那名士兵的床边，重新经历那一刻。她回忆的是发生在几个星期前的事，虽说身体如今躺在巴黎市郊维列留夫军事疗养院心理医生治疗室里的皮沙发上，可相比之下，回忆里那一刻更真实。

"后来发生了什么？"

"我丢下他去照顾另一个病人，当时那个病人那边刚好有些动静。"又是一次长长的停顿，我没说话，"后来我们听到了第一轮轰炸的呼啸声，突然之间到处都着起火来，要知道那个临时病房是用谷仓改造的。我冲进一个角落，蜷成一团，以为自己就要死了。到一切都结束时，几乎连一张病床都没留下。谷仓变成了废墟，可我躲过了一劫，毫发无伤，一道伤口都没有。"她坐起来，转头看着我："一道伤口都没有，医生。我耳鸣了几个小时，仅此而已。那个澳大利亚男孩死了，其他人都死了，十二个士兵，两个护士，还有一个外科医生，我是唯一的幸存者。就这样，一切都没了。"

"当天夜里你的问题就发作了。"

"是的。"

战争开始以来，我接诊过许多患弹震症的男人，也许不只一百个，马德莲·贝纳蒂还是第一个走进这间诊室的女性。人们通常认为女性不会得弹震症，可马德莲的情况符合一切典型症状：紧张、失眠、长时间恶心反胃，还有痉挛，持续一刻钟或更久，甚至可能剧烈到不得不将她束缚起来。

"很显然，"我说，"他不是第一个死在你眼前的士兵。那么这名士兵有什么特别之处，让你这样难以忘怀？"

"我不知道。"

"是因为他说爱你吗？"

"不，这种事经常发生。"她的双手又开始焦躁不安。

"有多经常？"

"被男人当面表白吗？我估计……得有二三十次吧。"

"那你呢，贝纳蒂小姐，你对哪个男人说过你爱他吗？"

"只有一次。"又是一阵长长的停顿，我掐了表，四分钟，"我们已经订婚了。然后战争爆发，他应征上了战场，死在了1915 年 4 月，在伊珀尔。"

"所以一到年龄你就报名参军，我猜是为了悼念你爱的那个男人。"

"是的。"

"有男人向你表白时，你会觉得困扰吗？"

"非常。"

"为什么？因为他们快要死了？"

"因为我没有对等的爱可以回应他们。"

我等了等，想看看她还有没有别的东西要说，可她似乎已经进入了某种放松的状态，就连双手也安静了。在临床治疗中，这是一个明确的信号，表示这一阶段的治疗临近尾声。

"小姐，我对病人使用的治疗手段是催眠疗法，你听说过这个疗法吗？"

"和催眠术一样吗？"

"催眠术是过去的叫法，如今只用来指代马戏团的催眠戏法。科学的名称是催眠疗法，在我的病人身上效果都很不错。等会儿我就会引导你进入催眠状态，这种状态会保持一段时间，在此期间我们会完成一系列艰苦的工作，帮助你恢复健康。催眠结束后你什么都不会记得。你允许我这样做吗？"

对于她脸上的表情，我只能描述为充满乞求的信任。我向她说明，从她被催眠开始，恍惚的状态会持续一刻钟，之后我会结束这种状态。以后的每次治疗我们都会从催眠开始。我说这是为了帮助她得到深层的放松，从而缓解她的神经痛。

于是又一次灵魂交替开始了。在这一刻钟里，我尽情徜徉在她头脑的廊道里：西贡时期的幸福童年随着父母的早逝而支离破碎（父亲死于流感，母亲不久后死于悲伤过度）；回到法国，在冷漠的亲戚间辗转，寄人篱下，度过了孤独的青春期；十五岁陷入热恋。在作为心理治疗师的职业生涯中，我见识过许许多多爱情遗留的残迹，可马德莲的爱是不同的：那是一颗不顾一切、全心全意爱着的灵魂。那太珍贵、太真实，以至于我发现自己竟忍不住想留下来汲取那份余烬的温暖。但我也感受到了其中蕴含的叫人敬畏的力量：这样炽烈的爱燃烧起来足以将一切焚毁，只留下灰烬。

诊室门再次被敲响时我正在写马德莲的诊疗记录，进来的是登记员。"医生，抱歉打扰了，不过今天下午的安排有点变化，多插进来一名军官，他说认识您。"他低头看了看手里的写字板，"亚里斯蒂迪·阿尔托普洛斯。"

"阿尔托普洛斯！是的，我们是老朋友了。"一阵愧疚袭上心头。自从战争爆发以来，我收到过他好几封信，每一封都在催我去看他。我把它们统统放在一边，迟迟决定不了该怎么办，只好无止境地拖延下去。"他在哪里？"

"我跟他说您的日程满了，可他不大能接受。他不接受拒绝，所以我只能硬挤出两小时排给他，很抱歉要占用您的午餐时间。"

"谢谢你，朱利安。"

"我必须多说一句，教授，别指望能认出您的老朋友，他的情况很糟。"

我没有哪一天不会想到阿尔托普洛斯，"朋友"这个词很难概括我们从前的关系。有一阵子我们更像兄弟，经历过兄弟情谊中一切叫人不安的牵绊。可开战将近三年以来，我总共只见过他两三次，每一次都在他休假时偶然遇上。他怎么样了？他在战争中遇到了什么？我穿上外套，打算到公园里走走，与此同时脑子闪过的是这段往昔友情的一幕幕，从现在回溯到当初我刚回巴黎的时候，足足十七年。

十七年前在火车上与埃德蒙夫人完成交替后，我就笃定这个身份必须人间蒸发。有人见过我和她在餐车阅览室长谈，就凭那一身天鹅绒晚便服、头巾再加上海象胡子，已足够引人注目。我不想任何人把她的突然病倒跟我们最近的相识联系起来，我最不愿意面对的结局就是被困在美国中西部的监狱里无法脱身。

我起身去翻埃德蒙夫人的行李，当然我再了解不过，毕竟当初就是我自己收拾的。我知道她的现金、珠宝和本票都放在哪里，头天晚上她刚签了一笔数额巨大的支票，写的是我的名字。我几乎把所有东西搜罗一空，只留下一点钱给吕西安，让他能带着埃德蒙回巴黎。当我伸手握住门把手时，良心的谴责好像愤怒的黄蜂一样蜇得我生疼。我想过要不要给吕西安留个纸条，可我能说什么呢？我知道这是向他挥出重重一击，可我不能冒险，毕竟我离开奥依提不是因为他，我不想以埃德蒙的身份返回巴黎。麦哈维，或者说无论现在是什么人的那个他一定会去找埃德蒙，可他不会留意巴尔塔扎尔。我没有选择，只能逃跑。我回过头最后偷看了一眼那张变形的脸，那上面刻着五世人生的所有痛苦，是她的身体承载着我终于回到了家乡，可我对她的感情比这还要深厚复杂得多。埃德蒙有耐性，有毅力，善良和气，是我拥有过的最好的身体。如今她的情况很不好——毕竟这又是一次盲交。我羞愧难当。我究竟是怎么了？我不比任何一个普通罪犯好，不比罔顾人命的江湖骗子好。我到哪里才是个头？我安慰自己说我所窃取的是个江湖骗子的灵魂。可这也无法否认事到如今我已成了一个掠食者。我可以谴责麦哈维，但归根结底该谴责的是我自己，这是同一回事。

此后我将不得不时时警醒自己，我之所以还活着有且只能有一个目的：如果一切都如"法则"所预言，因为我的所作所为，一场巨大的灾难终将降临（无论这个报应来得多慢），那么竭尽全力阻止它就是我的责任。我硬下心肠，逃离了犯罪现场。

我回到自己的二等小包厢，里面还有一个保险代理人和两个年轻人。我坐到自己的座位上，假装打盹，事实上这具身体的记忆正汹涌而来冲击着我。每次进入新的身体都会这样，任何一点微不足道的小刺激都会引发脑海深处一系列记忆的连锁反应。它们从不知多深的地方冒出来，像连串的气泡浮上水面。这种感觉势不可当，甚至可以说惊人，而最好的应对就是一个人静静地熬过去。一名列车乘务员趁晚餐时间过来放下床铺，我拎着手提箱躲进车厢尽头的洗手间，就像只是要去换一身晚餐的衣服。在那里我丢掉我的天鹅绒外套和头巾，刮掉胡子，趁着夜色在下一站下了车。第二天早晨我就出现在堪萨斯州章克申城的邮局里，给远在巴黎的马蒂尔德发出了一封电报。

　　将以希波吕忒·巴尔塔扎尔之名回来。

　　吕西安独自带新埃德蒙返回。

　　不要相信任何陌生人。

　　这段意外小插曲的结果就是我比预期多花了好几个星期才回到巴黎。那时已是 6 月初，这座城市已成了拥有两百万人口的大城市，喧嚣，耀眼。在 1900 年那个夏天，全世界都找不出比巴黎更好的地方。街上挤满了人，电话线路纵横交错向四面八方伸出，脚下是菜市场、地铁通道、煤气管道和下水道组成的地下迷宫。街道中央不再是人们自由漫步的地方，如今那里挤满了公共汽车、有轨电车、四轮的马车、叮咣作响的旧车、两轮的自行车、豪华的双驾马车，还有那些衣着考究、富有冒险精神的人专属的，不需要马拉的车。

　　生活的节奏变快了。曾经以行走或小跑度量的路，如今有地下的火车从一个地方到另一个地方。当年的拱廊街，如今被雇用了上千名收银员的巨大百货公司所取代。这座城市的大小市场里摆满了用火车从全国各地运来的商品，如果想和城市另一头的人商议什么，不再需要等上一天或一整晚才能得到答案，气动管道网络能即时传递蓝墨水写下的信息，所费时间几乎可以忽略不计。富人都在家里装上了电话。在最豪华的那些宅子里，人们甚至可以订阅戏剧电话服务，通过电话欣赏剧院里的演出。

　　城市也变大了。曾经被隔绝在城墙外的荒地如今也都已被填满。许多居民区被拆除，代之以宽敞的大道，有明亮的电灯照明。成千上万的烟囱向着天空喷出烟雾，大街小巷时常笼罩在迷雾之中。无疑，巴黎变黑了，可不知怎么回事，也更美了，变成上了年纪的贵妇，每一道皱纹都在为她增光添彩。女人们佩着鸵鸟羽毛，男人们戴着单片眼镜。遍布全城的报亭和莫里斯柱宣告着近期即将上演的剧目。男人不再朝排水沟里撒尿，他们有了摩尔风格的男士公用小便池。城市角落里脏兮兮的街头顽童也都变成了某项不可知的邻里密约中的一分子。凌驾在整座城市上空的，是一座似乎除了炫示时代辉煌之外别无他用的铁塔。

　　数以百万计的人从世界各地赶来，只为亲眼见证世界博览会的洋洋大观，欣赏这全球奇观的赞歌。他们为这样的现代奇迹惊叹不已：烧花生油的柴油机车，有声电影，电梯，一种被称为"录音电话"的东西甚至能够记录声音。轻飘愉悦的心情叫人沉溺不能自拔，人们搭乘河上的贡多拉和电动传送带，左右是狂欢的宫殿、专门建造的展馆、全球最伟大奇观的全景再现、栩栩如生的殖民地实景模型、全世界最大的摩天轮、展示夜空群星的巨大星空球。俄罗斯馆里，一匹马高的俄罗斯套娃足足套了四十九层，全是她自己的复刻，一层紧扣着一层，最小的一个还没有一粒豌豆大。从夏天到秋初，每个星期天，人们都在为奥运会的体育竞技而欢呼鼓掌。"更快，更高，更强"，奥林匹克精神不只关乎奥林匹克，更是整个新世纪的信条。可我依然忍不住怀念我在几十年前所熟悉的那个更慢、更小、更平和温雅的巴黎。

我在桑提街区的膳宿公寓里租下一个不大不小的房间，悄悄融进了这片人的海洋。我所交替的这个希波吕忒·巴尔塔扎尔不过是个舞台乐手，一个杂耍艺人，一个捕食他人脆弱的骗子。我下定决心，虽说眼下还无从得知我的下一个化身是什么样，但凭手中继承来的财产，我要重塑自己。

我耐心等待灵感降临，不过在此之前，还有一件更迫在眉睫的事情要做：联络马蒂尔德、吕西安和埃德蒙。回到巴黎后不久，我在一个晴朗的上午来到安茹码头路，敲响了波德莱尔学会的大门。从我以埃德蒙·德·布雷西的身份离开，三十年过去，这里几乎没有变化。门开了，是个我不熟悉的人。我要求见马蒂尔德。

"罗伊格夫人不在。"他回答。

"那吕西安呢？"我问。

"罗伊格先生也不在。"

"埃德蒙呢？"

"德·布雷西夫人有好一阵子都不在了。"

"好吧，那么有谁在？"

"阿尔托普洛斯先生。"

"我能见他吗？"

"我该说是哪位前来拜访？"

"希波吕忒·巴尔塔扎尔。"

"您此次来访的目的是什么呢?"

我有一种感觉,是来自身体最深处的警告,警告我此时要小心措辞。"我想加入学会。"

他退后半步,拉开大门,把我让进去。"请稍等。"他说完便反身走进了门廊深处。距离我上次站在这里已经三十年了。一切都跟我离开时一样:楼梯、垂幔窗帘、马赛克瓷砖、地毯、枝形吊灯、桃花心木家具。可我没有沉溺在怀旧之情中,我在担心——当然是担心马蒂尔德和吕西安,也担心麦哈维。

好几分钟后,一个又高又胖的男人闯了进来。他穿着一身裁剪精细的黑色西装,配笔挺的白衬衫和领结,蓄着两撇卷曲的胡子,架着一副单片眼镜。猛然间看到我,他整个人都僵住了,眼睛睁得大大的,嘴也张着,那模样就像是看到了一个幻象。不过这一切都只持续了不到一个心跳的瞬间,他便很快回过神来。男人走上前来,双手握住我等待的手,自我介绍说他叫亚里斯蒂迪·阿尔托普洛斯,自称是波德莱尔学会的主席。

"我正准备出门吃饭。"他声音洪亮,"你愿意和我一起吗?那样我们刚好可以好好就波德莱尔进行一番探讨。"

我的本能倾向于拒绝这份邀请,可根本不容我开口,他就拉住我的胳膊带着我一起向外走。这个男人身上有种不容抗拒的力量。再说,如果有机会从他口中探探消息,一顿午饭又能有什么害处呢?我跟着他出了大门,登上正在门口等候他的马车。

马儿小跑着穿城而过,停在了金屋餐厅门口。阿尔托普洛斯一路都在说他自己,我耐心等着一个机会,好把话题转到马蒂尔德和吕西安身上。一进餐厅他就直接要了一个包间。我们刚坐定就来了一群服务生，他问都没问就为我们俩各点了一份法式焗龙虾配夏布利雷克罗庄园的白葡萄酒。

到目前为止，他的人生可以总结如下：他生在亚历山大港一个后来开创了希腊船运王朝的家族，从小在瑞士的寄宿学校读书，后来在牛津学了英语和法语。身为四个男孩中最小的一个，他无须担负家族企业，可以自由地全身心投入缪斯女神的怀抱。但照他自己的说法，虽然他满腔热忱，却完全没有文学天赋。"和许多人一样，"他说，"我迷上了波德莱尔，几乎到了不正常的地步，所以很自然，我决定加入学会，致力于保护他的作品和遗物。"

终于，我的机会来了。"您是怎么当上主席的？"我问。

"说起来这只怕是个非常凄凉的故事。您看，前任主席找不到了。确切地说，如今学会就只有我一个会员。就这样，我成了默认的学会主席。"这个消息让我心中警铃大作。在我认识的人中，马蒂尔德大概算得上最理智的一个了，她不是那种会随便消失的人。我要小心了。"您说找不到……是什么意思？我是说，今时今日，有报纸，有电报，到哪儿都要通行证，怎么会找不到呢？"

"这种情况比您想象的多得多，一直都有人在失踪。"他若有所思地嚼着龙虾，"我只担心别是最坏的情况。"

"是这样吗……"我回答，希望能引他多说一点，同时不暴露我跟这事的关系。

"我的朋友，您来的这个时间正是波德莱尔学会有史以来最不寻常的时期。1870年前后是它的巅峰时期，当时学会有五十一名会员，全都是巴黎最有文学修养的人，他们都全心全意专注于波德莱尔的作品和生平研究，他们的守护神正是学会的创始人埃德蒙·德·布雷西夫人。然而叫人难过的是，她卷进巴黎公社被流放了，再也没有回来。她把学会交给她的同伴马蒂尔德·罗伊格照料。马蒂尔德夫人的来历嘛，就我所知是不大体面的。我对她了解不多，但她差不多就是个文盲。我不知道她要如何主持这样一个久负盛誉的组织，可我听说她是德·布雷西夫人最信任的人。"他说着，俯身过来，压低了声音，我再次被这个男人的魅力打动，在他的口中，我自己的故事就像报纸上的连载小说一样引人入胜，"甚至有传言说，在埃德蒙夫人出手将这姑娘拉出泥潭之前，她是靠卖身为生的。"他往后一仰，靠在椅子上："直到最近，学会一直都是马蒂尔德夫人在打理，不过恐怕她管得不太好，完全是一团糟。我们的情况很不好。据我了解，埃德蒙夫人的财产已经所剩无几，都白白糟蹋了。"

听到马蒂尔德竟被歪曲到如此无能的地步，我禁不住怒火中烧，但仍把这份感受藏在了心底。

"我是几个星期前才刚加入学会的，当时会员就只剩了三个：罗伊格夫人；她的儿子吕西安先生，一个游手好闲的标准浪荡子；还有一个，就是声名狼藉的埃德蒙夫人，还在南太平洋跟野人混在一起。那会儿吕西安已经出发去找她了。二十年了，从来没人见过她。听起来他不但找到了她，还不知怎的说服她跟他一起回了法国。不幸的是，吕西安和埃德蒙都死在了回巴黎的路上。"

不用说，阿尔托普洛斯的这条消息就像一道晴天霹雳，幸好我如今这具身体原本就是个杂耍演员。很明显，对面那个男人在审视我的反应，可除了微微皱眉和略有兴趣、恰到好处的一声轻哼，我确信自己脸上十分平静。我端起面前的玻璃杯，恰如其分地喝了一小口，再放下，左右歪一歪脑袋，就好像只是听到了一个与我无关的都市怪谈——其实我内心早已翻江倒海。

"太可怕了！"

"他们当时是在南特开往巴黎的火车上，两个人在同一个包厢里。传出来的消息是说德·布雷西夫人最近患上了某种神经痛的毛病，吕西安应该是要照顾她，可看起来像是他用一把牛排刀杀了她，然后自杀了。"

我的心在狂跳。"他为什么要这样做？"我努力发出声音。

"所有巴黎人都想知道为什么。这事听来真是匪夷所思。可要我说，两个女人养大的男人，容易歇斯底里也不奇怪。"

他的神情很难分辨。如果我对这个男人的了解再多一点，应该就能知道它的名字叫"胜利"。我开始疑心在这具身体里，藏在那对叫人心惊的眼睛背后的是我熟悉的怨毒——国王麦哈维。

阿尔托普洛斯似乎没注意到我的不舒服，还在继续往下说。"当然了，身为学会唯一的成员，我只能自己出面料理后事，甚至自掏腰包在蒙帕纳斯公墓为他们买了一块墓地。我擅作主张将他们葬在一起，用粉红色和灰色的大理石做墓石，署名是波德莱尔学会。"没错了，事到如今一切怀疑都可以打消，我很确定他就是麦哈维。我的死敌已经布好了陷阱在等我。不知他是怎么从那该遭天谴的远洋船长交替到了这个外国花花公子身上，但此刻他正尽情享受，犒劳自己。他猜到我是谁了吗？对话的走向表明，至少他心里有些怀疑。

"那罗伊格夫人又是怎么回事？"我尽力做出不过随口一问的样子。

"音信全无，我估计就这么消失了。我听到的说法是，她抛下一切流浪去了。"阿尔托普洛斯像是陷入了沉思，"有时就是会这样，某个人突然在某天离开，再也不回来。我听说过一些游牧民族的文化，他们的信仰就是围绕着这种游走展开的，精神科医生称之为'漫游性自动症'。"

他将注意力转回到龙虾上。我看着这个怪人，他是那样专心地吃东西，吃得很快，先往嘴里填满食物，再像兔子一样嚼。我已经彻底没了胃口，阿尔托普洛斯留意到了。他停下来，抬头看着我，嘴还张着，满满一叉子食物停在嘴边。"怎么了？"他一边问一边放下叉子，我又一次感到了来自他的视线压迫。

"抱歉，我走神了。不过精神科医生是什么？"我问，试图把谈话转到安全一些的主题上。

阿尔托普洛斯毫不掩饰他的惊讶。他的双眉挑得高高的，几乎成了两道完美的扬抑符。"见鬼，伙计，你这二十年是在哪里过的？"我留意到有一点龙虾肉粘在了他的胡子上。

"抱歉。"一个理由自动从我嘴里冒了出来，这是天生的骗子独有的天赋，"我在罗马一所神学院读了四年书。"

那对眉毛挑得更高了，挤在他的前额中心。"多不寻常啊！那到底是什么让你最终决定离开那所神学院的呢？"

"信仰危机。"

他哈哈大笑。"太有意思啦！拜托，请一定要告诉我这场信仰危机是怎么回事。"

"我开始对教理问答产生了质疑，我开始怀疑灵魂的存在。"

他眯起眼睛，盯着我看了好一会儿才低头去重新享用他的大餐。"噢，亲爱的孩子，听起来你自己就能成为一名出色的精神科医生。但我可以向你保证，我就没有这样的怀疑。"

"这样吗？您相信您有一个灵魂将来会上天堂或是下地狱，而且一切都取决于您在这一生里的所作所为？"

"我没说我相信天堂地狱，我相信的是灵魂存在，这完全是另一回事。"

"既然没有天堂地狱，那是什么让您这么确定有灵魂存在呢？"

阿尔托普洛斯又一次凝目审视我，最后他像是得出了结论。"亲爱的孩子，我想我们两个可以成为知交好友。"他示意服务生过来为我们斟酒。酒杯斟满后，他喝了一口，让酒液在口腔里翻滚了一下，咽下去后才继续他的演讲——哪怕面前只有一个人，他说起话来依然多半像在演讲，仿佛面对一场盛大的集会，要把每个字送到每个人的耳边。"在科学领域里，再没有比精神病学更激动人心的了。精神病学家们宣称这个世界终于站在了即将揭开人类最深层奥秘的门槛上。他们说未来将不再有痛苦，我们精神上的病痛将和身体上的一样得到有效的治疗。"他再次叉起满满一叉子食物，送进他黑洞一般的嘴里，像兔子一样嚼几下，吞下去，周而复始，"就我个人而言，我不太相信这套玩意儿。如果没有灵魂，我们跟动物就没什么区别了。打个比方说吧，真要那样，我跟这只龙虾就没什么区别了。"他指了指那只甲壳纲动物残缺的身体说："可我们中有谁会吃同类吗？"他似笑非笑："我在这座城市，坐在这家餐厅里，吃着这只龙虾。在我看来，只需要这么一个简单的事实，就足以证明我和它之间不存在精神道德层面的对等。我有灵魂，只要我还活着，它就是不朽的。嘿，你喝得也太慢了，我们得纠正一下这个问题。"

不等我阻拦他就抢过我的酒杯，补满。那个下午乃至之后的阿尔托普洛斯始终是我所认识的最风趣却不乏狡猾的人之一。他问起我的家庭、家乡、教育背景、生活状况和有关诗歌的知识，我在回答中为他描画了一个年轻人：继承了一笔遗产，总体来说算得上是个绅士，出生异国他乡，刚刚抵达巴黎，在文学艺术领域只是出于爱好而略有涉猎。

在吃喝之间的空当里，阿尔托普洛斯巨细靡遗地讲述了他对学会的计划，听起来大体就是：他贪图更高的社会地位，相信学会能帮他达成所愿。但首先，他说，学会必须重整旗鼓，而现状并不乐观：藏书混乱不堪，财务一团糟，声望低到如今的会员数一个手指头就能数得过来。"除非，老伙计，"他缓缓竖起第二根手指，说，"我还没把你吓退，你还愿意加入，嗯？"

我能怎么选？"当然。"

"很高兴听到你这么说。我是真的想让波德莱尔学会恢复它应有的地位，成为全法国最有声望的文学会，可眼下我是它唯一的投票人。没有第二个人支持我什么也做不了，学会如今是完全陷于瘫痪的状态中。"

我也一样，我暗暗想。尽管我还心有疑虑，可他实在强势，完全不给我留下任何拒绝同时又不冒犯他的可能。到下午时，我已经在想或许这事也不是那么糟，毕竟我离开那座岛就是为了找他，而现在很显然他就在这里。其他人都没了，我找到了他，而且我无处可去。

午饭过后，他说服我跟他一起回圣路易岛，再去一趟学会，他说有些东西想给我看。他把我领进了阅览室，我一路都在小心翼翼地打量，再次为这个地方三十年来不曾变化而备受震惊。一到我们的目的地，阿尔托普洛斯二话不说直接抽出一本薄薄的小书，鲜红皮面，金箔压花。他随手翻开一页，我立刻认出了那瘦长倾斜的笔迹。"夏尔·波德莱尔的一部短篇小说，从来没有公开过——《恶魔的育成》。"阿尔托普洛斯在试探我。我几乎无法维持镇静，不得不强行压下第一眼看到它便被引发的记忆洪流。再一次，我感觉自己正被两道锐利的目光审视着；再一次，我知道自己必须隐藏起所有的情绪假装一无所知。这不容易。

"写得好吗？"

"也许是他写过最真实的东西了。"

我迟疑了一下，吃不准接下来该说什么。"我很希望能有幸拜读一下。"

"你会如愿以偿的，老伙计，等你加入学会之后就可以，我们今天就能解决这个问题。"

离开学会后，我们又去了他在奥斯曼大道上的公寓。他一直把我留到了深夜，又极力邀请我住进他的客房。不知怎么的，我们一下子就形影不离起来，可平静的表面下有险恶的东西在蠢动，这点在第二天就得到了证实。我在国家图书馆的拉布鲁斯特阅览室里读到了一篇新闻报道，讲的正是不久前埃德蒙·德·布雷西夫人和吕西安·罗伊格的死亡。阿尔托普洛斯跟我说的消息非常准确，只漏掉了一个至关重要的细节：被发现时，夫人尸体上的眼睛不见了，被挖掉了。我在阅览室里无声地流着热泪。没有确切的证据，但所有线索都指向了同一个方向：看来我已经找到我的目标人物了。麦哈维，或者更准确地说，鲁贝尔，已经趴在了蛛网的中央。奇怪的是，他已经发现我了，为什么还没把我干掉？这是一个谜，将一直存在于我们未来漫长的友谊之中。

之后一连好几年，阿尔托普洛斯和我都保持着形影不离的关系。大多数时候我们都一起吃午饭，多半在金屋餐厅，偶尔也去英国咖啡馆或和平咖啡馆，晚上也常常一起吃饭。我们每天都要给对方发好几封信，有时候走邮局，有时候用气动管道网络；等电话能入户了，我们就第一时间在各自家里都装了一台。我们定期去蒙梭路上的勒梅尔沙龙和奥什大道上劳拉·海曼的沙龙。我们在剧院分享同一间包厢，观看俄罗斯芭蕾舞时打赏同一位舞蹈演员。阿尔托普洛斯喜欢赛马，我们就常常一同出现在赛马场——他动用了一些关系扫除我出身方面的障碍，引荐我加入赛马俱乐部。等到星期天，我们就坐上他的理查－布雷瑟轿车，到他乡下的庄园去打猎，到布洛涅森林里骑马，享受小道上蔽日的绿荫，向坐在马车上的巴黎交际场名媛贵妇致意。到了夏天，我们就去卡布尔度假。

阿尔托普洛斯是现代绅士的典范。他的雪茄上卷着代表个人标记的金色纸圈，他的衬衫都出自沃斯或雷德芬之手，要专门送到伦敦去清洗熨烫。若是举办晚宴，他会确保每三名客人就有一个专属侍者。一年到头他都在家里放满大捧的鲜花（最多的是菊花），每星期一换，从拉索姆或勒梅特花店订购。他只喝科尔瑟莱咖啡屋的咖啡，盛在刻着他姓名首字母"AA"的银质小咖啡壶里，配一樽装在瓷器里的新鲜热牛奶。

至于茶点，他吃罗伊贝特的花式小蛋糕和布尔伯纳的奶油卷。阿尔托普洛斯待我从不求回报，总让我感觉自己就是他的世界中的一员。那样一个晚宴与化装舞会、打猎与划船探险、卡巴莱歌舞场与赌场的世界欢迎我，一切都那么自然、自在。他对我的慷慨没有止境，他对我的抱怨也只有一个：我从不肯直视他的眼睛。这话他在许多场合都说过，像是在亲昵地打趣我。

在这期间，波德莱尔学会也欣欣向荣起来，这多亏了阿尔托普洛斯的个人魅力和人脉。他将它重新打造成了辉煌的沙龙，就像第一次见面时他曾向我描述过的那样。同时学会也让他势不可当地一路爬上了社会最高阶层。1910 年前后，学会的发展登上了巅峰，许多煊赫一时的人物都成了它的会员：舍维尼伯爵夫人、罗伯特·德·孟德斯鸠、吕西安·都德、亨利·格雷弗里伯爵、安托万·比贝斯科王子和安娜·德·诺阿耶公主。访客簿里也全是奥尔良公爵、帝国王后、希腊国王、塞尔维亚摄政王卡拉格奥尔基耶维奇、卡尔·埃贡·冯·福斯滕伯格亲王和银行家比斯绍夫桑这样的名头与名字。就连威尔士亲王都曾应奥黛尔·德·黎塞留之邀来过一次。

他在我身上看到了什么？我对他意味着什么？他对我有什么图谋？他不说，我也不问。我们俩都不只一次尝试推翻对方的"不在场证明"。真相悬在我们之间，绑缚着我们，看不见，却永远都在。对我来说，能守在他身边就够了——顶着朋友、伙伴的身份，但永远睁着一只眼睛，盯着他，就像个守卫，警惕地搜索一切蛛丝马迹，防备他再次为祸，因为我知道他有掀起浩劫的能力。我自觉对他有责任。我没什么计划。而在我们友谊的光辉之下，他身上那份我所深知的暴戾也始终没有出现。似乎只要守在他身边，我的目的就可以达成了。在我们相交的那些年里，没人被杀，没有眼睛被挖。我要等到他再次杀人后再行动吗？如果这样，我又能做什么呢？反过来把他也给杀掉？我从来不觉得自己有能力这么做。为了完成这个行动我需要什么样的武器？手枪？刀？毒药？完全不可想象。毕竟我们的相处是这样尽如人意，我看还是顺其自然的好。

* * *

我早已下定决心，绝不将人生虚耗在扮演一个套着光鲜外衣的杂耍艺人上，绝不掠食那些无知或心碎的可怜人轻易付出的信任，我希望自己有更加值得尊敬的人生。阿尔托普洛斯为我埋下了一粒种子，就在我们第一次共进午餐那天。很快，在我承袭自这具身体的催眠术的浇灌下，在他的鼓励和我自己对灵魂交替背后潜藏原理的兴趣下，这颗种子开始发芽、长大。我决定了，我要成为一名精神科医生。我开始学习心理学。最初只是旁听一些讲座，因为我没有正式的资格。我在巴黎大学听课，认认真真地做下详尽的笔记，读遍每一家图书馆里我能找到的一切。我请了老师，志愿担任实验助手。阿尔托普洛斯从中为我牵了些线，搭了些桥。不久以后，我就成了一名正式的医学生。

返回巴黎还不到一年，我就被预科班录取，开始学习医学。1908 年我顺利毕业，成了一名医生，开始心理学领域的深造。一开始我就想好了，我不会循规蹈矩地用正统的医疗手段，我要用催眠疗法来治疗我的病人。这不是什么新鲜主意，上一代精神病学家已经试过，只是最终抛弃了它。可我拥有他们无法比拟的优势。

在这条道路上，我先是在生理心理学实验室跟随阿尔弗雷德·比奈学习，随后又先后师从西奥杜勒－阿尔芒·里博研究逆行性遗忘症，协助西奥多·弗洛诺伊研究潜隐记忆，参与皮埃尔·让内在法兰西学院有关记忆、创伤、神经质解离和潜意识的课题讲座。

我开了一家私人诊所，用催眠疗法治疗忧郁症和神经衰弱。阿尔托普洛斯在上流社会的人脉令我受益匪浅，我的许多固定客户都是波德莱尔学会的会员。我的治疗方法与众不同，存在争议，因为我坚持先对病人实施催眠，然后才着手分析。我的名气越来越大，引来了年轻一代的关注，有人被那些有关我的病人如何取得突破性进展的报道吸引来求教，可无论模仿得多像，他们都无法复制我的成就。没人能猜到我成功的秘密，毕竟我是利用灵魂交替的技艺来查探病人的头脑与内心。至于我的病人，他们似乎总能从中受益，这之中存在着某种东西能帮他们恢复元气，得到疗愈——其实很简单，无论过程多么短暂，他们总能趁机喘一口气，不再受困于过度活跃的想象力。造访那一具具的身体与头脑时，我会浏览他们的记忆、梦境、幻想和错觉，看清他们的秘密、伪装与谎言。得益于此，在完成灵魂交换后的分析阶段，我总能察觉他们的每一次自欺、回避和伪装。我比病人更了解他们自己，我知道他们什么时候在对我说谎，更重要的是我知道他们什么时候在对自己说谎——太多了。

那正是精神科医生这个行业经历深刻变革的时期，向这种全新的医生寻求帮助成了上流社会的时尚。1910 年 3 月，我参加了在纽伦堡举办的第二届弗洛伊德心理学大会，回到巴黎后我不再自称"精神科医生"，转而用起了"精神分析师"的名头，但治疗方法没有改变。

如果说这只是换汤不换药的包装美化，至少结果是确定无疑的。我受邀到巴黎大学发表演讲，然后是法兰西学会。我在医学期刊和大众刊物上发表文章，偶尔我的名字也会出现在报纸的社会版上，多半都是和阿尔托普洛斯排在一起。他会拿我的成绩来调笑，最爱开的玩笑就是让我催眠他。我总是顺水推舟地也当玩笑处理，好脾气地拒绝，说我们太亲近了，我对他太了解，况且他也不是一个容易受人影响的人。而在玩笑之外，我对他的信任从来没有达到敢于对他实施催眠的地步。和他维持友谊就像养老虎当宠物——我绝不允许自己忘记他随时可能一口将我咬死。

也许是注定的吧，我对神游症格外有兴趣。那个时候它有好几个名字：睡行症、心因性神游症、觉醒游行症、漫游癖。神游症极其罕见，罕见到它充其量只算得上一个医学传说，根本不够让哪位精神分析师以此为主业。但随着时间的推移，我在医学期刊上发表了好几篇文章，渐渐就被公认为这种神经失调症领域的杰出专家。当然了，这份兴趣并不只是出于专业，我亲眼见证过好几次类似神游症的状态——在我的每一次灵魂盲交后。每一次这种状况的出现都是因为我，出现症状的都是被我丢弃的身体。他们的面容在我脑海中挥之不去，上面都打着惊慌失措的烙印，那是因为灵魂在毫无察觉的情况下换了躯壳。不过我的兴趣里还包含着一个实际的考虑：这或许能帮我找到马蒂尔德。如果马蒂尔德还活着，我希望她还能记得几十年前我在流放前跟她说过的话。如果她真的施行了灵魂交替，如果她的身体陷入了迷乱状态，如果在某个地方有某个医生做出了神游症的诊断，那么身为这个领域唯一的专家，我就很有可能被请去看诊。这计划或许太缥缈，却是我找到你的唯一希望。

* * *

只是最终不是我找到了你，准确地说是你找到了我。一1911年冬天的一个上午，我在波德莱尔学会办公室里抬眼望着窗外，看到一个驼背老妇人慢腾腾地穿过路易－菲利普桥，沿着安茹码头路走过来。她穿得破破烂烂，罩着兜帽，遮住了脸，推着一辆装满了旧书的手推车。她的模样很惹眼，腰背弓得很低，身子几乎对折起来，毕竟推着两个木头轮子走在鹅卵石路上并不容易。快到学会大门口时，学会男仆勒南赶上了她，抱着好几条为午餐准备的面包。经过推车时，那老妇人对他说了句什么，我离得太远听不见。他摇了摇头，回答很简短，跟着就进了大门。我起身去厨房，男仆正在那里给厨娘卡洛塔打下手，我问勒南那老妇人跟他说了什么。

"哪个老妇人？"他说。

"你刚在外面街上跟她说了句话的那个书贩子。"

"噢，她啊！她是个疯子，不是书贩子，她的书一文不值。我经常看到她在这附近晃悠，她总是问我同一件事。"

"你们是在说那个比利时老太婆吗？"卡洛塔说。

"是的。"勒南和我异口同声地说。

"她对我也这样！她问了好些年了，那个可怜人，真叫人为她难过。"

"她问你们什么？"

"每次碰到，"勒南说，"她都问埃德蒙夫人回来了吗。"

"她问我的也是这个。"卡洛塔跟着说。

我的心猛地跳了一下。"你们怎么说的？"

"我跟她说埃德蒙夫人已经死了。"勒南说，"可她从来就记不住。她的脑子出问题了。"

我感到一阵眩晕，就像突然跳进了冰水。

"我有一次问她你问这个干什么。"卡洛塔说，"很难想象，但听来似乎她和埃德蒙夫人当年都是公社社员。"

我尽量控制住自己不露出异样，客气地告辞，离开厨房就匆匆抓起外套和帽子冲出大门。我站在大街上左右张望。那妇人不见了。我选择往左边去找，转过街角，一口气跑到岛尽头，那里已经能看到大教堂和西岱岛了。我看到她了，离得很远，刚刚踏上圣路易桥，正朝大教堂的方向走。我追了上去。

"夫人！"追近一些后我才大声招呼。那个驼背的身影停下脚步，转过身来。此时此刻，距离我上次见到她已经将近四十年了。她老得厉害，可还分辨得出模样，就是马蒂尔德。"夫人，我听说您在找埃德蒙·德·布雷西夫人。"

"是的。"

"很不幸，埃德蒙好几年前就已经过世了。"

"我明白了。你能确定吗？"

"非常确定，夫人。您该放弃找她了。"

"谢谢你让我知道这个消息。"我分辨得出她那熟悉的、歌唱一般的声音。

"不必客气。"我说，马蒂尔德转身准备继续沿着桥往前走，"不过她死前设法找到机会完成了灵魂交替。"

马蒂尔德僵住了，僵了好一会儿，然后她挺直了身体，转身面对我。"先生，你叫什么？"

"我的名字是希波吕忒·巴尔塔扎尔。"

"那我的名字是什么？"

"您的名字是马蒂尔德·罗伊格。"

"我等了你好久。"

我们一定很奇怪。她和我，老乞婆和衣冠名流，站在这座桥上拥抱了这么久。

我不能把马蒂尔德带回我奥斯曼大道的公寓里住，那里离阿尔托普洛斯太近了。万一给他发现我收留了马蒂尔德，只怕他不知道会做出什么来。因此我为她在一家偏僻的酒店里订了一个舒适的房间，我们可以在那里倾心长谈。当天我们就在那里谈到了深夜。马蒂尔德告诉我，这十一年来她一直东躲西藏，不断从一家膳宿公寓搬到另一家，就靠推着小车卖些书为生。她从没收到我从堪萨斯发来的电报，也可能收到了只是没看。尽管成了卖书人，可她依然大字不识一个。她太固执，连想都没想过要学。她告诉我要是吕西安出门旅行了，她就把所有来信都堆在波德莱尔学会的办公桌上，等他回来再读给她听。听到这里我简直抑制不住惊恐的颤抖。阿尔托普洛斯一定看过那封电报了，我的怀疑第一次得到了证实——他就是那个人。他从一开始就知道我是谁。我第一次出现在波德莱尔学会时他就一定在早早等着我了。从那时开始他就一直在戏弄我，从没说过或做过任何暴露自己的事，哪怕他肯定知道我同样也在怀疑他。

他为什么这样容忍我？这个问题我想过很多次，唯一能想到的答案却并不那么叫人信服。那是我脑海中的一个片段：我们在波德莱尔学会初遇时他看我的那第一眼。也许他在我们的友谊中找到了某种安慰，某种可以让他逃离无法承受的孤独的解脱之道。因为我是这个世界上唯一真正知道他是谁、知道他秘密的生灵，于是他向我展示了一种我从未奢望他具备的品质——仁慈。这仁慈里掺杂着孤独，渐渐演化成了爱。同样，我也在他身上找到了安慰，我也爱他，就像爱一个旗鼓相当的对手，爱同患难的狱友或天生的坏小孩一样，明知危险，明知痛苦，甚至明知从根本上就是错的，但还是那样做了。也许是出于宿命，也许是叛逆，或逼不得已。

至于马蒂尔德的消失之谜，我始终没能从她口中听到一个叫人满意的解释，但我怀疑那并不仅是因为悲伤。在那样可怕的情形下，又同时失去了儿子和埃德蒙，这样的双重打击足以让最坚强的心灵崩溃，可实情一定远不止于此。阿尔托普洛斯当时刚加入波德莱尔学会，那是学会十多年来的第一个新会员。我想象过当时的情形，他一来就拿出他那副标志性的贵族般的派头迅速掌控了那个地方，就好像马蒂尔德这么多年来一直都只是在帮他暖场似的。他们之间也许发生过什么，在吕西安和埃德蒙被杀害的消息传来后出过什么事，才逼得她不得不逃。也许他暴力袭击过她，也许他承认了他的罪行，也许两者都有。无论是什么，那一定是恶毒、残忍、不可原谅的。马蒂尔德从没完完整整地把事情告诉我，偶尔显露出的冰山一角也只是无意中说漏嘴或隐隐提到，可我还记得几十年前在岛上和麦哈维第一次见面时的情形，因此不需要更多解释。自此，我对阿尔托普洛斯的警惕只增不减。我开始小心翼翼地疏远他，一点一点，尽可能不露痕迹。

我在圣丹尼斯市郊路上为马蒂尔德租了一套公寓，希望她能过得舒服些。无论如何，她还活着，这就足够让我喜出望外。我每天都去看她，交流彼此对吕西安的哀思。除了阿尔托普洛斯，她就是这世上唯一知道我的真面目的人了。我一直小心地在他们面前隐瞒另一个人的存在。有一次我设法从波德莱尔学会的阅览室里偷出了一本夏尔的书读给她听，她完全没表现出从前那种抗拒。时间，回忆，我们的重逢，她儿子的死亡，也许还有笼罩在她自己身上的死亡阴影层层叠加，似乎软化了她对灵魂交替这个主题的态度。当我再次提起灵魂交替的可能性时，她没像从前那样抗拒，而是拿出了开放的心态听我说。短短几个月后，她就同意了我的观点：是时候了。她一直在卖书，从没放弃——那是她寻找新身体的方式。她只是常常抱怨，唯一的问题在于：没人会愿意注视一个老女人的眼睛。

1913年春天里的一天，我接到电话，受邀到主官医院参与一名女性患者的会诊，据说是当天上午她在圣日耳曼大街一家咖啡馆里犯了神游症。那是马蒂尔德。她的眼睛睁得大大的，嘴唇开开合合地低声说着叫人听不明白的德语，头左右摇晃，仿佛有什么无法置信的事——所有这些迷乱惊惶的表现都指向了一颗刚刚遭到伏击、经历过交替的灵魂。我问警察是谁把她送到这里来的，那个人对事情经过都知道些什么。他说现场有多名目击者，她当时是在为一名德国游客算命。至于当时究竟发生了什么，那是个谜，因为那名年轻人走了。警察知道的就这么多。

她终于成功完成了灵魂交替，这让我松了一口气。可她所交替的那个人悄然远遁，又叫我禁不住有些伤心，多少冲淡了些许安慰。他对自己的前世还记得多少？我们还有机会再次重逢吗？我将马蒂尔德的躯壳安置在一家养老院。她没能从神游症中恢复过来，过了一阵子就在睡梦中死去了。那是欧洲将自己置于四分五裂境地的前一年。她被安葬在市郊的一座公墓里，墓碑上只刻了她的姓名首字母。我努力保守着我们重逢的秘密，不让阿尔托普洛斯知道。我希望守住这个秘密。

和很多人一样，战争的爆发唤起了阿尔托普洛斯的杀戮欲，此前它们一直都被伪装成了对打猎和追逐社会地位的喜好。战事一起他就报名参了军，还催我也这样做。有过巴黎公社的惨痛经历，我多少习得了一些谨慎。不过真要上战场的话，我估摸自己能在医疗队里派上用场。阿尔托普洛斯动用了一些关系得到了骑兵队长的任命，战争进一步拉大了我们俩间的距离。冲突一直持续，其中的残酷野蛮似乎彻底粉碎了我们本就可疑的友谊小把戏。我发现和他保持距离更轻松。我们的信件往来渐渐减少，措辞和讲述的内容都越来越拘谨。到最后，干脆都停了笔。

那天下午两点被推进我诊室的患者已完全没了曾被我认作最亲密朋友的那个人的模样。他的身体、面孔和手脚都扭曲肿胀，抽搐不已——那是我见过的最严重的弹震症，战争把他给毁了。

"你好，阿尔托普洛斯。"我一边打招呼一边接过护士递来的病历档案。

"你……你……你……嗬……嗬……好。"他努力说话。我趁机快速浏览文档，档案上写着他的军衔是少尉，这让我很吃惊。战争中军官的死亡率如此之高，晋升几乎确定无疑，何况他的部队驻扎在香槟地区，那是战事最激烈的地区之一。可阿尔托普洛斯被降过衔，两次，档案上说他的多名下属都投诉曾遭到他的骚扰。

护士清了清嗓子。我抬起头，起身拉着她的胳膊把她拽到门外。"你能留下来吗？"我压低了声音问，"以防他的情况突然恶化。"

"抱歉，医生。"她回答，"我那边还有工作要做。如果有需要，请按铃叫我。"

我只得回到办公室。房门刚关上，阿尔托普洛斯就跳了起来，笑着从衬衣口袋里拿出一根香烟，一边抽一边慢条斯理地走到沙发跟前，愉快地瘫下去。

"抱歉骗了你，不过如今要得到殿下的接见可真不容易。"

"这又是你的恶作剧吗，阿尔托普洛斯？"

"当然不是，老伙计。事实上，这场战争有点太严肃了，你不觉得吗？啊，这些不是你能知道的，你待在这么宁静的安全岛上。"那张脸上闪过一个他的招牌笑容，带着些讽刺。

"我可以从病人身上了解得很清楚。我被派到这个岗位是因为有人觉得我在这里能做不一样的事，目前为止也的确如此。"

“我觉得你也可以坚持上战场的。”阿尔托普洛斯说，“不过我不会责备你的逃避，外面简直是地狱。”他站起来，开始在屋子里走来走去：“巴尔塔扎尔，你得帮我从战争中脱身。”

“我为什么要这么做？”

“因为我们是朋友。”他转身面对我，挑起一边眉毛，说，“难道不是吗？”不，我心想，绝对不是。

“你觉得我该怎么做？”我问。

“不知道，也许开个病退证明，说我得了什么治不好的病？”

“可你没生病。”

“他们又不知道。”

“我倒是希望事情像你想的那样简单，但我做不到，这不是拿起笔写几个字就能解决的。我没有权限。有些程序就是为了防备这种……”我发现自己没法婉转地表达想说的话。

“防备什么？”

“防备造假。”

“造假？”这下轮到他大吃一惊了，“很遗憾我费了这么大劲儿找到你，你却这么想。”他的声音里透出了恐吓的意味。

阿尔托普洛斯在窗边停下，望着疗养院外的公园。“小心别让人看到你。”我说。他转身回到沙发边，我现在满脑子疑问：他为什么来找我？为什么他还没和别人灵魂交替？

“好吧，既然你在这里，何不跟我说点什么呢？一点简单的聊天也有帮助。”

“你想知道什么？”

“跟我说说你降衔的事吧。”

阿尔托普洛斯僵住了。他非常认真地盯了我一眼，仿佛在考虑什么相当伤脑筋的两难问题。"啊，是的。"他说，"倒霉透了。我……我那是……我那是想要……"他的声音越来越小，嘴依旧张着，像是想说点什么，却怎么也无法说出口。他纠结在两种势均力敌的欲望之间：一边想要干脆摊牌，一边想要继续隐瞒。我等待着。斯文的面纱终于要被撕开了。终于，他就要告诉我他究竟是谁了。他就要告诉我他能做的是什么了。他就要告诉我事实上他根本不是在骚扰，他是捧着那些人的脸想盯住他们的眼睛不放。他就要告诉我要强迫一个人看自己的眼睛是不可能的，眼珠子这东西太滑溜，完全不可控，相比之下把它们从眼窝里挖出来倒是容易得多，直接把人弄瞎倒是比掌控他的视线容易得多。事到如今，他终于要告诉我他为什么出现在这里，他想从我身上得到什么了。他会告诉我吕西安和埃德蒙的死，那没了眼球的尸体，他们的生命之所以戛然而止都是因为他。最后的最后，他会告诉我我才是他犯下这一切罪行的罪魁祸首，一切都是因我而起，都源于若干世以前，我将他硬生生拽离他的身体、他的朋友熟人、他的世界的那个时刻。

"有些事你该知道。"最后，他开口了。

"什么事？"

"我知道的。"

"你知道什么？"

"我知道你知道的事。"

"我又知道什么？"

"一切，一切该知道的。"

"我们为什么要这么兜着圈子？为什么不直接说？"

"我做不到。"

"为什么做不到？"

"因为我不希望把你推开，因为你是我唯一的朋友。由始至终，你都是我唯一的朋友。"

"胡说八道。你有那么多朋友，比我的还多。"

"不。除了你我没有朋友，你是唯一知道的那个人。"

"知道什么？"

"一切。"

很明显，我能从他嘴里掏出的就只有这么多了。我猜从某种意义上说，这也算一种忏悔。或者说，是一个神秘如阿尔托普洛斯这样的人所能做出的最接近忏悔的表示。我期待他再多说一些，可到此为止了。接下来他只是悲伤地坐在我对面的沙发上，两眼放空。

"好吧，根据你的表现，你可以在这里休养十二周。"我说，"这是第一步。"

"要是我最后还是不得不回去，这又有什么用呢？这场战争不可能在三个月内结束。"

"可你没生病。所以严格说来，你其实是在享受你本不应该有的假期。"

"应该？你觉得有谁是应该承受外面那些事的吗？"

"当然不是。我每天都在治疗病人，各色各样的男人，如今似乎连女人都逃不掉了，外面那些事摧毁了他们的精神。可我没办法终结战争。"

"你有办法做什么？"

"我能缓解痛苦。"

"那就缓解我的痛苦！"

"你没生病！"

"这么说你是拒绝帮我了？"

"哦，我会帮你的，别担心。我会保守你装病的秘密，可我没法让你逃脱战争。你知道，我在工作方面做得相当出色，我的病人基本上都能好转。要因病退役，那你非得病到不可救药的地步，那是很少有的，你得有超一流的演技才行，而且最终结果不由我决定。当然，我可以给出意见，但归根结底做裁定的是医疗审查委员会，你必须取信于他们，不巧他们不怎么喜欢我。"

"为什么会这样？"

"因为我的成功率没人能复制。"

"你的成功率！"他唾了一口，"告诉我你是怎么达到你的成功率的？"

"和我从前一样，催眠，然后分析。"

"那就催眠我，我向你要求过那么多次了——几十次？可你永远都在敷衍我。"

"我没有敷衍你。"

"那就现在做，你不觉得你欠我很多吗？"

我当然欠他很多。从某种意义上说，我欠他一切，可跟他灵魂交替绝对不在考虑之列。我当然不想落到和他交换灵魂然后替他被送回战壕的境地，有谁会愿意呢？同样我也不希望他坐在我的位置上侵占我的人生，将它变成他一个人的殖民地。"唔——首先，你没病。其次，我们彼此太了解。就像我跟你说过很多次那样，我不认为你是个容易受影响的人。"

“哈，这些都是废话。”

“当然不是，这是事实，不是每个人都能被催眠的。”

“你怎么知道我不行？你连试都没试过。”

“好吧，就算我能，也还有另外一个问题。你要知道，针对弹震症的治疗近来有了些变化，要是精神分析无效，他们就会把你送去接受电击疗法。”

“所以他们是要把人折磨回战壕里去？”

“非常准确。”

“哈！”他怒冲冲地说，“你这是在找借口。”他丧气地倒进沙发：“我看你如今是完全不讲道理。说到底当初你一文不名的时候，是我张开双臂欢迎你。我照顾你，我付钱让你学习，我帮你建立事业。可就这么一次，我找你帮忙，你却拒绝我。”

“我不是在拒绝你，我是在告诉你我为什么不能给你开病退证明。”

“那至少可以催眠我！”他咆哮起来，声音大到走廊上的人都能听到。恐吓又来了，而这次不只是一点点。

“拜托，声音小点。”我安抚他道。我已经被逼到了死角，想来想去或许只有一个办法能让我脱困。“好吧，我们试一下，要是不行也别怪我。”我叹了口气，把我的扶手椅拖到沙发边，膝盖顶着沙发坐下。我不知道该怎么做，只能即兴发挥，掏出怀表，打开。

“你在干什么？”阿尔托普洛斯问。

“我在准备催眠你啊。”

“不是用你的表！你当我是傻瓜吗？这不是在马戏团，我知道你的做法！用你的眼睛！用你的眼睛催眠我，见鬼！”

"好，好，冷静，求你了。"

在此之前，我从没在不打算灵魂交替的情况下长时间注视他人的眼睛。对我来说，这种情况（不打算交替的情况）是完全未知的。更何况眼前这双眼睛并不属于某个不相干的人，那是阿尔托普洛斯。在灵魂交替方面，我懂的他全都懂。

我们目光交错，注视着彼此。我告诫自己，关键是要确保我的灵魂始终冷静，我必须阻止它往外跑，也必须阻止他的灵魂进来，无论用什么办法。可几乎就在视线相交的一瞬间，我便感到了灵魂向外冲出的悸动，就是那种刺麻感，那种灵魂消散的先兆。巨大的恐慌涌上来淹没了我。我必须做点什么，我必须弃船逃跑。于是我转开了视线。

"我估计的一点没错，"我说，"什么也没有，效果不好。"

"再试一次。"阿尔托普洛斯咬牙道。

"不了，我觉得这行不通。"

"再试一次，见鬼，这次别往边上看！"

"抱歉，亚里斯蒂迪，不。"

阿尔托普洛斯猛地站起来，探身就扇了我一记耳光。"你这个骗子！"他咆哮道，"你这个谎话精！你这阴险的混蛋！亏我为你做了那么多！"

"你怎么敢！"我说着也站起来，好跟他持平。我扇了回去。

他抡起双手开始打我，拳头握得死紧，一拳又一拳，一边打一边咒骂。"你这个怪物！"他说，"你这个恶魔！"我双手抱头，完全无法和他抗衡。我只得承受着他的重击，伺机一点点退到书桌边，努力抓住了呼唤铃，赶在阿尔托普洛斯一胳膊横扫过来把它从我手中打落前拼命按响了它。他怒火更盛，合身朝我扑来，我们俩纠缠着，在办公桌上扭打成了一团。他拼命想把我仰面压在桌上，一手掐着我的脖子用力扼，另一手五指曲张朝我的眼窝挖过来。就在这时护士进来了，看到这副情形便立刻尖叫起来。很快好几个看护一拥而入，熟练地把阿尔托普洛斯从我身上架开，摁进轮椅，绑住，推出房间，沿着走廊离开，整个过程中他一直在大叫："你这个恶魔！你这个恶魔！你这个恶魔！"

我几乎喘不过气来，浑身都在发抖。我摸了摸自己的眼睛和喉咙，竖起衣领。口鼻里似乎有血腥气。护士扶我坐下，又去拿了些纱布和酒精，登记员朱利安冲进门来询问出了什么事。护士忙着给我处理伤口，我则安抚他说没什么大事，不需要纪律处分或训诫。我说这位病人的爆发只是精神错乱，说这些都是正常的职业风险，还说论起来这倒是个好现象，说明他早晚会彻底康复，只是以后不能由我为他治疗了。不用说，理所当然，当然不能是我。

直到第二天上午再次见到马德莲时，我还因为头一天的事而心有余悸。我吃不下睡不着，满脑子跑马。"你这个恶魔！"这话像魔咒一直萦绕在我耳边，其中意味究竟是咒骂还是定罪？我当时不知道，隔了一天仍不知道。被一个自己认为是恶魔的人下了同样的判语，这让人感觉很不安。

归根结底，我的治疗方法中最重要的部分就是对病人实施灵魂盲交——也就是说灵魂交替后，病人除了一点精神上的舒缓或松弛感外，对整个过程不会留下任何印象。我这样做过上百次，说不定上千次，从没有一个病人显露出哪怕一丁点有所察觉的迹象。可这次却出了问题。也许这本就不可避免，我早晚有一天会犯错。也许是因为心力交瘁，也许是和阿尔托普洛斯的重逢让我分了心，也许是潜意识里有了杂念，也或许是马德莲本身具备的什么东西产生了干扰。总之，依我的本意，这次本应和往常一样，灵魂反向交替回来后她不该有任何察觉。可第一趟交替刚刚完成，我就发现有什么地方出错了。我一定是忽略了什么，要不就是在操作过程中不知怎么粗心犯了错。尽管如此，我还是同往常一样在这位病人的身体和精神世界里展开了探索，直到她就那样坐在我对面的椅子上，用我本人的身体突然开口说话。

"拜托您，"她说，那是我自己的声音，"我不想回去了。"

"什么？"

"我不想回去。"她加重语气，重复了一遍。

"回哪里？"

"回我自己的身体，回去当马德莲。别那样，求您了。"

"你情愿待在一个老男人的身体里？"

"是的。"

"我不能让你这么做。"

我惊恐地看着马德莲 - 巴尔塔扎尔从椅子上站起来，俯身盯着我，一字一句地轻声说出下面的话："你休想让我回到那具身体里，你做不到。"

"我必须提醒你，你还处于催眠状态下，这是你自愿的。只要我发出指令，你就会重新注视我的眼睛，然后你就会回到应该属于你的身体里。"

巴尔塔扎尔顿住了，像是在琢磨要不要反抗，不过长长的一瞬过后，他还是坐回椅子上。我们开始反向交替。我比以往任何一次都坚定：一定不能让马德莲留下任何有关刚才的印象。但可想而知，我还是感到了不安，我对个人能力的自信产生了动摇。就某种意义上来说，灵魂交替的技艺是以精神的纯粹为基础的。一切有形或无形的障碍，一切让人分心的干扰，都会轻易打破整个过程的平衡。反向交替完成后，马德莲没再多说什么，但她的神情里有某种东西表明她的心理状态并非如我所愿。她看着我的样子，像是期望，又像是带着些怀疑，明显和灵魂交替前忧郁的模样不同。

"刚才是怎么回事？"她终于还是问了。

"你被催眠了。"

"有多长时间？"

"不到三十分钟，跟我们之前说好的一样。"

"其间发生了什么？"

"整个过程中你都处在深度放松的状态下。"

她没继续追问，但在随后的精神分析中，态度却明显疏远冷淡。我们毫无进展，我提前结束了这一次的治疗。

骗子注定永远生活在面具被拆穿的恐惧中，因为那无异于灭顶之灾。几天后，我收到医学审核委员会的一封信，信上说有病人投诉我，我将接受调查。下周将有三位专家组成审查组来监督并审查我的治疗工作，他们是：古斯塔夫·鲁西、安德烈·莱里和雅克·让·莱米特。在此之前我将被停职。委员会一向对我不满，这几个人简直就是精心挑选出来针对我的。我知道我在军方和医学界都有敌人，他们都认为我的治疗手段可疑，特别是莱里，他堪称我专业领域的劲敌，是个电击法的拥护者，对所有应用精神分析法治疗弹震症的医生都抱有敌意。他向来认为催眠是江湖骗术。这封信里没有指明投诉者，但我猜是阿尔托普洛斯，他想逼我在审查组面前催眠他。到头来，我还是会成为他逃离战争的通行证——他将进行灵魂交替，我则是那个要回到战壕里去的人，只是套着他的躯壳。在我们相交的这十七年里，他从没对我显露出哪怕最轻微的敌意，更不用说暴力了。如果说我们俩之中有谁真心想伤害另一个，那我们错过的机会实在是数不胜数。作为他的创造者，他与过去唯一的联系，我向来都能在他的复仇天性下享有豁免权。可现在不是了。

审查那天上午，我正在办公室里不安地走来走去，门响了，是马德莲。

"夫人，"我说，"没想到今天早上会在这里见到您。"

"为什么？"

"我的预约都被取消了，您一定已经得到通知了吧？我被停职了。有人投诉了我，我不知道是谁。按流程今天下午我要在大礼堂接受医学审查委员会的调查，有三名医生组成了调查组，我必须在他们面前捍卫我的治疗方法。"

她迷惑地看着我。"不是我。"她说，"教授，我没有投诉过您。"

"我不是这个意思。"我笑了笑，说，"不过还是很高兴听到您这么说。"

"我唯一不满的，"她有些犹豫，但还是说了下去，"其实也算不上不满，就是上次我说过的，在催眠中说的那个。"

我装傻。"能给个提示吗？"

"就是，如果有可能，我很愿意换一具身体。"

我迅速思考了一下自己的处境，结论是坚持伪装对我没好处。"夫人，我必须对您实话实说，当时出了点问题，您本来不该记得这些的。"

"可我记得，我什么都记得。最重要的是，我记得自己那时满脑子都是：我不想回去。我是认真的，教授，现在依然是。"

我努力跟她讲道理。"抱歉，夫人，我不能接受您的提议，那会成为一场闹剧。再说了，难道您真的想放弃您的青春、健康和美丽，顶着一个中年单身汉的躯壳度过余生吗？"

"我想尝试别人的人生，我不想过自己的，那太痛苦了。您不明白吗？每次照镜子，我都在用另一个人的双眼看自己——那个爱我的、我失去了的男人，我此生唯一挚爱的人。我无法熄灭心中的爱，每次看到自己都会让我想起这份爱。对我来说，要想真正好好活着就必须抛弃我现在这具躯壳，否则我终将亲手了结我的人生。"

"可前方还有那么多值得期待的东西在等着您，您还有大把的未来。"

"我有吗？一个寡妇，还是个孤儿。我身无分文，只接受过最基础的教育。您觉得没了爱情，我还有什么可期望的？一场徒有其名的婚姻，嫁一个我不爱的丈夫然后生儿育女？还是进修道院，整日对着我并不相信的神明祈祷？"

"您可以当护士啊，很显然您擅长这个。"

"等战争结束就不需要这么多护士了。不，我看不到任何未来，只有漫长的、无边无际的空洞。一无所有。"她转身打量我的办公室，我随着她的目光一起打量，扫过书架、挂在墙上的画和各种证书。"然而，"她接着说，"如果我能在您的身体里度过下半生，哪怕活得短一点，起码那是好的半生。我会在书籍的围绕下过着舒适奢华的生活。我接受过良好的教育，再无所求。我能治愈别人的伤痛，出入上流社会。就算我累了、倦了，也只要退回到您的记忆宝库，在您的某段奇遇冒险中放松自己就好。我猜您的记忆足够陪伴我度过余生了。当然，还有一个绝不容忽视的好处，我可以成为男人。"她转向我，双手拉起我的手，恳求地看着我："巴尔塔扎尔教授，您觉得呢？求您给我自由，好吗？"

我望着她晶莹的黑眼珠，犹豫要不要警告她，跟她说说阿尔托普洛斯，说说埃德蒙和吕西安的遭遇，说说波德莱尔学会和夏尔的手稿。如果说了她会改变主意吗？她会觉得用自己的身体过自己的人生原来并不是那么不可忍受的吗？可就在我犹豫不决时，一阵熟悉的愉悦感掠过，就像每次交替之初的第一阵悸动。我做出了最后的决定：该知道的，她一定已经全都知道了。

P123

Madeleine Blanc
马德莲·勃朗

{ 出生1898年
第一次灵魂交替1917年 }

巴尔塔扎尔坐在他的椅子上，离我很近，两眼直愣愣的，却没在看什么，神色一派茫然。有那么一刹那，我还以为自己又进行了一次盲交。"你感觉怎么样？"我问。

巴尔塔扎尔微微摇头，像是挨了一拳，这才刚刚缓过神来。"我觉得……还不错。"

"不后悔？"我问，"不再想想了？一旦我走出这扇门就没有挽回的余地了。"为了自己好，我必须在彻底消失前再次摆出善意的姿态。

"不了。"他回答，"您实现了我的愿望，我很感激您。"

为了确认他是真的头脑清醒，我问了他几个问题：如今的名字，从前的名字，我们在哪儿，今天是星期几，共和国总统是谁……他都记得。"你没出现神游症的症状，这是个好兆头。"我说，"不过我得提醒你，接下来你必须打起十二分精神，随机应变。就在今天，你将面对一场针对你的临床治疗方法的裁决。"说到这里，我能看得出，有关这件事的记忆在他脑海里浮现出来，他明了地点点头。"他们会要求你催眠一个叫亚里斯蒂迪·阿尔托普洛斯的男人，我强烈建议你回顾一下你和他过往相识的经历。"与阿尔托普洛斯有关的记忆在他脑海中纷纷浮上水面，巴尔塔扎尔点点头，"最重要的是，你决不能注视他的眼睛，不然他的灵魂就会交替到你身体里。相信我，那不会是你想要的。"

我跟巴尔塔扎尔握手道别。一想到阿尔托普洛斯发现眼前这个男人不是他想找的人时会做什么我就不寒而栗。我知道我必须再次消失。我不想丢掉面对阿尔托普洛斯的优势——现在他不知道我的模样了。除了背包里的几件衣服，我两手空空地溜出了维列留夫的军队疗养院，搭上一辆开往巴黎市中心的郊区火车，去了一家位于工艺美术区的衬衫裁缝店，店主是一家子西贡人，我从小就认识。他们没赶我走，我在那里一直待到了战争结束。我烧掉了所有的身份证件，换了个姓，叫勃朗。

从那天开始，我就过起了隐姓埋名的生活——这么做的理由很充分。两个星期后，我听说希波吕忒·巴尔塔扎尔遭到杀害，死在了自己的床上。报纸上说，尸体被发现时，他的眼球不见了。负罪感让我的悲伤越发沉重。凶手是谁毋庸置疑，同埃德蒙和吕西安一样，阿尔托普洛斯杀了他，也许是找了个杀手，也许是自己动手。我无从知晓他是否已看透我的掩饰，但我做了最坏的打算。或许在外界看来，挖掉眼球只是为了传递信息或展示力量，但我知道，那是一种令人毛骨悚然的追踪。或者，召唤。

若在平时，这样一桩凶杀案足以轰动巴黎，可仅仅一天车程外的大屠杀早就给巴黎人打了心理预防针，个体的暴力行为再也无法牵动他们的心绪。巴尔塔扎尔的死很快就被遗忘了，阿尔托普洛斯把他葬在了蒙帕纳斯公墓里波德莱尔学会的墓穴中，和埃德蒙躺在一起——是的，就是我们遇见的地方，你和我，二十三年之后。不是每个人都有机会参加自己的葬礼。那是一个雨淋淋的上午，葬礼很低调，我站在一小群人最后，脸藏在黑纱下。吊唁者不过区区十来个，我都认识，都是巴尔塔扎尔的病人和波德莱尔学会的会员。当然，阿尔托普洛斯也在，站在最前面。他不再假装弹震症，不再颤抖。他身边站着一个非常引人注目的女人，下颌方正，我从没见过。后来我会知道，她的名字是加布里埃·香奈儿，昵称更有名："可可"。

1920 年圣诞节前不久，我在圣昆廷市场遇见了学会男仆勒南，当时我俩间还隔着人群。我想躲开，可他已经看到我了，我们的视线交汇了一瞬。谢天谢地，圣诞节的人群太拥挤，足够我赶在被他逮住前溜掉。逃出疗养院后我一直在这边买东西，就是因为知道勒南通常在河对岸莫贝尔广场那边的市场为阿尔托普洛斯和波德莱尔学会采购食物补给。这次遭遇让我心神不宁了好几个月。我非常肯定勒南出现在那里就是为了找我。从那之后，我再也没去过圣昆廷市场。

我决定离开寄宿的人家，消失得更彻底。我选了地下，就像在我之前的一代又一代巴黎流亡者一样。许多年里我一直住在这个城市地表下那由地下采石场、下水道、隧道和地下墓穴组成的迷宫里。进入地下世界非常简单：你只需要一个能拽起下水道口格栅盖板的皮带扣和一张地下迷宫的地图，图上只需要标明古老的采石场和废弃的地铁通道。这地方干燥、宽敞、冬暖夏凉，是绝佳的安身之所。我在好几个这样的地方安过家，只有被别的流亡者发现或地面施工导致安全受到威胁时才换地方。

　　这几年我都住在蒙帕纳斯公墓下的采石场里，那处格栅口离波德莱尔学会的墓穴非常近，有一架铁梯直接通到采石场。每天下午我都会在公墓关门前去波德莱尔的墓前站站，一直待到看园人吹响关门的哨子。我们遇见的那次就是这样。只要确定没人看到，我就会躲在墓碑丛中，等看园人锁上所有园门返回他的门卫室。我会小心确认附近没人，然后才拿出皮带扣，拉起那处入口的格栅盖，溜回我的住处。公墓围墙外也有几个出入口，有时出于种种原因，我不敢断定公墓里只有我自己，那么我就会选择几个入口中的某一个。但它们都在大街上，只有等夜深人静才能下去，事实上就算那个时候，也总有无家可归的流浪汉和清道夫在周围游荡，对我来说每次都很冒险。

　　活到现在，我这一世最高兴的事，我亲爱的寇阿胡，莫过于再次找到你，再次爱上你。我从未放弃希望，总相信我们终将重聚。我从未真正失去信心，我相信你的噩梦总会引领你回到我身边。就像躲在黑暗角落里的蜘蛛，我耐心地等着你。事实证明，我对你的信心没有错付，你来了，虽然你并没意识到。你的内心深处有什么始终在追寻我——难道你还能找出别的解释吗？虽说你戴上了小圆眼镜，留起了可笑的小胡子，整个人大不一样，可寇阿胡的灵魂依然活在你的身体里。

一直以来我都尽可能密切地关注波德莱尔学会的动静与发展。我白天去逛书店和旧书摊，留心各种书业传言，多半是丑闻和阴谋。天气不好时我就找个图书馆待着，翻翻报纸、杂志，看看拍卖会目录，研究每年一版的《波德莱尔学会年鉴》。我就是这样得知那个书商的死讯的，据说他刚搞到一本波德莱尔从未出版过的短篇小说，书名是波德莱尔本人取的，叫《恶魔的育成》。那是战争结束的几年后，当我看到他的眼睛被挖掉时，凶手就不言自明了。阿尔托普洛斯在引诱我，想让我主动现身。案子究竟是他自己做的还是假他人之手并不重要，这就是冲我定向发出的密码。"我在这里。"那个我亲手创造的恶魔仿佛在说，"来找我，否则我就挖掉更多眼睛。"

第二年，1923年，还是从报纸上，我看到了这个恶魔的死讯。他也葬在了波德莱尔学会的墓穴中，只是这次我绝不可能参加他的葬礼。我知道他不可能不在死前灵魂交替，因此当不久后传来加布里埃·香奈儿成为新一任学会主席的消息时，我自然可以推断出他的灵魂已交替到了这个女人身上，但我还是又花了十年来等待切实的证据。我最终的确认来自一位比利时实业家，他的尸体在文森树林里被发现，眼珠不见了。他是一名藏书家，到巴黎来是为了买一本波德莱尔的手稿，就是那本。于是我确认了鲁贝尔的灵魂就在那个女人的身体里，依旧在凝视着我。

如今我进退不得。我爱黑暗胜过光明，爱黑夜胜过白天，爱地下胜过地面。我回避社交，只有一个朋友，就是你在山鲁佐德见过的那个歌手，我在那里当服务员。从前那么多世我都未感受过现在这样的孤独。有时我看着过往的人，禁不住渴望他们的人生，那种只有死亡这一个选项的人生。

自从上次交替以来，我就被太多记忆压得不堪重负，这是以前从未有过的。每个地方都会让我想起另一个地方，或是这地方从前的模样，甚至同时想起好几个地方。每种气味都让我想起更多气味，每段旋律都带来更多歌谣。只要咬上一口或啜上一口，我就会立刻被传送到另一个时空。一个字眼、一张面孔、一声鸟鸣、一朵云彩，都能把我拉进另一个世界。也许人的记忆终究容量有限，一旦超额那重负就难以承受。

有时我会希望自己像你一样，寇阿胡，我希望我也能忘却。这是我的第七具躯壳了，我希望也是最后一具。每次灵魂交替都会在原来的库存里再增加一世的记忆。香奈儿是鲁贝尔的第六次生命，你也是第五次了。可他有他的愤怒，你有你的遗忘，而我只有负罪感撑我活下去。我已经彻底失去了再次交替的欲望。我经历了这么多世，再加上身为巴尔塔扎尔时的成百上千次交替——如今看来都是预支。我发现自己再也无法从透支的状态中恢复了，或许这也跟马德莲有关，她那宿命论的态度在交替前我就注意到了。

我一次又一次问自己为什么还要活着。我不为自己骄傲，我是个贼，我把事情搞得一团糟，我一直在试图修复不可能修复的东西。我的所作所为似乎只是让一切变得更糟。我们来的那个世界已经消逝，再也不可能回来。"若无回归，便无交

342

替。"我常常在想这句话，它日日夜夜地折磨着我。也许世界并不会一下子毁灭，而是慢慢地、一点一点地，历经若干代人，经由一连串貌似不重要的事，在不知不觉间，毁灭。

要不是因为鲁贝尔，我早就死了——如果有一天我不再需要为他和他可能做的事担忧，我很期待最终的解脱。我盼望死亡已太久。我知道香奈儿越来越近了，有时我甚至能感觉到她呼出的热气扑在我的脖颈上。她有一张情报网，从来没有放弃找我，这点我肯定。也许你那位司法警察总部的朋友马絮也是其中一员。

无论何时，每当有人被害，当他们失去了眼球的尸体被发现，就像那位二手书商维奈，那就是他在把玩我的内心，引诱我，刺激我。总有一天我会如他所愿，总有一天我会彻底终结这个故事。你是我的挚爱，可他是我的宿命。我自认对他和他的一切罪行负有责任。现在既然我见过你了，既然你知道了所有你需要知道的，既然你已经把它们都写了下来，也许我的故事也终于可以结束了。也许你能承担起我们那么多世前犯下的罪。香奈儿不知道你还活着，可一旦她知道了，我不敢想她会对你做什么。

现在手稿在你手里了，但只有它还不够。你一定要把你自己的故事也写下来——我们在公墓相遇的故事，还有之后发生的一切。你也要把我七世人生的故事写下来，再加上你当初还是夏尔·波德莱尔时写下的故事，合在一起才是真正的《信天翁的故事》，才是完整的。你要带着它们，不要离身，确保下次交替后你第一眼看到的就是它们，这样你才不必耗费一生的时间从噩梦中拼凑，寻觅真实的自我。就让这些故事成为你的指引吧。

也许你还没完全信赖我，也许你永远都不会，我已经习惯你的多疑了。我们灵魂交替时，你也见过你是如何看你自己的。当再次灵魂交替的机会来临，我知道你会抓住的，你向来如此。好好挑选你的下一世，选择一个想死的人，如果不行就选一个该死的。灵魂交替不是小事，每次交替都是窃取一世人生，连带着窃取与之相关的一切。

等这场战争结束后，我们会再见。我会在老地方等你，在公墓里，站在波德莱尔的墓前。黄昏时分，赶在关门前，吸上一支烟。在那天到来之前，我能说的只有：再见，我的挚爱。再见，别忘了我们的约定。

P141 ☞

THE END

作者
亚历克斯·兰德拉金

生于法国香槟酿酒家族，资深旅游作家和记者。

译者
杨 蔚

毕业于南京大学中文专业，现为自由撰稿人、译者。
代表译作《在路上》《自卑与超越》《丧钟为谁而鸣》
《乞力马扎罗的雪》《太阳照常升起》等。

恶魔之眼

作者 _ [法]亚历克斯·兰德拉金   译者 _ 杨蔚

编辑 _ 张幸   装帧设计 _ 何月婷   主管 _ 夏言

技术编辑 _ 白咏明   责任印制 _ 刘世乐   出品人 _ 吴畏 吴涛

营销团队 _ 果麦文化营销与品牌部

果麦
www.goldmye.com

以 微 小 的 力 量 推 动 文 明

图书在版编目（CIP）数据

恶魔之眼 / (法) 亚历克斯·兰德拉金著；杨蔚译.
天津：天津人民出版社, 2025. 8. -- ISBN 978-7-201
-21380-4

Ⅰ. I565.45
中国国家版本馆CIP数据核字第20252DQ199号

著作权合同登记号 图字：02-2025-117

恶魔之眼
EMO ZHI YAN

出　　版	天津人民出版社
出 版 人	刘锦泉
地　　址	天津市和平区西康路35号康岳大厦
邮政编码	300051
邮购电话	022-23332469
电子信箱	reader@tjrmcbs.com

责任编辑	康嘉瑄
特约编辑	张　幸
装帧设计	何月婷

制版印刷	北京顶佳世纪印刷有限公司
发　　行	果麦文化传媒股份有限公司
开　　本	875毫米×1240毫米 1/32
印　　张	10.75
印　　数	1—8,000
字　　数	300千字
版次印次	2025年8月第1版 2025年8月第1次印刷
定　　价	128.00元